**FUSION FANTASY STORY & ADVENTURE**

사도연 퓨전판타지 장편소설

# 신세기전

dream
books
드림북스

# 신세기전 1 제천대성

**초판 1쇄 인쇄** 2016년 8월 23일
**초판 1쇄 발행** 2016년 9월 2일

**지은이** 사도연
**발행인** 오영배
**기획** 박성인
**책임편집** 김다슬
**표지 · 내지 디자인** 공간42
**제작** 조하늬

**펴낸곳** (주)삼양출판사 · 드림북스
**주소** 서울시 강북구 도봉로 173
**대표 전화** 02-980-2112 **팩스** 02-983-0660
**편집부 전화** 02-980-2116 **팩스** 02-983-8201
**블로그** blog.naver.com/dreambookss
**출판등록** 1999년 3월 11일 제9-00046호

ⓒ 사도연, 2016

ISBN 979-11-313-0649-9 (04810) / 979-11-313-0648-2 (세트)

**드림북스**는 (주)삼양출판사의 판타지 · 무협 문학 브랜드입니다.

FUSION FANTASY STORY & ADVENTURE

사도연 퓨전판타지 장편소설

# 신세기전

제천대성

1

**dream** books
드림북스

# 신세기전

# 목차

# 1장
## 전생(前生)과 전생(轉生)

　설원처럼 하얀 백발을 길게 늘어뜨린 채, 금색으로 반짝거리는 두 눈동자로 이쪽을 내려다본다. 모습도, 복장도, 나이도, 성격도 전부 다르지만, 본능적으로 깨달았다.

　이 사람은, '나'다.

　"당신은…… 누굽니까?"

　"나 말이냐?"

　쳐다보는 눈빛은 마치 흥미로운 장난감이라도 발견한 것처럼 호기심으로 반짝거린다.

　"손오공이다. 남들은 제천대성이라 부르지. 그리고."

　입꼬리가 말려 올라가 호선을 그린다.

"바로 네 전생(前生)이니라."

이 정신 나간 헛소리를 듣게 된 일의 시작은, 한 달 전으로 거슬러 올라간다.

*　　*　　*

지호는 속이 텅 빈 박스를 들고 207호 동아리실 문 앞에 섰다.

문에는 자그마한 포스터가 하나 붙어 있다.

　　밴드 월, 보컬 구함.
　　노래를 사랑하는 분들, 누구나 대환영!

"……"

지호는 한참 동안이나 그걸 뚫어져라 쳐다보더니 문을 벌컥 열고 안으로 들어갔다.

안에서 통기타 연주에 따라 가볍게 노래를 부르고 있던 학생들이 전부 문가 쪽을 쳐다본다. 모두의 눈이 동그래진다.

"혀, 형?"

"오빠!"

지호는 후배들이 부르건 말건 간에 안쪽에 한데 모아 둔 짐들을 빈 박스에다 집어넣기 시작했다. 음악 교본, 마이크, 심지어 작은 피규어까지 자신이 갖고 왔던 것들을 모두 챙겼다.

"오빠! 왜 이러세요?"

"혹시 포스터 때문에 그러세요? 그거 너무 신경 쓰지 마세요. 저희는 그저……!"

"형, 저희 말씀 좀 들어 주세요. 네?"

지호는 사품을 모두 챙긴 박스를 들고 동아리방 문 쪽으로 향했다. 후배들이 안절부절못하는 얼굴로 뒤따른다.

때마침 문이 열리면서 누군가가 들어왔다.

밴드 월을 같이 만들고 지난 대학 생활 동안 제일 친하게 지냈던 동기 차우성이다.

지금은 공부를 하겠답시고 동아리를 떠나 가끔 놀러나 오던 녀석은, 룰루랄라 입에 아이스크림을 하나 물고 즐겁게 들어오다가 눈을 동그랗게 떴다.

"너, 이게 무슨……?"

"잘 지내라."

지호는 우성의 어깨를 짚고 동아리방을 나섰다.

"야! 야! 손지호!"

우성이 뒤늦게 따라 나와 지호의 이름을 애타게 불렀지만, 지호는 이미 1층으로 내려가고 있었다.

*     *     *

꿈을 잃는다는 것은 어떤 느낌일까?

아주 어린 시절, 중2병이 찬란했던 시절, 자신이 특별한 존재라고 굳게 믿고 있었던 시절에 그런 생각을 해 본 적이 있다.

그러면서도 굳게 믿었다.

정말 그런 사람들은 불쌍해.

나는 절대 그럴 일이 없을 테니까.

왜냐고?

난 특별하니까.

'지랄.'

하지만 지금은 말할 수 있다. 전부 말도 안 되는 소리다. 특별하다고? 헛소리. 자신은 그냥 지구상에 존재하는 70억 인구 중 그냥 그런 한 사람에 불과하다.

부우웅.

박스를 품에 꽉 쥐고 귀에 꽂은 이어폰에 가만히 집중한다.

♩♪♪♩♫♪

아주 익숙한 목소리다. 자신이 후배들과 함께 세상이 좁다면서 한창 뛰어다닐 때 불렀던 노래. 하지만 더 이상 낼 수 없는 목소리다.

지호는 박스에 있는 추억이 어린 물건들을 하나하나씩 살피다가 앨범 하나를 발견했다. 우스꽝스러운 할아버지가 표면을 장식하고 있는 트로트 앨범이다.

'이게 여기 있었네?'

지호는 자기도 모르게 피식 웃으면서 앨범을 꺼냈다.

앨범에 들어 있는 '몽키 매직'이란 노래는 후배들과 심심하면 부르곤 했었다. 술을 진탕으로 마시거나, 단체 MT를 가서 흥을 돋우거나 할 때 부르면 최고였다.

'간만에 이거나 들어 볼까?'

지호는 휴대폰을 꺼내 어플을 켜 노래를 바꾸고 가만히 눈을 감았다. 요란스러운 멜로디와 함께 잠이 찾아왔다.

*원숭이 나무에 올라가 ♪*


'응? 여긴 어디지?'

지호는 화들짝 놀라 주변을 돌아봤다. 분명 자신은 버스 안에서 잠들었을 텐데?

하지만 여긴 절대 버스가 아니었다.

지평선이 끝을 모르게 이어지는 넓고 넓은 평원의 한가운데였다.

하늘은 새카만 매연으로 가득하고 코끝을 따라 탄내가 퍼진다. 고개를 돌리면 울긋불긋한 단풍나무가 숲을 이루고 수많은 과일을 품은 소귀나무가 만발한 산이 보인다.

'꿈…… 인가?'

그때 갑자기 노랫소리가 귓가에 울려 퍼진다.

몽키, 몽키, 매직, 몽키 매직♬♬

그리고 저만치 멀리서 갑자기 먼지구름이 일어난다.

"응?"

별 희한한 꿈을 다 꾼다 싶어 자세히 쳐다본다.

먼지구름을 일으키며 이쪽으로 달려오는 것은 바로 수백 마리에 달하는,

"워, 원숭이?"

그것도 아주 귀여운 새끼 원숭이였다.

우끼끼! 끼끼!

녀석들이 '몽키 매직' 노래를 배경음 삼아 몰려온다.

지호는 어안이 벙벙한 나머지 그 모습을 멀뚱히 쳐다보고 있다가 원숭이들이 이쪽으로 달려온다는 사실을 눈치채고 냅다 반대쪽으로 줄행랑을 치기 시작했다.

"무, 무, 무슨 꿈이 이따위냐고오오오오옷!"

그냥 단순한 꿈이라면 무시해 버리겠지만 모든 게 다 이상할 만큼 현실적이다. 보고, 듣고, 느끼는 게 전부 생생해서 그냥 무시할 수가 없었다.

젖 먹던 힘을 다해 뛴다. 이만큼 뛴 건 제대를 하고 난 후 처음이 아닐까 싶다. 숨이 찼다. 하지만 녀석들은 얼마나 빠른지 금세 뒤까지 바짝 쫓아왔다.

우끼! 우끼끼!

원숭이들이 방실방실 웃으면서 폴짝폴짝 뛰어오른다. 한 녀석은 지호의 어깨를 밟고, 또 어떤 녀석은 머리에 눕고, 또 어떤 녀석은 빨간 엉덩이를 얼굴에다 들이민다.

지호는 새끼 원숭이들을 주렁주렁 매단 나무가 된 채로 조금 더 달리다가 곧 원숭이 떼에 파묻히고 말았다.

"사, 사, 살려주우우우우⋯⋯!"

팔을 뻗으며 도움을 요청하지만 누구 하나 도와줄 사람 따윈 없다. 수백 마리 원숭이 틈바구니에 눌려 땅바닥에 그대로 주저앉고 말았다.

두두두⋯⋯.

결국 지호가 다시 일어설 수 있는 건 원숭이 떼가 지나고 한참이나 흐른 뒤였다.

"개꿈은 들어 봤지만 원숭이 꿈은 또 뭐냐!"

지호는 삭신이 쑤셔 대는 몸을 억지로 일으켰다.

그제야 그는 자신이 원래 눈 떴던 곳을 한참이나 벗어난 숲 속이란 사실을 알아차렸다.

"어?"

그런데 밖에서는 아름다워 보였던 숲이 막상 안에 들어오니까 수십 자루의 검이 바닥에 꽂혀 마치 묘지처럼 늘어섰다. 꽤나 그로테스크한 장면이었다.

그리고 가장 높이 솟은 검자루의 위.

새끼 원숭이들보다 덩치가 3배쯤은 큰 새하얀 원숭이가 이쪽을 재미나다는 얼굴로 쳐다보고 있었다. 능글맞게 웃는 게 꼭 놀리는 것 같아 속을 박박 긁어 댄다.

"……이젠 하다못해 대장 원숭이냐?"

한숨이 절로 나온다 싶을 때, 하얀 원숭이가 싱긋 웃으며 입을 벙긋거린다.


너는 나. 나는 너.

이 몸은 그대의 과거. 그대는 이 몸의 미래. 그대와 이 몸은 거울에 비친 허상이며 동전의 양면이고 또한 그림자일지니.

그리하여 우리가 만나는 날, 신(神)의 자리가 우리를 기다릴 것이다.

'신?'

지호가 무슨 소리냐며 따지려는 그때,

두두두!

갑자기 저만치서 다시 방실방실 웃는 원숭이 떼가 이쪽으로 되돌아오고 있었다.

우끼끼! 우끼!


"아, 안 돼에에에에엣!"

지호는 자기도 모르게 벌떡 일어나 소리를 질렀다. 눈을 뜨니 다시 버스 안이었다.

'꿈…… 이었지?'

수백 마리의 원숭이들이 밟고 지나가는 느낌이란. 개꿈은 들어 봤어도 원숭이 꿈이란 건 처음 들어 봤다. 아직도 여운이 남아서 어안이 벙벙하다.

그때,

"종점에 도착했는데 안 되긴 뭐가 안 돼? 내리려면 진즉에 내렸어야지!"

버스 기사의 면박이 날아왔다.

지호는 후다닥 창밖을 쳐다봤다. 이미 해가 진 지 한참이나 지난 밤이었다. 어, 어쩌지? 이거 막차였는데?

"……제기랄."

빌어먹을 중2병. 폼 좀 그만 잡을걸.

카드 속 잔고를 떠올리니 한숨이 절로 나왔다.

＊　　　＊　　　＊

그리고 한 달이 흘렀다.


"아, 안 돼에에에에엣!"

지호는 식은땀을 뻘뻘 흘리면서 벌떡 일어났다.

"뭐가 안 돼요?"

"으, 응?"

"교대 안 해도 된다는 뜻이에요? 그럼 저야 좋죠. 헤헤헤."

멍한 정신을 차려 보니 아르바이트 교대를 위해 온 다음 알바생인 김하나가 방실방실 웃고 있었다.

지호는 그제야 안도에 찬 한숨을 내쉬었다.

"오빠, 근무 시간에 이제 그만 좀 주무세요. 점장님께 들키면 정말 큰일 난다고요!"

"뭐, 사람도 없는데."

"그래도요!"

어차피 주변에 아파트 단지는커녕 흔한 주택도 없는 변

두리에 위치한 편의점이다. 끽해야 1시간에 두세 명 있을까 말까 하는데 뭐가 걱정이냐.

대수롭지 않게 여기지만, 김하나는 자기 말을 들어 주질 않으니 뺨까지 뾰루퉁하게 부풀린다.

'지수도 이렇게 귀여우면 오죽 좋겠냐.'

지호는 철없는 막내 동생을 떠올리며 발을 동동 굴러 대는 그녀의 머리를 마구 헝클였다.

"이게 무슨 짓이에욧! 머리 망가지잖아욧!"

"너무 귀여워서."

"이씨! 이거 정리하느라 한참 걸렸는데."

김하나는 울상을 지으면서 가방에서 휴대용 빗과 손거울을 꺼내 머리를 정리하기 시작했다.

지호는 그제야 그녀의 옷차림이 평소와 다르다는 사실을 눈치챘다.

하얀 블라우스에 골반이 강조되는 H라인 스커트. 치마 아래로 쭉 뻗은 각선미가 귀엽다. 화장도 보통 때보다 살짝 진하다.

"오늘 스타일 죽이는데? 무슨 날이야?"

김하나는 이제 알았냐는 듯이 골반에 손을 얹으며 '에헴!' 하며 웃었다.

"이따 알바 끝나고 친구들이랑 클럽 가려고 힘 좀 써 봤어요. 예쁘죠?"

"응. 되게 예뻐. 머리핀이."

"오빠!"

지호는 얼굴이 빨개진 채 버럭 소리를 지르는 그녀를 보면서 피식 웃었다. 바닥에 뒀던 가방을 어깨에 걸치면서 손을 흔든다.

"하여간 수고해. 난 이만 간다."

지호는 김하나의 도끼눈을 피해 유쾌한 발걸음으로 편의점을 나섰다.

이미 해는 지고 바람은 차갑다. 여름이 다가온다지만, 5월 초의 저녁 날씨는 여전히 조금 쌀쌀하다.

'그 빌어먹을 꿈, 또 꿨어.'

동아리에서 나온 후로 줄곧 반복되는 꿈.

처음에는 그냥 개꿈, 아니, 원숭이 꿈으로 치부해 버렸지만, 이제는 잠을 잘 때마다 같은 꾸는 판국이니 노이로제에 걸릴 정도였다.

한 달 내내 수백 마리의 원숭이 떼에 짓밟히는 기분이란……

어떠냐고?

말을 마라. 당해 보지 않았으면.

꿈을 꿀 때마다 어떻게든 피해 보려고 하지만 녀석들은

귀신같이 쫓아온다. 그리고 밟힌다. 어떤 녀석은 아주 재미가 들었는지 금방 지나가지 않고 몇 번 꾹꾹 밟고 지나가기도 한다.

그걸 당하고 나면 정말 기분이 더럽다.

어디 그뿐이랴.

겨우겨우 욱신대는 몸을 일으키고 나면 늘 덩치 큰 하얀 원숭이가 자신을 쳐다본다. 그러고는 한쪽 입술 끝을 말아 올리면서 웃어 댄다.

마치 재미난 장난감을 발견했다는 듯이.

'확 한 대라도 쳐 봤으면 소원이 없겠구만.'

실제로 시도도 해 봤다.

하지만 주먹을 날리면 녀석은 훌쩍 높이 뛰어올라 나무 위로 올라가 버린다. 그러고는 또 웃는다.

마치, 네깟 놈이? 라는 눈빛으로.

그때마다 더 속이 부글부글 끓지만, 어쩌랴. 방법이 없는 것을.

"하아! 내 신세야. 대체 언제부터 이 손지호가 원숭이 따위한테 이렇게 휘둘리는 신세가 됐냐."

언제부터긴. 한 달 전부터지.

스스로 자조 섞인 냉소를 던져 본다.

그래도 그 꿈을 꾸고 난 후부터는 원숭이에 정신이 팔린 나머지 노래에 대한 생각이 떠오르질 않는다.

평생 괴로움에 몸부림치다 죽을 것 같더니만.

사람은 망각의 동물이라고, 정말 그런 모양이었다. 옛날에 소연이와 헤어졌을 때도 이랬었지, 아마?

'그나저나 대체 그 꿈은 뭘까?'

보통 꿈이란 건 반복해서 꾸지 않는 법이다. 반복되더라도 금세 끝나곤 하는데. 이렇게 계속 이어지는 경우는 없었다.

혹시 조상님 중 한 분이 무언가 전하시려는 건가 싶어서 복권 번호라도 나오길 기다렸지만 결국 전부 헛수고였다.

그렇다고 해서 단순한 꿈으로 치부하기도 어렵다.

꿈을 꾸고 있는 동안 자신이 보고 겪는 것들이 너무 생생했다. 단풍나무, 매연, 탄내, 흐르는 공기, 전부가.

꿈이란 건 무의식이 의식에게 주는 일종의 메시지라고 하던데. 도대체 무슨 뜻을 담고 있는 걸까?

그렇게 깊은 생각에 잠길 무렵,

우우웅. 우우웅.

휴대폰이 떨린다.

지호는 무심결에 뒷주머니에 찔러 뒀던 휴대폰을 꺼냈다. 8:00라는 숫자 아래로 '부재 중 통화'를 알리는 문구와 함께 메시지가 와 있었다.

[오빠, 저희 이번에 경연에 참여하려고 해요. 어떻게 하면 좋을까요?]

지호는 한참이나 그것을 내려다보다가 끄고 도로 뒷주머니에 꽂았다.

우우웅.

다시 꺼내 확인한다.

[도와주시면 안 될까요?]

"……."

보컬을 구했다고 들었는데 잘 풀리질 않은 걸까? 뭘 어떻게 도와 달라는 거지?

아주 잠깐 고민이 머릿속을 지났지만, 지호는 결국 다시 휴대폰 화면을 껐다.

이미 연락을 끊고 산 지 한 달이 지났다. 후배들이 몇 번이고 연락을 하거나, 강의실 앞까지 찾아오기도 했지만 그때마다 냉정하게 돌려보냈다. 때문에 그들도 이젠 서서히 포기하고 있었다.

그런 차에 도와주라고? 무슨 낯으로? 아니, 도와준다고 해도 대체 어떻게?

밴드 동아리는 음악이 생명이다.

하물며 놀기 위해서 만들어진 게 아니라, 진짜 가요제에서의 입상을 목표로 하는 동아리라면 음악을 못하게 된 사람 따윈 더더욱 필요 없다.

이미 자신은 잊힌 사람이다.

잊힌 사람은 그냥 잊힌 대로 떠나면 그만이다.

'잊기로 했으면 그냥 잊자.'

지호는 무거워진 머리를 털어 버리고 버스 정류장으로 움직였다.

그때 또다시 휴대폰이 떨린다.

이쯤 되면 짜증이 난다. 아예 전원을 꺼 버릴 속셈으로 휴대폰을 꺼내는데, 뜻밖에도 발신자가 '황제 폐하'였다.

"아버지?"

반쯤 장난으로 아버지는 '황제 폐하', 어머니는 '황후 마마', 두 동생들은 '식충이1', '식충이2'라고 저장해 놔서 다른 사람일 리는 없다.

순간, 지호는 자기도 모르게 불길한 느낌이 들었다. 오는 길에 치킨이라도 사 오라고 그러시려나? 얼마 전에 게임기를 질러서 지갑 사정이 영 간당간당한데.

아니면…… 설마 며칠 전 새벽에 지수 녀석이랑 아버지 몰래 산삼주를 비우고 보리차로 채워 놓은 게 걸린 건 아니겠지?

살짝 떨리는 손으로 전화를 받았다.

"예. 아버지."

[지호야.]

정신 연령이 많이 낮으신 게 아닐까 의심될 정도로 평소 친구처럼 살갑던 아버지의 목소리가 어딘지 모르게 딱딱하다.

지, 진짜 산삼주가 들켰나? 시가로 오백만 원이 넘는다는 말을 듣긴 했는데…… 그래도 5년 넘게 안 드시고 고이 모셔 두던 거다. 설마 지금 찾으시기야 하겠어?

지호는 당당하게 나섰다.

"예. 아버지. 말씀하십시오."

[지호야.]

한 번 더 이름을 부르신다. 그런데 영 목소리가 무겁다.

[이 아버지는 널 그렇게 파렴치하고 막돼먹은 놈으로 키운 기억이 없구나.]

"……."

등골을 따라 식은땀이 흐른다. 본능이 경종을 울렸다.

걸렸구나!

[내가 절대 일주일에 한 번씩, 그것도 일요일 매 저녁 7시마다 혼자 한 모금씩 홀짝홀짝 마시던 술이 하루아침에 보리차로 바뀌어서 그런 게 아니다. 행여 손때라도 묻을까 봐 매일 아침마다 수건으로 정성스레 닦던 병에 손때가 잔뜩 묻어서 그런 것도 절대 아니란다. 심마니인 친구 녀석이

지리산을 타다가 구한 구십 년짜리 산삼을 한 뿌리라도 얻을 수 있을까 싶어 되도 않는 아양을 떨고 담배 심부름까지 도맡아 가면서 겨우 얻어 만든 귀한 술이 갑자기 사라져서 이런 것도 절대 아니란다!]

맞는 것 같은데요! 휴대폰 너머로 전해지는 살기는 불쑥 튀어 나올 뻔했던 딴죽을 세게 걷어찼다.

[그저…… 우리 귀한 아들 녀석이 마시고 싶다 하면 얼마든지 흔쾌히 내어 줄 수 있는 것을, 이 아버지에게 단 한 마디의 상의도 없이 도둑 새끼처럼 홀라당 까먹은 것으로도 모자라, 오리발까지 내밀려는 모습에 적잖게 실망했을 뿐이란다!]

되도 않는 설명 덧붙이지 마세요! 어차피 술 아까워서 이러는 거잖아! 물론 입 밖으로 꺼낼 용기 따윈 없다.

잠시 침묵이 흘렀다.

"아, 아버지?"

[그래서 말이다. 지호야.]

"넵!"

[오 분 주마. 바로 튀어 와라.]

"지금 알바 마쳐서 버스를 타도 삼십 분……!"

뚜, 뚜, 뚜—

말이 끝나기도 전에 전화가 끊겼다.

지호는 다급하게 번호부를 열어 '식충이2'를 눌렀다.

뚜루루. 철컥.

신호가 가고,

뚜, 뚜, 뚜—

바로 끊긴다.

"이 새끼가?"

지호는 다시 전화를 눌렀다. 하지만 역시나 신호는 금방 끊겼다. 저쪽에서 고의로 차단하고 있었다.

"손지수, 이 년이 진짜?"

틀림없다. 같이 산삼주를 깐 공범은 모든 죄를 큰오빠에게 뒤집어씌우고 정작 자신은 뒤로 내뺀 게 분명하다.

지호는 다급하게 문자를 보냈다.

[받아라. 전화.]

수신 확인을 위해 사용하는 메시지 옆에 적힌 숫자 '1'이 사라진다. 하지만 답장은 없다.

다시 전화를 해 본다. 물론 또 끊긴다.

[받으라고. 뒈지고 싶지 않으면.]

다시 숫자가 사라진다. 답장은 없다.

"해보자는 거지, 지금?"

지호는 속이 부글부글 끓었다. 아예 모든 메시지와 전화를 차단해 버리고 잠수를 타려는 것이다. 지호가 동아리에서 종적을 감춘 것처럼.

"좋아. 해보자."

지호는 헤어진 예전 여자 친구에게 메시지를 보낼 때보다도 더 빠르게 문자판을 두들겼다.

[전화 안 받으면, 너 한 달 전에 아버지 몰래 책에 있던 비상금 훔쳐서 밤늦게 클럽 갔다가 싸움 나서 경찰서 간 거다 일러 버린다.]

이번에는 바로 답장이 날아온다.

[증거 없는데?]

[있는데?]

지호는 경찰서에서 찍었던 사진들을 첨부했다. 눈물 때문에 마스카라가 번져서 귀신같은 몰골을 한 지수의 사진이었다.

뚜루루.

아니나 다를까, 바로 전화가 왔다.

지호는 신호가 다섯 번 정도 울리길 기다렸다가 느긋한 마음으로 받았다.

"오냐."

[크, 큰오빠!]

"유언은 그게 다냐?"

[나 부산에 있는 친구네 자취방에서 일주일 정도 놀다가

갈게. 그럼 이만!]

뚜, 뚜, 뚜—

"……."

지호는 다시 전화를 눌렀다.

[지금 거신 전화기는 전원이 꺼져 있어…….]

휴대폰을 쥔 손이 부들부들 떨린다. 이렇게 내뺄 줄이야.

지호는 앞이 캄캄해졌다. 이대로는 정말 아버지가 휘두르는 칼날에 목이 댕강 날아가도 할 말이 없었다. 어떻게든 아버지를 말릴 사람이 필요했다.

'가족' 폴더에 들어가 번호부를 재빠르게 올려다본다.

'황후 마마'는 사흘 전에 친구분들과 홍콩으로 여행을 가셨으니 패스. '식충이1'은 멀리서 지켜보기만 할 뿐 도와줄 인간이 아니니 역시나 패스.

결국 남은 사람은, 단 한 명.

지호는 '황상 폐하'를 눌렀다.

뚜루루. 철컥.

[지호냐? 네가 이 시간에 무슨 일이야?]

"할아버지, 저 좀 살려 주세요."

\*         \*         \*

"푸하하하하! 그러니까 너와 지수, 둘이서 윤상이의 캐비닛을 털어 버렸다는 거지? 그것도 구십 년 묵은 산삼으로 담근 산삼주를?"

할아버지는 자초지종 설명을 듣고 집이 떠나가라 웃음을 터뜨렸다.

지호는 소파에 힘없이 털썩 앉아 투덜거렸다.

"너무 웃지 마세요. 전 그거 때문에 머리 아파요."

"허허허허허! 그래그래. 우리 장손이 머리가 아프시면 안 되지. 암, 그렇고말고. 일단 이거 마시고 머리나 좀 식히려무나."

할아버지는 캔맥주를 지호에게 건넸다.

"감사합니다."

지호는 캔 뚜껑을 따서 시원하게 한 모금 들이켰다가 인상을 찡그렸다.

"이거 L사 맥주 아니에요? 맞네!"

"그게 뭐 어때서? 시원하니 맛만 좋구만."

"캔맥주는 K사 꺼가 최고라니까요? 여긴 너무 물처럼 밍밍한데."

할아버지가 손을 불쑥 앞으로 내밀었다.

"그럼 내놓든가."

지호는 캔을 안쪽으로 당겼다.

"에이. 그래도 줬다 뺏는 게 어디 있습니까?"

지호는 다시 캔을 입에다 갖다 대며 벌컥벌컥 들이켰다. 그가 좋아하는 술은 아니었지만, 냉장고에서 갓 꺼내 머리가 뚫릴 정도로 시원해 마실 만했다.

할아버지는 땅콩과 마른 오징어를 고루 담은 쟁반을 내밀었다.

"술만 마시지 말고 안주도 좀 먹어라. 어째 술 마시는 모습은 제 애비를 똑 닮아 가는지."

"손씨 남자 성격이 어디 가겠습니까."

"이 할애비는 너희를 그렇게 가르친 적 없다."

"하지만 물려받았죠."

"손자라는 녀석이 할애비 말에 한 마디도 지지를 않는구만?"

"이것도 전부 할아버지한테 물려받은 거라서요."

"허허! 고것, 참!"

할아버지는 할 말이 없는지 고개를 절레절레 흔들었다. 그래도 손자와 렇게 마주 보고 앉아 맥주를 마시면서 이야기를 나누는 것이 즐거웠다.

매번 바쁘다고 돌아다니기만 하는 아들이나, 사고만 치는 다른 손주들보다 넉살 좋게 친근히 구는 장손이 너무 고맙기만 하다.

할아버지는 삼분지 일쯤 남은 맥주 캔을 내려놓고, 바닥에 곱게 빻은 연초를 곰방대 끝에 밀어 넣어 불을 붙이고 입에 물었다.

몇 번 빨았다 뱉었다를 반복하자, 좋은 향과 함께 연기가 솔솔 올랐다.

할아버지는 취기와 함께 곰방대가 주는 나른함에 한껏 젖었다가, 자신을 빤히 쳐다보는 손자를 발견하고 씩 웃었다.

"왜? 너도 한 대 펴 볼 테냐?"

"아뇨. 담배 끊었어요."

"호오? 언제는 폈었고?"

"군대에 있을 때 잠깐요."

"하긴 그때는 다들 힘드니까. 그럴 만하지."

지호는 고3 때 호기심에 한 번 펴 봤었다는 말은 굳이 입에 담지 않았다. 평소 할아버지는 손주들과 잘 놀아 주시는 것 같아도 '선'은 분명히 긋는 분이었다.

"후우!"

할아버지는 허공에다 길게 연기를 내뿜으면서 물었다.

"그래. 이제 어떻게 할 참이냐? 네 아비가 귀신같이 여길 알고 찾아올 텐데."

"그래서 말인데요. 할아버지가 아버지 좀 말려 주시면

안 될까요?"

"내가? 네 아비를?"

잠시 깜빡했다. 손씨 삼대(三代) 남자들의 성격은 다 똑같다. 괜히 할아버지에게서 성격을 물려받았다고 하는 게 아니다.

"그럼 잠깐이라도 잡아 주시면 안 될까요?"

"넌 어떻게 하려고?"

"도망쳐야죠."

"어디로?"

지호는 말없이 슬쩍 한쪽 방을 곁눈질했다.

할아버지의 인상이 잔뜩 일그러졌다.

"저곳은 내 수집품을 보관한 보물 창고다만?"

"대신에 밖으로 나갈 수 있는 비상 통로가 있잖아요. 절대 물건은 안 건드릴게요, 네?"

"으으음!"

아버지가 귀한 술이라면 사족을 못 쓰고 죄다 모아 캐비닛에다 전시를 하듯이, 할아버지에게도 옛날 귀한 골동품들을 수집하는 벽(癖)이 있었다. 지호가 가리킨 방은 그 골동품을 모아 둔 창고였다.

"할아버지!"

"으으으으으음!"

할아버지가 침음성을 흘리는 그때,

쾅! 쾅! 쾅!

"야! 손지호! 여기에 있는 거 다 알아! 어서 안 나와!"

현관문이 쿵쾅거렸다.

목소리의 주인은 아버지였다. 역시나 화가 단단히 나신 모양이었다.

지호는 다급한 손길로 할아버지 손을 잡았다.

"제, 제발요!"

"ㅇㅇㅇㅇㅇㅇㅇㅇㅇ음!"

"알았어요, 알았어! 여름에 할아버지 따라서 중국에 여행 갈게요. 됐죠?"

"호오. 정말이냐?"

할아버지는 그제야 반색하면서 눈을 반짝거렸다. 역시나 바라는 게 있으셨던 거였다.

할아버지와의 여행은 언제나 피곤하고 힘들다. 여행 목적이 관광이나 유람이 아니라, 수집에 있기 때문이다.

험한 산속이며 오지를 다 돌아다니면서 세상에 잘 알려지지 않은 시골 마을을 찾고, 심지어 속세와 단절된 소수 민족과 만나기도 꺼리지 않는다.

짐꾼 자격으로 두어 번 따라갔던 적이 있는 지호는 학을 떼고선 다시는 안 간다고 선언했다.

하지만 그 다짐도 결국 눈앞에 닥친 재앙에 꺾이고 말았다.

"제가 언제 거짓말하는 거 보셨어요?"

"좋다. 콜! 자, 여기 열쇠."

칠순도 넘으신 분이 저 말은 대체 어디서 배운 거래? 지호는 잠시 든 의문을 한쪽으로 치우고 건네받은 열쇠를 꽉 쥐고 부리나케 창고로 달려갔다.

그 사이 할아버지가 아버지를 상대하러 현관 쪽으로 움직이시는 게 보였다.

자물쇠를 열고, 철문을 밀고, 안으로 들어선다.

순간, 바깥과는 전혀 다른 공기가 지호를 맞았다.

눅눅하면서도 묵직하고, 뭔가 알싸한 공기.

몇 년 만에 맡는 수백 점의 골동품 향기는 아주 잠깐이나마 지호를 취하게 만들었다. 지호는 철문을 닫아 안쪽에서 자물쇠를 걸쇠에 걸어 잠갔다.

"이걸로 시간은 벌었고."

지호는 가만히 철문에다 귀를 갖다 대 바깥에서 할아버지와 아버지가 투닥거리는 걸 확인하고는, 천천히 창고 중앙에 난 길을 가로질렀다.

'언제나 느끼는 거지만, 정말 대단하시단 말이지.'

족히 삼백 평은 될 법한 어마어마한 규모의 창고 내부는 갖가지 골동품들이 종류, 시대, 출처에 따라 세분화하여 알맞게 보관되어 있다. 다른 한쪽에는 유물을 복구할 수 있는 방까지 따로 마련되어 있어서 이곳에 대한 할아버지의 집념이 얼마나 대단한지를 보여 줬다.

이따금 문화체육관광부의 공무원들이나 대학 교수들도 찾아와 관람을 요청한다고 하니, 손자가 된 입장으로서는 내심 뿌듯한 것도 사실이다.

당장은 목숨부터 부지하는 게 급선무지만.

'응? 저건 뭐지?'

지호는 창고를 가로지르던 중 무언가를 발견했다. 그림과 병풍 따위를 보관한 구역에서 아주 조금이나마 불빛이 새어 나오고 있었다.

전등은 켜지 않아서 창고 내부는 깜깜하다. 그런데도 빛이 보인다는 건 불씨가 있다는 얘기다. 작더라도 불씨가 있다면 언제든지 화재로 번질 가능성이 크다.

"할아버지가 낮에 곰방대 피우시다가 처리 못 하신 불똥인가? 아, 바빠 죽겠는데. 어쩔 수 없지."

지호는 뒷머리를 벅벅 긁으면서 천천히 불씨가 있는 쪽으로 다가갔다.

갖가지 산수화와 초상화가 그려진 병풍 등을 지나 도착한 곳에는 기다란 족자가 걸려 있었다.

족자에는 몽둥이를 들고 재주를 부리는 원숭이가 그려져 있었다.

원숭이는 난쟁이처럼 작은 키에 사람처럼 두 발로 서서 휘황찬란한 갑옷을 번듯하게 입고 있었다. 생동감 넘치는 원숭이는 익살맞게 입을 벌리고 있어 마치 귓가로 웃음소리가 들리는 것 같았다.

"아, 이럴 때가 아니지."

지호는 잠시 족자에 한눈이 팔렸다가 고개를 털면서 불씨가 어디에 있는지 꼼꼼하게 살폈다. 하지만 어느 구석을 뒤져 봐도 반짝거리는 건 없었다.

빛을 내는 거라고는 딱 하나.

"설마 여기서 나는 건가?"

지호는 원숭이가 그려진 족자 쪽으로 다시 시선을 던졌다.

'어? 이거 꿈속에서 봤던 녀석이랑 비슷하잖아?'

정확하게는 하얀 털을 가진 대장 원숭이.

이 정도면 비슷한 정도가 아니라 똑같다.

갑옷을 입지 않았을 뿐이지, 생김새가 복사라도 한 것처럼 너무 똑같다. 특히 이 능글맞은 미소. 절대 잊으려야 잊을 수가 없다.

"그러고 보니 빛도 없는데 어떻게 빛이 나는 거지?"

창문이라고 해 봤자 블라인드가 쳐져 있어서 창고 안에서 지호가 볼 수 있는 거라고는 대략적인 윤곽밖엔 없다. 그래서 혹시 골동품 사이를 지나다 사고를 칠까 봐 중앙에 난 길을 가로질렀던 것이다.

그런데 이 족자 그림은 너무 선명하게 잘 보인다!

지호는 마치 그림이 자신을 부르는 것 같다는 생각이 들었다. 뭔가 홀린 사람처럼 가만히 손을 뻗는다.

검지가 족자에 톡 닿는 순간,

화아—악!

갑자기 족자가 눈부신 빛무리를 터뜨렸다.

"우와아아악!"

지호는 화들짝 놀라 뒤로 벌러덩 나자빠졌다. 뒤늦게 손으로 입을 재빨리 가렸지만 이미 메아리가 창고 안에서 쩌렁쩌렁하게 울리는 중이었다.

쾅, 쾅, 쾅!

"야! 손지호! 너 지금 여기 있지? 문 당장 못 열어?"

철문이 금방이라도 부서질 것처럼 덜그럭거린다.

"으아아아. 큰일 났다."

지호는 뒷머리를 벅벅 긁었다. 바보도 안 하는 실수를 할 줄이야! 자물쇠로 문을 잠갔다지만, 아버지 성격상 철문을 문짝째 뜯어 버리는 한이 있더라도 금방 쳐들어오실 거다.

지금이라도 비상구로 탈출하는 게 맞지만, 지호는 이상하게 걸음이 떼어지지 않았다.

두 눈은 여전히 족자에 꽂힌다.

족자는 빛무리를 일으켰다. 이대로 녹아내리는 것이 아닐까 싶을 정도로 새하얗게. 마치 겨울철 어느 누구의 접근도 허락지 않은 새하얀 설원 같았다. 그림 속 원숭이도 마치 금방이라도 튀어나올 것처럼 생생했다.

그 순간, 원숭이를 이루던 먹의 농담(濃淡)이 확 하고 흩어졌다.

"어?"

지호는 지금 자신이 헛것을 보고 있나 싶어 양손으로 눈덩이를 문질렀다. 하지만 몇 번이고 확인을 해 봐도 족자 속 그림은 사라지고 없었다.

대신에 낡은 세월을 반영하듯이 누런 종이만 남아 있었다.

까만 입자들이 마치 날벌레처럼 허공을 날아다니다가 다른 형태로 종이 위에 다시 내려앉았다. 그림 대신에 글자가 빼곡하게 적힌다.

　　吾避孔孟之道, 而得武術之藝……

"이게 뭐야? 대체 여기에다 무슨 짓을 한 거지?"

그림이 사라지고 실시간으로 글자가 그려진다는 것. 보통 사람들이라면 꿈을 꾸고 있거나, 누군가가 장난을 치고 있다고 여길 수밖에 없다.

지호는 족자를 들어 올렸다가 내렸다가 이리저리 살폈다. 하지만 족자에는 아무것도 발려 있지 않았고, 글자도 빛으로 투영한 게 아니었다.

이 시간에도 글자는 계속 써지고 있었다.

설마 귀신이라도 들린 걸까? 하지만 해코지를 당할 것 같다는 생각은 들지 않았다.

확신은 없었다. 그냥 그런 느낌이 들었다.

더구나 분명 적히는 글자들은 한자임에도 불구하고, 이상하게 누군가가 의미를 전달해 주는 것처럼 자연스럽게 머릿속으로 '이해'가 되었다.


이 몸이 공맹의 도를 피하고, 대신에 무(武)와 술(術)의 예를 좇은 지 벌써 헤아릴 수 없는 시간이 지나고 말았구나. 그동안 이 몸을 믿고 따르는 이들과 함께 세상이 좁다 하며 질타를 해 보기도 하고, 제왕처럼 무한한 권력을 누려 보기도 하며, 수없이 끌어모은 재물과 명예를 종잇장처럼 내팽개친 채 동료들과 함께 서역으로 넘어가 재주를 널리 알리기도 했으니. 그 어떤 왕후와 영웅을 갖다 놓은들, 이 몸에 비해 휘황찬란하고 파란만장한 삶을 살았다고 자부할 수 있을까!

오만하면서도, 자신에 대한 자부심과 자긍심이 넘쳐 나는 말들이다. 지호는 이 글을 적는 사람이 자기애(自己愛)가 투철하다는 것을 깨달았다.

하지만 하늘이 허락한 천수(天壽)를 눈앞에 두고서 지난 위대한 역경과 영광된 나날들을 되돌아본 결과, 세상 모든 것을 이뤘다고 자부했던 이 몸이 사실 딱 하나를 이루지 못했단 사실을 깨닫고 말았으니. 바로 천기의 틀을 넘지 못했다는 점이니라. 오호라, 통탄(痛嘆)하고 애재(哀哉)할 일이로다.

지호는 한없이 글자 속으로 빨려 들어갔다.

보통 때 같았으면 그냥 '뻑'이 심한 사람이 남긴 헛소리라고 치부하면서 넘길 일일 텐데, 정말 스스로가 글을 남긴 사람이라도 된 것처럼 답답하고 화도 났다.

'왜 이러는 거지?'

뒤늦게 이상 변화를 깨달았지만, 어떻게 할 방법이 없었다. 그저 어느 누군가가 남겼을 회고록을 계속 본다.


　　해서 하늘이 허락한 남은 기간 동안 천하를 떠돌아다
니며 해답을 구하고자 하였다. 무당산에서 이십팔 년,
화산에서 이십 년, 숭산에서 또다시 십이 년. 꼬박 회갑
을 돌아 드디어 실마리를 얻게 되었으니, 세상 그 어떤
위대한 구도자도 얻지 못한 이적이라 단언할 수 있노라.


"이건 뭔 개소리야?"
인상을 찡그린다. 갑자기 몰입이 깨졌다.
"먹먹하다는 거 취소! 좀 적당히 좀 해야지. 이건 순 약
장수가 약을 파는 것 같잖아?"
지호는 고개를 외로 꺾었다.
그런데 술술 적히던 글자가 잠시 멈칫거리더니,
펄럭—
갑자기 족자 윗부분이 요동하며 아래로 출렁였다. 마치
보이지 않는 누군가가 붓으로 강하게 짓누르는 것처럼.


　　뭐, 이 새끼야?


"어라?"

지호의 눈이 커진다. 진짜 귀신이 쓰고 있는 건가? 하지만 다시 정신을 차려 보니 방금 전 글자는 사라지고 없었다.

　　하여간…… 그리하여 이 몸은 그대, 연자(緣者)와 만났노라. 경외하라, 이 몸의 위대함을. 승배하라, 이 몸의 찬란함을. 천기의 틀을 뛰어넘어, 시공의 제약과 삼라만상의 이치를 극복해 그대를 접한 것이니.

여태 흐릿하고 담담하게 이어지던 글자는 이제 강렬하고 힘이 있는 굵은 글씨로 변했다.

　　이 몸은 그대의 과거. 그대는 이 몸의 미래. 그대와 이 몸은 거울에 비친 허상이며 동전의 양면이고 또한 그림자일지니.

'이건……!'
순간 지호는 자신이 여태 꿨던 꿈에서 들었던 목소리를 떠올렸다. 그것과 똑같은 말이 눈앞에서 글로 써지고 있었다.
확실하다!

지금 여기다 말을 남기고 있는 건 꿈속에서 봤던 바로 그 대장 원숭이였다!

지호는 글이 더 이어지지 않을까 뚫어져라 주시했지만, 회고록은 거기서 끝났다. 마지막에 가서는 심력을 모두 쏟아부었는지 질서정연한 다른 글자들에 비해 훨씬 굵고 컸다.

"왜 거기서 끝나? 뒷말은? 넌 대체 누구야?"

족자를 잡고 한참을 흔들었지만 미동도 않는다.

결국 지호는 몸에서 힘이 쭉 빠진 채로 축 늘어졌다. 대체 이게 뭐라고 도망칠 시간도 내팽개치고 쳐다보고 있었던 건지. 역시 그 꿈은 개꿈에 불과했던 걸까?

지호는 팔짱을 끼고 조금 더 기다려 봤지만, 족자는 글자가 적힌 그대로 꿈쩍도 않았다.

"안 되겠네. 이건 나중에 따로 할아버지한테 여쭤 봐야겠다. 그런데 갑자기 왜 이렇게 조용하지?"

지호는 자리에서 일어나며 고개를 외로 꺾었다. 뭔가 스멀스멀 불길한 느낌이 든다. 아버지가 이렇게 조용하게 계실 분이 아닐 텐데?

불안한 마음에 몸을 일으키려는데, 갑자기 핑 하고 살짝 현기증이 돌았다. 몸이 비틀거린다.

"어? 어?"

세상이…… 기울어진다?

그 순간, 족자를 가득 메우던 글자도 먼지처럼 사라지더니 다시 원래 그림으로 돌아갔다.

원숭이의 모습은 이전과 조금 달랐다. 눈동자가 이쪽으로 향하더니 아주 잠깐 지호와 시선이 마주쳤다. 씨익! 입꼬리가 살짝 말려 올라간다.

마치 흥미로운 장난감을 발견한 아이처럼.

쿵!

그리고 의식이 거짓말처럼 끊겼다.


*        *        *


"야! 일어나 봐."

…….

"너 아까 전에 개소리랬지? 원숭이 같다는 말은 들었어도 개 같다는 말은 처음 듣거든?"

……여긴?

"그런데 애가 약을 처먹었나, 왜 이렇게 정신을 못 차리냐. 들어오는 데 충격이 좀 컸나?"

……어디지?

"하긴 보통 인간이 감당할 힘이 아니긴 하지. 그래도 내 환생쯤 되면 이 정도는 가뿐하게 견뎌야 하는 거 아냐? 보니까 순 약골이네, 이거. 단련시키는 데 힘 좀 들겠어. 야! 그러니까 그만 좀 자고 일어나라고!"

……누가 말하고 있는 거야?

"너 그러다가 입 돌아간다? 나중에 나한테 따지면 진짜 뒈진다?"

지호는 어렴풋하게나마 누군가가 자신을 깨우고 있다는 사실을 알았지만, 너무 나른한 나머지 일어나고 싶지 않았다.

"흠, 이거 영 정신을 못 차리는데? 어쩔 수 없지."

시끄럽게 귓가를 왱왱 울려 대던 목소리가 멀어진다.

덕분에 지호는 편한 기분을 만끽할 수 있었다.

볼을 쓰다듬는 바람. 몸을 포근하게 덮는 따스한 햇살. 이불처럼 푹신한 풀숲.

모든 것을 잊고 낮잠을 즐기기엔 제격인 장소다.

……그런데 내가 왜 여기에 있는 거지?

지호는 완전히 잠에 빠져들기 직전에 불현듯 든 생각에 조금씩 정신을 차렸다. 분명 방금 전까지 할아버지 창고에 있었잖아!

"헉!"

지호는 정신이 들자마자 벌떡 자리에서 일어났다.

바로 그 순간 차가운 물벼락이 안면을 강타했다.

"어푸푸푸푸! 으악! 이게 뭐야?"

"후후후. 어때? 이제 좀 정신이 드냐?"

순식간에 비에 젖은 생쥐 꼴이 된 지호는 손등으로 눈 주변을 훔치고 사태의 원흉을 날카롭게 노려봤다.

"이게 무슨 짓입니까!"

서리가 내려앉은 것 같은 백발을 길게 늘어뜨린 청년이 빤히 지호를 쳐다보고 있었다. 녀석이 어깨를 으쓱거리며 대답했다.

"몇 번이고 깨워도 도통 일어날 생각을 안 하니까 어쩔 수 없잖아? 그러게 어른이 부르면 즉각 일어나야지."

뭐? 어른? 딱 봐도 나보다 어려 보이는……! 어? 아닌가? 주름살 하나 없고 개구진 인상이라서 젊게 봤는데, 눈매가 할아버지처럼 아주 깊다.

더구나 복장도 이상하다.

보통 사람들이 입는 옷이 아니다. 통이 큰 옛날 동양풍 옷이다. 하지만 한복이라고 하기엔 거리가 멀고, 일본의 기모노나 중국의 파오라고 하기에도 조금 이상하다.

덕분에 전체적으로 나이를 짐작키가 힘들었다.

지호는 욱 하고 치민 심정을 억지로 꾹 눌렀다. 대신에 주변을 휙휙 둘러보았다.

'대체 여긴 어디지?'

물기에 젖은 옷깃에 바람이 살짝 부딪치며 정신을 깨운다. 덕분에 냉정하게 상황을 판단할 수 있었다.

자신이 있는 곳은 넓은 평원이었다.

나무가 우거지고 온갖 기화이초가 살랑살랑 흔들린다. 그 위로는 따스한 햇살이 비치며 하늘은 높고 푸르다.

학창 시절에 공부했던 교과서에 나오는 무릉도원이 이러할 것 같다. 보는 것만으로 자연히 마음이 평온해지는 장소다.

하지만 지호는 소름이 돋았다.

'서, 설마 나, 납치?'

그러다 고개를 절레절레 흔든다. 분명 자신은 할아버지 댁 창고에서 정신을 잃었다. 어떤 미친놈이 여자도 아니고 건장한 남자를, 그것도 노인네 창고에서 납치할 생각을 할까.

'그럼 대체 이 사람은 뭐야?'

내릴 수 있는 결론은 하나밖에 없다.

"아버지는 어디 계십니까?"

"하아?"

녀석이 고개를 외로 꼰다.

"아버지가 고용하신 분, 맞죠? 아버지가 얼마나 주신다고 하셨는지는 모르겠지만, 절 원래 있던 장소에 다시 데려다 놓는 게 좋을 겁니다. 전 호락호락하지 않아요."

이 놈의 아버지가 술 좀 훔쳐 먹었다고 아들을 이렇게 막 대해도 되는 건지. 나중에 어머니가 여행에서 돌아오시고 나면 단단히 일러바쳐야겠다고 생각했다.

하지만 백발 청년은 한동안 미간을 찌푸리며 서 있다가, 뒤늦게 무슨 말인지 깨닫고 입가로 피식 바람 빠지는 소리를 냈다.

"이제 보니 날 누가 돈 주고 고용했다고 여기는 거구만? 캬아! 천하의 손 행자께서 일개 납치범으로 전락해 버릴 줄이야. 슬프네, 슬퍼."

백발 청년은 탄식을 흘리면서 고개를 절레절레 흔들었다. 허리춤까지 내려오는 기다란 머리카락이 융단처럼 가볍게 흩날린다.

비율 좋은 몸매와 날렵한 이목구비, 탄탄한 체구가 어우러지면서 마치 화보 속의 모델처럼 보였다.

말투는 뒷골목 양아치가 따로 없지만.

"야, 애송아."

누가 애송이라는 거냐……고 따지고 싶었지만, 지호는 별다른 말을 할 수가 없었다. 190센티미터에 가까워 보이는 장신인 녀석에 비해 자신은 170센티미터를 겨우 넘는 호빗에 불과했다.

백발 청년은 자세를 숙여 지호와 눈을 마주쳤다.

"내가 남긴 전언(傳言) 못 봤냐?"

"무슨……!"

지호는 소리를 지르려다 말고 창고에서 봤던 족자를 떠올렸다. 사라진 그림 위에 새겨지던 누군가의 회고록. 그것이 전언이라면?

"뭔지 생각났나 보네. 거기 내가 했던 말 그대로야."

백발 청년은 검지로 지호를 가리켰다가,

"너는."

자신을 가리킨다.

"나."

그리고 다시 자신을 짚으면서,

"또 나는."

방향을 반대로 돌린다.

"너."

씨익, 입꼬리를 말아 올린다. 그 모습이 정신을 잃기 전에 마지막으로 봤던 원숭이의 미소와 오버랩이 되어 지호를 놀라게 했다.

한쪽은 원숭이. 이쪽은 잘생긴 인간.

전혀 다른 모습이지만, 어딘지 모르게 기질이 비슷하다.

아니, 똑같다. 그 그림은 분명 이 남자의 초상화다.

그리고 똑같은 기질은 다른 사람도 갖고 있다.

딱 한 사람이 더.

"한마디로 우리는 사는 시간과 공간만 달리한 채, 같은 영혼을 공유하고 있는 동일한 존재란 뜻이지."

지호는 본능적으로 깨달았다. 모습도, 복장도, 나이도, 성격도 전부 다르지만, 이 사람의 말에는 한 치의 거짓말도 없다.

그걸 어떻게 알 수 있냐고?

간단하다.

'그냥' 알 수 있다.

즉, 이 사람은, '나'다.

"당신은…… 누굽니까?"

여러 가지 의문이 담긴 질문.

"나 말이냐?"

백발 청년의 금색 눈동자는 마치 흥미로운 장난감이라도 발견한 것처럼 호기심으로 반짝거린다.

"손오공이다. 남들은 제천대성이라 부르지. 그리고."

입꼬리가 말려 올라가 호선을 그린다.

"바로 네 전생이니라."

**2장**

제천대성

윤회(輪廻)란 것이 있다.

생명에는 본래 수명이 있어 정해진 삶이 끝나고 나면 다음 삶을 살게 된다. 이때에 전생의 기억은 모두 소거되며 대신에 무의식중에 공(功)과 덕(德), 선행과 악행을 합친 업(業)이 남는다.

태어나고, 죽고, 다시 태어나고, 죽길 수차례.

헤아릴 수도 없이 반복하는 순환의 구조를 거치고 나면 아주 조금씩 쌓였던 공덕들이 산처럼 탄탄하게 쌓여 영혼을 풍요롭게 하고 나아가 힘을 갖게 한다.

손오공이 바로 그런 존재였다.

무수히 쌓인 공덕을 바탕으로 경지에 이른 그는, 천상계의 신들을 위협할 정도로 대단해져 부처가 되는 데 이르렀다.

하지만 부처가 되었다 한들 아직 바라던 것을 이루기엔 부족한 면이 있어서 그는 부처로서의 삶을 과감히 포기하고, 남은 공덕을 마저 이루고 업을 정리하기 위한 기나긴 여정에 다시 들어갔다.

그러다 영면에 들기 전, 한 가지 의문이 생겼다.

### 내 환생은 과연 어떤 모습일까?

\*　　　\*　　　\*

윤회의 법칙도 완벽하진 않기 때문에 간혹가다가 자신의 전생을 기억하는 존재들이 하나둘씩 태어난다.

하지만 단연코 후생(後生)을 아는 사람은 없다.

후생은 미래의 일. 지금의 시점으로 아직 발생하지 않은 사건이니 당연히 모를 수밖에 없다. 그것은 천기를 읽을 줄 아는 자들도 똑같이 받는 제약이었다.

하지만 상식 따윈 동네 쓰레기통처럼 치부하는 녀석이 나선다면 이야기는 달라진다.

'손오공이라니! 다른 걸 다 두고 왜 하필 손오공인데!'

여의봉과 근두운을 부리고 저팔계, 사오정과 함께 삼장법사를 모시고서 천축으로 불경을 구하러 다녀온, 서유기의 주인공.

사해용왕에게서 뻥(?)을 뜯고, 옥황상제에게 공갈을 치고, 서왕모에게서 복숭아를 훔쳐 먹고, 태상노군의 보물들을 부숴 버리며, 석가여래의 턱수염까지 뽑아 버렸던 막가는 녀석이 환생을 알고 싶다고 나섰단다.

당연히 그 결과는 상상을 초월한다.

이렇게.

"……내가 이리로 납치된 거다, 이 말입니까?"

지호는 어이가 없다는 투로 물었다.

손오공은 팔짱을 낀 채로 크게 고개를 끄덕였다.

"그래그래. 역시 이 몸의 환생이라 그런가, 아주 똑똑하네."

"……지랄 쌈 싸먹는 소리 하네."

"그래. 지랄을 먹으면 맛있…… 음?"

손오공은 계속 고개를 끄덕이다가 뭔가 말이 이상한 걸 깨닫고 지호를 돌아봤다.

지호가 인상을 와락 구기며 투덜거린다.

"세상에 그딴 게 어디 있어? 손오공? 대체 언제 적 손오공이야? 이젠 사골을 우리다 못해 뼈다귀에 구멍이 숭숭 뚫리겠네. 갑자기 그런 말을 하면 믿을 것 같아?"

지호는 고개를 외로 꼬았다.

"이봐요. 대체 무슨 수를 쓴 겁니까? 꿈에선 이상한 원숭이들을 자꾸 나타나게 하더니 이제는 손오공? 하! 진짜 기술 좋아졌어. 이렇게 사람 하나 바보 만들고."

"……."

"대답이나 해 보십쇼. 대체 제게 이런 짓을 저지르는 이유가 뭡니까? 사기 치러 온 거면 가진 거 한 푼 없는 거지꼴이니 그냥 돌아가십쇼. 한 달 전이었으면 스카웃하러 왔대도 믿었을 테지만, 지금은……."

"거참, 쫑알쫑알 시끄럽네."

손오공이 한쪽 입꼬리를 말아 올린다. 꿈속에서 봤던 대장 원숭이가 짓던 비웃음이 오버랩된다.

"못 믿으면? 못 믿으면 어떻게 할 건데? 지금 네가 할 수 있는 건 아무것도 없잖아?"

"그야……."

"그야? 뭐?"

손오공이 잔뜩 비꼬며 되묻는 순간,

후다닥!

지호는 중지를 곧추세워 한 번 선보이더니 뒤도 안 돌아

보고 냅다 반대쪽으로 줄행랑을 치기 시작했다. 쏜살같이
달려 눈 깜짝할 사이에 저만치 사라져 버렸다.

"하?"

손오공이 고개를 외로 꼰다. 지호가 방금 전에 한 것과
똑같은 자세다.

"저 새끼, 지금 이 제천대성님 앞에다가 엿 날리고 튄 거
맞지?"

이런 걸 당해 본 게 언제였더라? 기도 차지 않았다.


'씨이이이이아바아아아알!'

지호는 발에 땀띠가 나도록 뛰었다. 숨이 차오르지만 녀
석이 언제 쫓아올지 모르니 뛸 수 있을 때 조금이라도 뛰어
야 한다. 신기한 건 이미 수십 번씩 되풀이했던 꿈속에서
원숭이 떼를 피해 달아났던 게 도움이 됐던 건지 뛰는 것도
한결 편하다는 점이다.

물론 머릿속은 전혀 편하질 못하지만.

"젠장! 이게 대체 어떻게 된 거야?"

꿈속에서 봤던 대장 원숭이, 족자에 그려진 원숭이, 그리
고 여기에 있는 하얀 미남자.

셋 다 같은 사람이란 건 알겠다.

겉으론 뭔 헛소리를 하냐면서 따졌지만, 심적으로는 '알

고' 있었다. 어떻게? 잘 모르겠다. 그냥 알고 있었다는 표현이 맞다.

하지만 그걸 인정할 순 없다.

인정한 순간, 자신이 미쳤다는 걸 인정해야 되니까.

세상에 말이나 되냐?

꿈이 현실이 된다는 것이. 그리고 원숭이가 사람이 된다는 것이. 진짜 손오공이 있다는 것이!

'그래. 난 지금 꿈을 꾸고 있는 거야. 그것도 아주 지독하고 미친 꿈을! 저번 꿈의 연장선인 거지!'

그런데 과연 꿈이 이렇게 생생할 수 있을까? 물 때문에 옷은 여전히 축축하고, 뛰어서 숨이 차고, 폐가 금방이라도 쪼그라들 것 같고, 팔다리가 지친다면서 비명을 질러 대는데.

하지만 꿈이 아니라고 하기에도 이상하다.

주변에 보이는 것들이 전부 비현실적이라서.

살랑살랑 흔들리는 미풍은 향긋하고, 부드러운 풀은 전부 처음 보는 것들이다.

그 위로 나비와 반딧불이 같은 것들이 돌아다니면서 **빨주노초파남보**, 저마다 다른 무지개 색깔들을 아름답게 **깜빡거린다**.

하늘엔 작은 참새들이 짝을 지어 다니면서 지저귄다.

마치 동화 속 한 장면 같은 모습들이다.

어디서 들었던 중국의 신화 속 낙원, 무릉도원이 있다면 꼭 이럴 것 같다.

이렇게 아름다운 곳이 한국에 있었다면 벌써 유명 관광지로 소문이 파다하게 났을 거다. SNS에는 매일 같이 사진이 올라와서 붐을 이루겠지.

하지만 지호는 결단코 이런 곳을 본 적이 없었다. 한국에서도 외국에서도, 난생처음 보는 낯선 것들이다.

"헉, 헉, 헉…… 여, 여기까지 왔으면 모, 못 쫓아오, 오겠지?"

이쪽으로 도망치면서 몇 번이고 뒤를 돌아봤다. 하지만 녀석은 도저히 쫓아올 기미를 보이지 않았다. 아마 달리기에 자신이 없었던 모양이다.

무릎을 짚으면서 겨우 숨을 돌리려는 그때,

"여기서 뭐하냐?"

뒤쪽에서 목소리가 들린다.

흠칫 놀라 고개를 뒤로 돌리니, 녀석이 나뭇가지 위에 앉아 가볍게 손을 흔들고 있었다.

"……씨발."

지호는 다른 쪽으로 다시 뛰기 시작했다.

이번엔 방금 전과 비교했을 때 속도가 배나 된다 싶을 정도로 무지막지하게 뛰었다. 역시나 쫓아오는 걸 못 봤으니 이쪽을 놓쳤을 거다.

하지만,

"이게 다야? 실망인데?"

녀석이 큼지막한 바위에서 다리를 꼬며 앉아 손으로 턱을 괴고 있었다. 입가엔 예의 대장 원숭이의 미소를 한가득 물고서.

"……제기랄."

또다시 뛴다.


그 뒤로도 녀석은 계속 나타났다.

바위 뒤에 숨어도,

"까꿍?"

높은 나무 위로 숨어도,

"안녕?"

심지어 낭떠러지 주변에 숨어도,

"팔 안 아프냐?"

녀석은 귀신처럼 꼭 주변 어디선가 나타나선 살갑게 손을 흔들었다.

'이 새끼, 도대체 정체가 뭐야!'

어디로 뛰더라도 나타나는 놈이라니. 진짜 뭔 이런 녀석이 다 있단 말이냐!

덕분에 지호는 다리가 후들후들 떨릴 지경이었다. 이대로 서 있는 게 신기할 정도로 팔이 저리다. 너무 많이 뛰어서 현기증이 나고 헛구역질이 난다.

그래도 녀석은 근처에 쭈그리고 앉아 방실방실 웃어 댔다.

"이제 다 뛴 거야?"

"다, 닥쳐요……."

"나 아직 심심한데?"

"좀 닥치라고……."

"응? 조금만 더 뛰어 봐. 나랑 놀자. 응?"

"좀 닥치……! 우읍! 우웨에에엑!"

결국 지호는 제자리에 앉아 토악질을 해 댔다. 안색이 하얗게 질려 간다.

녀석은 고개를 절레절레 흔들었다.

"쯧쯧쯧! 그러게 좀 적당히 뛰지. 세상에 그렇게 구토할 정도로 미련하게 뛰는 사람이 어디 있어?"

지호는 그만 좀 옆에서 깐족대고 꺼지라고 쏘아붙이고 싶었지만 역시나 말이 제대로 나오질 않았다. 이제 안색은 황달에 걸린 사람처럼 노랗게 죽어 간다.

"혹시 부처님 손바닥 안이라는 말 알아?"

녀석은 계속 참새처럼 떠들어 댔다.

"너희 세상에도 그런 말이 있는지는 모르겠지만, 옛날에 내가 뭣도 모르고 깝죽댈 때 석가여래 놈의 손에서 놀아난 적이 있었거든? 지금 생각하면 짜증 나긴 하는데, 지금 딱 네가 그 꼴이란 말이야. 포기해. 포기하면 편해. 응?"

얼굴을 들이밀며 깐족댄다. 한 대 후려치고 싶은 녀석의 면상을 보고 있노라니, 지난 한 달 동안 꿈속에서 만났던 대장 원숭이가 떠올라 울화통이 터졌다.

부하 원숭이들에게 밟히는 걸 웃으면서 지켜보던 녀석. 이 녀석이 지금 딱 그 꼴이다.

그래서 이대로 포기하기 싫었다!

에라, 모르겠다! 될 대로 되라!

"제기라아아아아아아알!"

지호는 또다시 뛰기 시작했다.

손오공이 어이없다는 듯이 피식 웃는다.

"포기를 모르네, 정말. 그래도 남자가 너무 튕기면 매력 없는데. 허이짜!"

손오공이 가볍게 뛴다.

얼마나 높이 뛰었을까? 3미터? 아니, 4미터? 아니다. 훨씬 높다. 족히 10미터는 뛰지 않았을까 싶을 정도로 엄청난 도약력이다.

도저히 사람으로서는 보일 수 없는 재주를 선보이면서 허공 위를 쭉쭉 미끄러진다. 그러다 얼마 가지 못한 지호가 보일 때쯤 포물선을 그리며 툭 떨어진다.

"그것 참, 뛰어 봤자 벼룩이라니까!"

손오공은 손바닥을 펼쳐 위에서부터 지호의 정수리를 찍어 눌렀다.

지호는 달리던 그대로 우당탕탕 하면서 바닥에 그대로 내리꽂혔다. 덕분에 먼지를 잔뜩 들이킨다. 콜록, 콜록, 쉴 새 없이 재채기를 뱉는다. 그러다 또다시 이어지는 토악질.

"우웩! 우웨에에에엑!"

"참 가지가지 한다."

손오공은 혹시 뭔가 묻을까 싶어 멀찍이 떨어져서 혀를 가볍게 찼다. 참으로 한심스럽다는 듯이.

한참 뒤에야 지호가 고개를 든다. 눈 밑이 퀭하게 내려앉았다. 몰골이 꼭 어디 삼류 영화 속에서나 나올 법한 좀비 같다.

"대체…… 대체 원하는 게 뭡니까?"

"이제 포기했어?"

"애당초…… 포기할 것도 없…… 우우웁!"

숨도 벅차면서 너무 급하게 말을 한 모양이다. 다시 헛구

역질을 해 대는 녀석이 그렇게 한심스러울 수가 없다.

그래도 뭔가 재미있다는 생각이 든다.

순전히 재미를 위해서 불러낸 녀석이긴 하지만 뭔가 예상외의 재미가 있다.

'이런 녀석이 내 환생이란 말이지?'

겉으로 봐서는 툭 치면 부러질 것 같이 비실비실한데 말이지. 깡은 제법 있어.

"너, 내가 전생이라니까 못 미더워서 이러는 거지?"

"……."

지호는 파리한 안색으로 이쪽을 가만히 보기만 할 뿐 대답은 하지 않았다.

하지만 손오공은 그게 무언의 긍정임을 알았다.

과연 같은 영혼을 공유한 사이랄까.

별다른 말을 하지 않아도 뭔가 알기가 쉽다.

"그럼 이게 가짜가 아니란 걸 보여 주면 믿을 거냐?"

지호의 눈가에 의문이 어린다. 그러면서도 눈썹을 살짝 찌푸린다. 또 무슨 꿍꿍이를 벌일 속셈이냐는 듯.

손오공은 감히 이 제천대성에게 눈을 부라리는 시건방진 녀석에게 하해와 같은 은덕을 내리기로 마음을 먹었다.

"재미난 걸 보여 주마."

"……?"

"애송이, 혹시 근두운이라고 들어 봤냐?"

지호의 눈이 커진다.

근두운?

내가 알고 그 근두운을 말하는 건가? 손오공이 탄 하늘을 나는 구름.

흔히 손오공이라고 했을 때 가장 유명한 걸 꼽으라면 여의봉, 근두운, 파초선을 말할 수 있다. 서유기에서도 가장 크게 그려지는 부분들이다.

두근!

어, 어라? 지호는 자기도 모르게 심장이 뛰는 것을 느꼈다. 숨이 차서 뛰는 게 아니라, 정말 기대심 때문에 뛰는 거다.

손오공도 그걸 알았는지 피식 웃는다.

"뭐야? 보고 싶었어? 이야, 그럼 진즉에 말로 하지 그랬냐. 내가 설마하니 환생이란 녀석한테 그런 것도 안 보여 줄까?"

지호는 정신이 멍했다. 대체 무슨 소리를 하는 거야?

그런데 갑자기 손오공이 이쪽으로 달려온다.

'그럼 그렇지!'

지호는 역시나 손오공이 자신을 해코지할 것 같다는 생각에 후다닥 도망치려 했다. 하지만 이미 몸이 축 늘어진 데다가, 손오공의 손길이 너무 **빨랐다**.

손오공은 마치 짐짝을 들듯이 지호의 허리를 감고는 땅을 박찼다.

아주 세게.

콰아아아아아아—앙!

귀가 멀 것 같은 엄청난 폭음과 함께,

쐐애애애—액!

하늘을 날기 시작한다.

"어? 어어어어어!"

시야가 뒤집어진다. 세상이 바뀐다. 분명 아까 전까지만 해도 단단히 발로 디디고 있던 땅이 저 아래로 멀어지기 시작했다.

바위가 점이 되고, 숲이 훤히 드러나고, 산 전체가 시야 안으로 확 들어온다.

하늘을…… 날고 있었다.

"흐흐흐! 아예 뻑이 갔구만. 뻑이 갔어."

고개를 뒤로 돌리니 손오공이 히죽 웃었다.

지호는 멍한 표정으로 물었다.

"이, 이건……?"

"말했잖아. 근두운을 보여 주겠다고."

"……!"

지호의 눈이 커진다. 그 말이…… 진짜였어?

"왜 놀랐냐?"

"……예."

지호는 정신이 멍했다. 사람이 아무런 도구도 없이 이만큼 오를 수 있다니. 도무지 믿기지 않는 현실에 정신이 멍했다.

대체 얼마나 높이 올라온 걸까? 20미터? 30미터? 알아보기가 힘들다. 확실한 건 웬만한 아파트보다도 높이 올라왔다는 거다.

"언제나 느끼는 거지만 여기 공기는 지상과는 확연히 다르단 말이야."

살랑살랑 불어오는 시원한 바람이 지호의 머리를 깨운다. 긴장했던 게 조금씩 풀리면서 이성이 돌아온다. 덕분에 지호는 그제야 아래를 맘껏 감상할 수 있었다.

고층 빌딩에서 도시를 내려다보듯이 세상 풍경이 한눈에 담긴다.

"우와!"

저도 모르게 찬탄을 터뜨린다.

지금 이 순간, 지호는 눈 아래로 내려다보이는 광경에 세상 모든 것을 싹 잊고 말았다.

집에 대한 것도. 손오공에 대한 것도. 도망치는 것도. 지쳐서 죽을 것 같다는 것도. 모든 의문과 피로와 짜증이 한 순간에 싹 씻겨 사라진다.

"어때? 죽이지?"

손오공은 자신이 마을을 만들기라도 한 것처럼 한껏 으스댔다.

지호는 대답할 겨를도 없었다.

분명 방금 전까지만 해도 낑낑대면서 내려가야 했던 화과산이 보인다.

짜증만 났었는데 이렇게 보니까 너무 아름답다. 험준한 산턱을 따라 줄지어진 소귀나무와 과일나무들이 울긋불긋하게 절경을 자랑했다.

그 앞으로는 옹기종기 초가집들이 모인 마을이 있었다. 하늘을 찌를 듯이 선 굴뚝 위로 하얀 연기들이 시냇물처럼 솔솔 흐르고, 거리 곳곳에는 아이들이 즐겁게 뛰어논다.

'달라! 세상이……!'

지호는 이제야 자신이 있는 곳이 전혀 다른 세상이란 걸 믿을 수 있었다. 아니, 믿기지 않는다고 해도 믿어야만 했다.

제아무리 청학동 같이 전통 문화를 살리는 마을이 있다고 해도 저런 분위기를 낼 수는 없으니까.

무엇보다 여기 있는 사람들이 보여 주는 생기가 꾸며 낸

것이라고 절대 말할 수 없었다. '사람이 사는 곳'이라는 느낌이 물씬 풍겼다. 보는 것만으로도 마음이 따뜻해지는 것 같다.

또한, 이것은 절대 꿈 따위가 아니었다.

이렇게 손끝 마디마디에도 느껴지는 감촉들이 전부 현실이 아니라면 도대체 무엇일까.

"이번엔 저길 봐라."

손오공은 마을을 가리키던 손을 바깥쪽으로 돌렸다.

길을 따라 마을에서 얼마 떨어지지 않은 곳.

커다란 성(城)이 있었다.

돌담을 쌓은 성곽이 타원을 그리며 끝없이 이어지고, 그 옆에 해자가 깊이 파여 물이 졸졸 흐른다. 안쪽으로 통할 수 있는 성문은 해자 위로 내려와 도개교 역할을 한다.

성문을 통과하고자 하는 상인과 백성들은 길게 줄을 지어 검문관들의 지시에 따라 천천히 움직였다.

"이곳이라면 어느 누구의 방해도 없이 맘껏 경치를 구경할 수 있지. 어떠냐. 이 몸의 비밀 장소가."

손오공이 자랑스럽게 어깨를 쭉 폈다. 하지만 이상하게 대답이 없어 살짝 눈살을 찌푸리며 지호를 보다가 곧 실소를 터뜨리고 말았다.

지호의 눈이 반짝거리고 있었다.

'아무리 봐도 날 닮았단 말이지.'

원래 원숭이는 호기심이 많다. 궁금한 건 절대 참지 못하고, 하고 싶은 것이 있으면 반드시 해 봐야 직성이 풀린다. 후회는 최대한 미뤘다가 나중에 해도 괜찮다는 게 신조이기도 하다.

지호는 한참 후에야 정신을 차리며 작게 중얼거렸다.

"정말 멋지네요."

샘이 났다. 이렇게 멋진 걸 여태 손오공 혼자서 독식하고 있었단 사실에.

"이렇게 세상을 보는 건 처음이냐?"

"아뇨. 그건 아니지만…… 이런 건 처음이에요."

비행기를 타거나 높은 빌딩에서 아래를 내려다보는 건 그냥 그것으로 끝이다.

하지만 직접 하늘을 날고 있다는 것.

직접 바람을 느끼고, 하늘을 맛본다. 발아래로 구름이 도도하게 흐르고 있다는 사실이 짜릿하다.

이대로 시간이 멈춰 버렸으면 하는 생각이 든다.

그런데 귓가에서 손오공이 피식 웃는 소리가 들렸다.

"아직 끝나려면 멀었는데, 왜 이러시나."

"예?"

"말했잖아? 근두운을 보여 주겠다고."

"아."

뭐? 아직 더 남아 있다고?

"더 보고 나면 아예 기절하겠어. 꽉 잡아라."

허리를 붙잡는 손오공의 팔에 힘이 잔뜩 실렸다. 지호도 덩달아 손에 힘을 줬다.

손오공이 발로 하늘을 박찬다.

쾅!

분명 아무것도 없는 허공인데도 불구하고 보이지 않는 힘이 있는 힘껏 손오공을 밀었다. 마치 천둥이 치듯이 엄청 난 굉음이 산자락을 떨쳤다.

쐐애애애액!

손오공이 얼음 위를 미끄러지듯이 쭉 앞으로 내달린다.

지호는 그에게 딸려 한 몸이 되었다. 쏜살같이 달린 뒤쪽 으로 남은 하얀 구름이 보인다. 전투기가 지나간 자리에 남 는 제트 기류와 똑같은 흔적이다.

하지만 완만한 곡선을 그리며 방향을 틀어야 하는 전투 기와 다르게 손오공은 다시 엄청난 폭발 소리를 남기며 방 향을 직각으로 꺾었다. 관성의 법칙 따윈 개나 줘 버리라면 서 던져 버린 것 같다.

콰아—앙!

검은 매연과 함께 붉은 불꽃이 폭사했다. 마치 폭죽이 터진 것처럼 하늘을 가득 메운 불똥이 허공을 붉은빛으로 물들였다.

화르르!

불똥이 빗물처럼 쏟아진다. 손오공이 달린 자리로 하얀 구름 대신에 붉은 구름이 남는다.

쾅!

그다음에는 새파란 얼음 조각이,

콰르릉!

그다음에는 하늘을 쪼개는 샛노란 벼락이,

콰아아!

또 그다음에는 어마어마한 태풍이,

쾅, 쾅, 쾅!

손오공이 방향을 바꿀 때마다, 하늘을 박찰 때마다, 굉음과 함께 서로 다른 흔적들이 남았다.

불꽃이, 얼음이, 구름이. 벼락이, 바람이, 빗물이 연이어 하늘에서 우수수 떨어진다. 이대로 풍운조화를 일으키는 게 아닐까 싶을 정도로 대단한 광경이다.

지호는 손오공과 한 몸이 되어 한참 동안이나 멍하니 그것을 지켜봤다.

빨갛고, 파랗고, 하얗고, 노랗고, 새카만 오색운(五色雲)이 하늘 전체에 걸쳐 장엄하게 펼쳐진다. 지호의 눈을 한껏 유린한다.

탄성 따윈 흘리지 않는다. 그럴 겨를도 없다.

대단하다.

그 생각만 머릿속을 가득 메운다.

'서유기는 가짜가 아니었어!'

환생인 자신을 불러들였다고 했을 때에도 놀란 건 사실이지만, 지금만큼은 아니다. 직접 눈으로 목격하는 것과 아닌 것의 차이일 거다.

지호는 그제야 왜 서유기에서 손오공이 근두운이라는 구름을 타고 다닌다고 했는지, 왜 그런 묘사가 남았는지 알 것 같았다.

'이동할 때마다 이런 걸 남기니 다른 사람들이 그렇게 생각하는 거겠지……!'

한참 정신이 팔려 있는 동안, 드디어 모든 동작이 끝났는지 더 이상 굉음이 울리지 않았다.

"자, 마지막이다."

손오공의 말에 지호는 침을 꼴깍 삼키면서 고개를 끄덕였다. 지금까지만 해도 대단해서 말문이 막힐 정도인데 또 뭘 보여 준다는 걸까?

손오공은 몸을 떠받치고 있던 양력(揚力)을 풀었다. 대신에 천근추의 수법으로 발에 잔뜩 힘을 실어 위로 올라왔을 때보다도 더 빠르게 수직으로 쭉 떨어졌다.

지면에 닿는 순간,

콰—아—앙!

반경 수십 미터나 되는 지반이 그대로 내려앉는다. 손오공을 중심으로 균열이 거미줄처럼 사방으로 퍼진다. 이대로 땅이 내려앉는 건 아닐까 싶을 정도로 엄청난 파괴력이다.

콰르르르……!

먼지구름이 해일처럼 일어나 파문을 그리며 퍼진다.

땅이 갈라지면서 암석과 단층이 가시처럼 삐죽삐죽 올라온다. 균열 사이사이로 먼지를 동반한 불기둥이 엄청난 높이로 솟구쳤다.

콰콰콰…….

저벅. 저벅.

폭발 소리가 메아리처럼 남아 대지가 흔들리고 불꽃이 용암처럼 흐른다.

손오공은 아주 천천히 여유롭게 그곳에서 걸어 나왔다. 다른 소리는 모두 음소거를 한 것처럼 사라지면서 유독 그의 발걸음 소리만 크게 들렸다.

씨익!

손오공은 이제 아예 얼이 빠진 지호를 내려다보면서 장

난기 가득하게 웃었다.

"소감은?"

멍하니 고개를 끄덕인다.

그게 대답이었다.

손오공이 피식 웃으면서 지호를 풀어 줬다.

지호는 마치 넋이 나간 사람처럼 비틀대는 발걸음으로 앞으로 나왔다. 다리가 후들거린다. 정신을 차릴 수가 없다.

하지만 짜릿짜릿한 감촉이 진한 여운을 남긴다.

"믿을……게요."

이렇게 대단한 걸 보고도 믿지 않는다면 그게 이상한 거다.

여전히 '손오공'이란 존재가 자신의 전생이고, 자신을 보기 위해서 부르고, 이렇게 믿기지 않는 일들을 아무렇지 않게 해낼 정도로 대단하다는 것을 믿기가 어렵다.

그래도 믿기로 했다.

이 눈앞에 있는, 상식이 도무지 통하지 않는 원숭이를 닮은 남자를.

손오공이 피식 웃으며 손을 내민다.

"이제야 정식으로 인사를 나눌 수 있게 됐구만. 또 다른 나. 애송이, 이름이 뭐냐?"

'애송이'란 단어가 거슬렸지만, 지호는 꾹 참고 투덜거렸다.

"손지호요."

"지……호. 알 지(智)에 하늘 호(昊)인가? 하늘을 안다? 재미난 이름이군. 나는 제천(齊天), 하늘을 눌러 버린다는 뜻인데 말이야."

손오공이 씩 웃었다.

3장

입문

  '확실히 날 닮았어.'

  피붙이를 보고 있는 느낌이랄까. 어린 시절 자신의 모습
이 떠오른다고 해야 할까.

  어째 기분이 묘하다.

  사실 녀석은 손오공이 생각했던 환생과 거리가 멀었다.

  그동안 손오공은 큰 기대를 갖고 있었다.

  지금의 자아가 전혀 자각하지 못하는 새로운 삶을 산다
는 것.

  상상만 해도 너무 가슴 뛰지 않는가!

  과연 또 다른 자신은 어떤 모습을 하고 있을까?

자신처럼 모험을 좋아하는 무인인가? 나라를 지키는 장수? 학문에 뜻을 두어 학자가 되었을까? 여러 나라를 전전하는 상인? 그도 아니면 그냥 평범한 농부?

살고 있는 세상은 어떤 모습일까? 이곳처럼 칼과 힘이 전부인 무림? 서방에 있다는 진국(秦國 로마)이나 파사(波斯 페르시아) 같은 모습일까? 혹시 전혀 상상하지도 못할 만큼 고도로 발달된 세계는 아닐까?

어떤 삶을 살았을지, 어떤 가치관을 가지고 있을지, 어떤 성격을 지니고 있을지 너무 궁금한 게 많았다.

그래서 이미 다 끝나 버린 천명을 미룰 수 있는 데까지 계속 미루면서 준비했다. 천기를 엿보아 환생이 이곳 동승신주가 아닌 남섬부주에서 이뤄진다는 것을 알게 된 후, 그곳에 이곳으로 올 수 있는 흔적을 남겨 때를 기다렸다.

그리고 드디어 소망을 이뤘다.

하지만 정작 감상은,

'뭐야, 이거?'

너무 실망이 컸다.

이제는 남섬부주와 동승신주 간에 단절이 이뤄져 이곳으로 건너오는 데 상당히 힘들다지만, 너무 약골이었다.

단순히 체력이 약해서 실망스러운 게 아니었다.

기도(氣度).

본래 어떤 분야에서든지 일가(一家)를 이룬 사람들은 그만한 기세를 지닌다. 툭 치면 죽을 것 같은 노인이라도 가진 바 깊이가 뛰어나면 절대 범접할 수 없는 기도를 풍긴다.

그런데 녀석은 그런 기도가 전혀 없었다.

밋밋하고, 볼품없다.

평범한 농사꾼이나 장사치일지도 모른다는 생각은 했었다. 그건 그것대로 재미날 테니 괜찮다고 여겼다.

하지만 직접 대면하고 나니 화가 났다.

'감히 제천대성의 영혼을 갖고도 이것밖에 안 되다니! 겨우 이것밖에 안 되는 삶을 살고자 영광된 부처의 자리를 박차고, 불멸이 보장된 신으로서의 자격을 버렸단 말인가! 이 제천대성 손오공이!'

오냐.

이것이 내게 배정된 운명이라면. 하늘의 뜻이라면. 윤회의 고리가 가져다주는 이치라면.

'전부 부셔 주마.'

손오공은 굳이 제 손을 더럽히지 않았다. 그냥 무시로 일관하기로 했다. 어차피 오랜 호기심은 풀었으니 그것으로 끝내려고 했다.

덕분에 버려질 환생이 고생할 일 따윈 생각도 않았다. 죽는다고 해도 상관없었다. 어쩌면 영혼이 윤회의 순환 고리에서 길을 잃어 한낱 망령 따위로 추락할 위험도 컸지만 전혀 개의치 않았다.

위대한 제천대성의 영혼을 갖고도 그 정도밖에 안 되는 놈이라면 살아 봤자 구차하기만 할 테니까.

차라리 없느니 못한 존재는 필요 없다.

그래서 적당히 맞장구나 쳐 주다가 윤회의 고리로 녹아 버리려고 했는데,

'날 처음으로 자극했단 말이지.'

맞장구를 칠 생각으로 했던 몇 번의 대화가 실망이 컸던 손오공의 마음을 움직였다. 녀석이 하는 언행 하나하나가 싸늘하게 식은 심장을 자극했다.

영혼을 공유하기 때문일까?

이유는 모르겠다.

하지만 한 가지 확실한 것은 이 녀석은 자신과 너무나 똑같다는 점이다.

지금도 봐라.

순수하게 감탄을 한다. 그리고 믿는다. 한 번 믿기로 한 것은 반드시 믿으며 그 전까지는 수없이 충돌하고 부딪치기를 꺼리지 않는다.

과거 손오공이 이랬다.

묵묵히 자신에게 주어진 역경을 해결했다. 쓰러질 것 같아도 절대 포기하지 않았다. 그리고 강해지고자 노력했다. 그러길 여러 차례 반복하니 어느새 주변에서는 그더러 제천대성이라 부르며 경외하고 있었다.

혼자서 할 수 있는 건 혼자서 해낸다.

역시 전생이나 후생이나 같은 영혼을 공유하고 있는 이들의 가치관은 비슷한 모양이었다.

'그러고 보니 날 봤을 때도 겁을 내지 않았지?'

보통 손오공과 마주한 존재들은 주눅이 든다. 절대 눈을 마주치지 못하고 말에 힘이 없다.

손오공이 그러길 원하기 때문이 아니다. 기운을 최대한 갈무리해도 은연중에 흘러나오는 힘의 차이 때문에 본능적으로 움츠러드는 것이다.

하지만 녀석은 그렇지 않았다.

아무렇지 않게 눈을 마주했고, 당당하게 맞받아쳤고, 개고생을 했다지만 달려들기까지 했다.

'아무래도 귀의는 조금 더 늦어지겠네.'

손오공은 처음으로 진심에서 우러나온 미소를 지었다. 녀석을 조금 더 옆에서 지켜보고 싶다는 생각이 들었다.

손오공의 영혼을 지녔으나 그릇은 평범한 이 녀석이, 과연 어디까지 성장할 수 있을까?

'어디 한 번 키워 봐?'

손오공이 입꼬리를 싹 말아 올린다.


흠칫!

'무, 뭐지?'

지호는 자기도 모르게 오한이 든 나머지 허리를 쭈뼛 세웠다. 그러다 뒤늦게 손오공이 빤히 자신을 쳐다보고 있다는 사실을 눈치챘다.

'이 사람이 내 전생이란 말이지?'

한 번 믿기로 했으니 믿는다.

마음을 편하게 먹기로 해서 그런지 많은 것들이 눈에 들어온다.

정말이지 자신의 전생이 대단하긴 대단한 존재구나 싶으면서도 한편으로는 골치가 아팠다. 이렇게 무지막지한 근두운이라니. 상상도 못했다.

이래서 서유기에 나오는 등장인물들이 모두 손오공이라고 하면 머리를 쥐어 싸맸나 보다.

'그래. 까짓것 이렇게 된 거, 좋게 생각하자.'

이미 벌어진 일을 갖고 따지면 뭘 하겠나. 대신에 재미있는 것들을 많이 알았다고 긍정적으로 생각하자.

믿기지 않지만 서유기는 단순한 고전 소설이 아니라 진

짜 있었던 사건을 기록한 것이고, 불경을 구하러 천축으로 갔던 삼장 법사를 호위하면서 갖가지 역경들을 해결한 존재가 바로 나의 전생이다.

이게 얼마나 대단한 일이냐.

남들에게는 말해 봤자 코웃음만 살 테지만, 혼자서라도 쭉 자긍심으로 삼고 살자. 그럼 된 거겠지?

지호는 여전히 빤히 쳐다보는 손오공의 눈길이 부담스러워 가볍게 헛기침을 했다.

"구름이…… 아니네요?"

"뭐가?"

"근두운이요."

손오공은 무슨 소린가 싶어 고개를 갸웃거리다가 뒤늦게 무슨 말인지 깨닫고 피식 웃음을 흘렸다.

"그럼 '운(雲)'자가 들어간다고 다 구름이겠냐?"

"하긴 그도 그러네요."

"그보다 궁금한 게 있는데 말이야."

"……?"

"너 도대체 나를 어떻게 아는 거냐?"

"네?"

"보통 사람들이라면 이런 황당한 일을 겪고 내 이름을 들으면 누군지부터 꼬치꼬치 캐물을 텐데 말이야. 전혀 궁금해하는 기색이 없어서."

황당한 일이라는 자각은 있냐? 지호는 불쑥 튀어나올 뻔
한 말을 꾹 누르면서 대답했다.

"저⋯⋯."

"그냥 오공이라고 불러."

"오공이 당나라 시절에 삼장법사를 모시고 천축으로 다
녀온 적 있죠?"

이번에는 손오공이 깜짝 놀랐다.

"어? 그걸 알아? 한참 전의 일인데?"

"그때의 이야기가 소설로 남아 있어요."

"뭐? 푸하하하하하핫!"

손오공은 하늘이 떠나가라 크게 웃어 댔다.

"역시 이 몸의 위대함은 어쩔 수가 없다니까! 남섬부주
에서 보낸 시간이라고 해 봤자 고작 십 년 정도밖에 안 되
는데, 그 일이 남아 있단 말이야?"

남섬부주? 그게 뭐지? 내가 있는 세상을 말하는 건가?
지호는 고개를 갸웃거렸지만 묻진 않았다.

손오공은 손으로 몇 번이고 무릎을 쳤다.

"이런 걸 팔계 녀석이나 오정한테 말해 줘야 하는 건데.
키키키킥! 삼장이 알면 또 어떤 표정을 지으려나? 그래서?
내가 어떻게 그려지는데?"

손오공의 눈동자가 반짝거린다. 아무래도 다른 세상에 남아 있는 자신에 대한 기록이라니 궁금하기도 하겠지.

지호는 뭐라고 설명을 해야 할까 머리를 굴리다가 이렇게 말했다.

"원숭이요."

"엥?"

손오공의 표정이 묘하게 변한다.

"돌 원숭이로 그려집니다. 원래 바위였던 게 해와 달의 정기를 받고 원숭이 요괴로 변해서 화과산에 있는 원숭이들의 대장이 되고……."

"잠깐!"

손오공이 손을 크게 들어 말허리를 자른다. 왠지 뭔가 짜증이 역력한 얼굴이다. 한쪽 눈썹이 꿈틀거린다.

"요괴라고? 그것도 원숭이?"

지호는 얼떨결에 고개를 끄덕였다.

"예."

"하아! 이 개 같은 것들이. 도대체 누가 그딴 기록을 남긴 거야?"

다분히 짜증이 묻어난다.

지호가 조심스레 물었다.

"그럼…… 아닙니까?"

"당연히 아니지! 지금 날 봐라! 어딜 봐서 원숭이란 건데!"

설원이 내려앉은 것 같은 하얀 백발. 태양처럼 반짝거리는 금색 눈동자. 날렵한 이목구비. 확실히 잘 생긴 얼굴이다. 신비로운 분위기가 풍기지만 딱 봐도 사람이다.

"둔갑……술 같은 거 아녔어요?"

"아냐! 뭐, 원한다면 어떤 모습으로든지 변신할 수 있는 건 사실이지만. 아, 이거 생각할수록 열 받네?"

손오공은 이를 바득바득 갈았다.

"하, 하지만 제 꿈속에 계속 나타났었잖아요? 하얀 원숭이 모습으로. 게다가 절 이쪽으로 부른 족자도 원숭이였는데요?"

"그거야 남섬부주에 남은 내 흔적을 따라 술법을 걸었으니 생긴 현상이고."

"……?"

뭔 뜻인지 모르겠다.

손오공은 귀찮다는 듯이 손을 휘휘 저었다.

"어차피 이런 건 네가 알 필요가 없는 부분이고. 하여간 이놈의 삼장 녀석, 내가 없다고 그딴 장난을 쳤어? 이 자식을 진짜!"

바드득!

이를 간다. 저렇게 이를 갈아 대면 부러지지는 않나?

"삼장 법사가 왜요?"

"삼장 녀석이 만날 나더러 원숭이라고 했거든."

"아."

지호는 그제야 대충이나마 이해가 갔다.

천방지축 세상 무서운 줄 모르고 날뛰는 수행원. 그러면서 온갖 재주란 재주를 다 부리니 도저히 감당이 안 되었을 거다. 삼장 법사가 아무리 마음이 넓어도 '원숭이 같은 놈'이라면서 욕을 해 댔겠지.

아니다. '돌 원숭이 같은 놈'이라고 했겠다. 하도 말을 안 들어 먹으니 원숭이보단 돌 원숭이라고 하지 않았을까?

'그때 붙은 별명이 그대로 남은 거네.'

바득. 바드득.

손오공은 이 자리에 없는 누군가를 잔뜩 씹어 댔다.

"그래. 그때 일이 왜 남았는가 싶었는데, 삼장 녀석이 당나라로 돌아가고 나서 기록을 남긴 거였어. 제길!"

부들부들 주먹이 떨린다.

지호는 행여 손오공을 자극할까 싶어 입을 꾹 다물었다.

잠시 후, 손오공은 화를 억지로 삭이면서 물었다.

"그럼 딴 놈들은?"

"……?"

"팔계랑 오정. 그놈들은 어떻게 남았는데?"

저팔계와 사오정을 말하는가 보다.

"돼지랑 물귀신이요."

"뭐? 푸하하하하하하핫!"

손오공은 기분이 풀렸는지 박장대소를 터뜨렸다.


"그래서 이제 어쩌실 겁니까?"

지호는 손오공의 웃음이 그치자마자 재빨리 물었다.

"응? 뭐가?"

손오공은 때마침 손바닥 위에 올라선 새의 머리를 조심스럽게 쓰다듬다가 불쑥 고개를 들었다. 새들이 깜짝 놀라 날아올랐다.

"환생을 보고 싶었다면서요."

"그렇지."

가만히 고개를 끄덕인다.

"그럼 이제 끝났잖아요."

"그렇지."

또 고개를 끄덕인다.

"다 끝냈으면 이제 원래대로 되돌려야죠?"

"뭘?"

"······."

손오공이 고개를 외로 꼬았다.

"그러니까 뭘?"

지호는 불길한 느낌이 들었다. 산삼주를 몰래 비우고 아버지에게서 전화를 받았을 때 받았던 딱 그 느낌이다.

"절 다시 원래 있던 곳으로 보내셔야죠!"

"아, 그거?"

손오공은 '진즉에 말로 하지, 왜 그렇게 질질 끌었냐'는 투로 피식 웃었다.

지호는 부글부글 끓는 속을 억지로 달랬다. 아무런 허락도 없이 자신을 강제로 여기다 불러 앉혔으면, 무사히 되돌려 보내는 건 상식이잖아!

입천장까지 치밀어 오른 말을 꾹 누른다. 여기서 괜히 손오공의 심기를 건드렸다가는 전혀 정체를 알 수 없는 세상에서 미아가 될 수 있었다.

하지만,

"모르는데?"

"네?"

지호는 정신이 멍해졌다.

"모른다고. 너 되돌려 보내는 방법."

"……."

"불렀으면 그만이지. 내가 그런 거까지 알아야겠냐?"

빠직.

지호의 머릿속에서 뭔가가 끊기는 소리가 났다.

"이 개새끼야아아아아!"

"언제는 원숭이라며?"

손오공은 달려드는 지호에게 주먹을 날렸다.

퍽!

*　　*　　*

지호는 말없이 계란으로 시퍼렇게 멍든 오른쪽 눈덩이를 문질렀다.

손오공은 그런 지호를 보면서 기가 막힌다는 듯이 실실 웃어 댔다.

"이야, 역시 너도 성깔이 보통은 아니구나?"

"……."

"과연 환생은 지금의 나와 차이가 심할까, 아니면 크게 차이가 없을까 궁금했었는데. 확실히 같은 영혼을 갖고 있어서 그런가? 일단 짜증 나면 대가리부터 박고 보는 게 나랑 똑같아."

지호는 싱글싱글 웃는 녀석의 낯짝에다 주먹을 꽂아 버리고 싶은 충동에 주먹을 부르르 떨었다.

"조심해라. 그거 날계란이야."

그러면서 때리지 말라는 말은 안 한다. 해 볼 테면 해 보라는 거겠지. 대신에 남은 눈에도 별을 심어 주겠다는 뜻일 테고.

지호는 화를 억누르면서 잘근잘근 씹어대듯이 물었다.

"……이제 어떻게 할 겁니까?"

"글쎄. 이것도 인연인데 너 나랑 같이 여기서 살지 않을래?"

"……."

"푸하하하핫! 농담이야, 농담. 표정 그렇게 짓지 마. 내가 미안해지잖아. 하하하하하하하핫!"

저게 어딜 봐서 미안해하는 사람의 태도냐.

손오공은 검지로 눈가에 송골송골 맺힌 눈물을 훔치면서 피식 웃었다.

"걱정은 마라. 집에는 무사히 돌려보내 줄 테니."

"어떻게요?"

"이쪽으로 불러들이는 것도 성공했는데 설마 보내는 걸 실패하겠냐? 대신에 좀 기다려. 나도 환생을 보고 싶은 마음에 급하게 서두르느라, 뒷일은 생각도 않고 저지른 거니까. 알겠지?"

손오공은 지호의 어깨를 두어 번 두들기면서 한쪽 눈을

찡긋했다. 보통 여자들이라면 끔뻑 죽을 테지만, 같은 남자가 봤을 때는 인상만 잔뜩 찌푸려진다.

그래도 지호는 한시름을 덜었다.

능글맞고, 뺀질뺀질하고, 또 뒷일은 생각도 않는 무책임한 작자지만, 그래도 말투와 몸짓 곳곳에 숨어 있는 '손오공'이란 자부심은 자신감의 반증이리라.

해 준다면 해 줄 때까지 믿고 기다려야 한다. 절대 한 입으로 두말은 하지 않을 것이다.

'얼마나 걸릴지 모른다는 게 함정이지만.'

지호는 검지로 미간을 꾹 눌렀다.

현실로 돌아가는 건 어떻게든 해결했다지만, 그래도 여전히 걱정은 태산처럼 쌓여 있었다.

'내가 사라진 걸 알면 난리가 날 텐데.'

창고에 숨었던 녀석이 갑자기 실종되었다. 아무런 연락도 흔적도 없이. 당연히 부모님은 크게 걱정하실 테고, 동생들도 놀랄 거다. 아, 식충이들은 잔소리할 사람과 군입이 하나 줄어드니까 좋아하려나?

하여간 경찰들까지 나서서 수색에 나설지도 모른다. 동아리 후배들도 슬퍼하겠지. 동기들이며 친구들은 걱정할 테고.

'거기다 이번 학기 장학금이며 등록금도 날아갈 거고,

원서 접수된 것도 무용지물이네? 으아아! T사는 최종 면접
만 남았는데, 이게 무슨 꼴이야!'

지호는 손오공이라는 이상한 녀석 때문에 단단히 꼬여
버린 인생을 두고 머리를 쥐어뜯으며 괴로워했다.

"야, 아무래도 널 부르길 잘한 거 같다. 이렇게 가만히
구경만 하고 있어도 되게 재미있네."

지호는 도끼눈으로 싱글싱글 웃는 손오공을 노려봤다.

"왜? 내가 좀 잘생기긴 했지?"

주먹을 날릴 수 없는 게 천추의 한이다!

"너희 세상 쪽이 걱정이라면 걱정 마라."

이건 무슨 소리지?

손오공은 네 맘 다 안다는 투로 말했다.

"이 몸이 아무리 위대한 존재라고 해도 어떻게 다른 세
상에 있는 녀석을 몸뚱이째로 데려오겠냐? 내가 데려온 건
네 정신밖에 없어."

"예? 하지만 전……."

"육체가 있지 않냐고? 아, 그거 정확하겐 네 몸이 아니
라 내 분신(分身)이야."

그러고 보니 서유기에서 손오공은 자신의 털을 뽑아 무
수히 많은 분신들을 소환하는 술법을 즐겨 사용했다. 그중
에 하나를 이용한 모양이다.

"같은 영혼을 쓰고 있으니 인격만 다른 자아가 들어갈 수 있지 않겠나 싶은 마음에 시도를 해 봤는데, 기분 좋게 성공한 거지. 하하하하핫! 역시 난 천재란 말이야."

"만약 실패했다면요?"

"글쎄. 뭐, 그냥 자아가 날아가 버리지 않았을까?"

"……."

지호는 더 이상 궁금한 게 있어도 괜한 것은 묻지 않는 게 정신 건강에 이로울 거라 판단했다.

"하여간 내가 이리로 불러들인 건 너의 정신. 즉, 저쪽 세상의 너는 지금 긴히 잠들어 있다는 뜻이지. 게다가 시간 흐름에도 차이가 있으니, 돌아가더라도 긴 잠을 잔 정도밖에는 안 돼. 더불어서 육체도 저쪽 세상에 맞춰서 동화(同化)되도록 만들어 놨기 때문에 하나로 봐도 무방하지."

이를테면, 손오공은 이게 전부 '꿈'이라고 말하는 것이다.

이렇게 생생한 꿈이라니.

믿기는 어렵지만, 역시나 믿을 수밖에 없다.

"그러니까 여기에 있는 동안, 실컷 구경이나 해 둬. 언제 기회가 있어서 이런 경험을 해 보겠냐? 안 그래?"

맞는 말이지만, 자의적인 결정이 아니라 타의적인 선택이란 사실이 짜증 난다.

"방법을 찾으려면 얼마나 걸릴까요?"

"길어야 닷새? 짧으면 사흘."

"금방이네요."

지호는 안도에 찬 한숨을 내쉬었다. 이런 곳에서 손오공과 계속 같이 있으면 정신이 피폐해질 것 같았지만, 그 정도라면 충분히 견딜 만했다.

'잠깐. 굳이 여기서 시간을 죽일 필요 없잖아? 나가도 되지 않나?'

갑자기 가슴이 두근거린다. 서유기 속의 세상. 소설만 본다면 위험천만한 곳이지만, 그래도 전혀 다른 세계다. 지금이 아니면 언제 경험할 기회가 있을까.

"이쪽 세상은 어떤 곳입니까?"

"이 세상? 아, 바깥 구경해 보고 싶어?"

지호는 담담히 고개를 끄덕였다. 손오공은 살짝 바람 빠지는 소리를 내면서 물었다.

"혹시 강호 무림이란 말, 들어 봤냐?"

강호 무림?

지호는 고개를 갸웃거렸다.

"처음 듣습니다만?"

"역시 그쪽 세상에는 없나 보네."

"어떤 곳인데요?"

"칼질해서 이긴 놈이 장땡인 곳."

"……."

이거 되게 무시무시한 소리를 들은 것 같은데? 지호는 등 뒤로 식은땀을 흘렸다.

"하하하하하! 농담이야, 농담. 여기도 사람 사는 곳인데, 설마 함부로 댕강댕강 칼을 휘둘러 대겠어?"

"하긴. 그렇겠죠?"

"그래. 그냥 끽해야 팔다리 정도밖에 안 떨어져."

"……."

이거 농담이야, 아니면 진담이야?

"어쩔래? 나갈래? 말리진 않을게."

결국 대답은 정해져 있었다.

\* \* \*

"보통 이런 경우에는 안 나간다고 하지 않나?"

손오공은 지호의 뒤를 따르면서 샐쭉하니 투덜거렸다.

지호는 가파른 능선을 천천히 내려갔다. 미끄러지지 않도록 땅에 박힌 바위나 나무뿌리를 디딤대 삼는다. 손오공의 거처인 화과산은 그만큼 경사가 가팔랐다.

반면에 손오공은 아주 여유롭게 훌쩍훌쩍 뛰어 다니면서

지호와 보폭을 맞췄다.

저대로 추락하는 게 아닐까 싶을 정도로 아슬아슬한 동작들이 이어졌지만, 그때마다 아주 능숙하게 균형을 잡았다.

"언제 기회가 있어서 다른 세상을 구경해 보겠습니까? 이럴 때 해 봐야죠."

"아, 글쎄. 이 세상은 위험하다니까? 말했잖아. 강호 무림. 너 같은 약골들은 딱 서는 것만으로도 오금이 막 저려요."

지호는 확신했다. 손오공은 지금 몹시 귀찮아하고 있다. 하긴 풀숲에서 기분 좋게 뒹굴다가 갑자기 객식구 길잡이 노릇이나 하려니 짜증 나겠지.

"괜찮을 것 같은데요?"

"왜?"

"오공이 따라오고 있잖습니까. 설마 천하의 손오공이 강호 무림을 무섭다고 하진 않겠죠?"

"하! 이놈 봐라? 지금 날 도발하는 거냐?"

손오공은 재미있다는 듯이 지호를 빤히 쳐다봤다.

"도발은 뭘요. 그냥 보여 주시기만 하면 되는데요."

"하하하하하! 이 녀석 진짜 웃긴 놈일세?"

손오공은 기분 좋게 웃었다. 이렇게 자존심이 박박 긁혔으니 이제 따라갈 수밖에 없다. 그런데 그게 얄밉지가 않다. 오히려 귀엽다.

그러다 씩 웃는다.

"애송아, 나한테 무공 배워 볼 생각은 없냐?"

지호가 슬쩍 고개를 든다.

"무공? 그게 뭡니까?"

"근두운, 기억하지?"

그걸 어떻게 잊을 수 있을까. 평생이 가도 절대 지워지지 않을 만큼 강렬하게 남은 기억인데.

고개를 끄덕인다.

"그럼 내가 널 잡으려고 공간을 도약했던 건?"

그 때문에 얼마나 개고생을 했는데. 당연히 못 잊는다. 애초 인간이 그런 게 가능한가 싶을 정도였다. 그런데 무공을 말하면서 이런 걸 왜 묻지? 서, 설마?

눈이 휘둥그레지는 지호를 보면서 손오공이 씩 웃는다.

"맞다. 그런 걸 가능하게 하는 기예가 바로 무공이야. 그리고 강호 무림은 그런 무공을 익힌 놈들이 발에 채일 정도로 아주 많지."

"손오공 같은 사람들이 그만큼 많단 말입니까?"

그게 가능해?

"물론 그녀들 중에 이 제천대성을 상대할 만한 자는 당연히 없지. 하지만 너희 남섬부주에서는 도저히 생각도 못할 일들을 가능케 해 준다. 어때?"

지호의 눈이 반짝거린다.

"배우고 싶어요!"

"하지만 흠이 하나 있다."

"뭔데요?"

"시간이 좀 걸려."

"아."

확실히 그만한 능력을 가지게 되는데 짧은 시간이 걸리리란 기대는 접는 게 옳겠지.

"이참에 한동안 나랑 같이 여기서 살래? 난 우리 영감님한테 기초를 배우느라 칠 년이 걸렸지만, 넌 내가 속성으로 이 년 안에 끝내 주마."

손오공이 스승인 수보리 조사에게서 호흡법을 포함한 칠십이 선술을 익히는 데는 꽤 오랜 시간이 걸렸다. 그마저도 기초를 터득하는 것에 불과했고, 모두 완벽히 습득하는 데는 꼬박 수십 년을 필요로 했다.

하지만 손오공은 귀의를 앞두고 칠십이 선술을 하나로 엮는 데 성공했다.

서유기의 여정에서도 상당히 오랜 세월이 흐른 데다가, 환생을 불러들이겠다는 일념 하나로 지난 공부들을 모두

되짚어 보고, 필요하다 싶으면 세상에 퍼진 갖가지 무공과 주술도 받아들이면서 자신만의 커다란 틀을 만든 덕분이다.

그것이 바로 제천류.

류(流)가 아니라, 류(類)다. 지난 공부들의 집대성이자 총화이기 때문이다.

덕분에 손오공은 이걸 여차하면 지호에게 건넬 참이었다. 여태 고생해서 만들어 놓은 걸 그냥 버리는 건 아깝기도 하고, 그렇다고 아무에게나 주기엔 꺼려졌다.

지호는 한참 동안이나 제자리에 서서 고민을 하다가 이내 쓰게 웃으면서 고개를 저었다.

"그럼 그냥 안 하렵니다."

당연히 배우겠다고 할 줄 알았던 손오공으로서는 전혀 예상 밖의 답변이다. 고개를 갸웃거린다.

"왜? 시간은 걱정 안 해도 돼. 닷새를 머무나 이 년을 머무나 저쪽 세상 시간은 하룻밤밖에 안 돼. 호접몽이란 거지."

지호는 검지로 볼을 긁적였다.

"혹하긴 합니다만, 생각해 보니까 크게 필요 없을 것 같아서요. 게다가 배우는 게 쉬울 것 같지도 않고."

분명 지금도 구미가 당기긴 한다. 어차피 저쪽 세상에서는 하룻밤 꿈에 불과하다면, 이 년을 투자해도 나쁘지 않을 것 같다는 생각이 들었다.

지금도 눈을 감으면 하늘 위에서 느꼈던 모든 것들을 생생하게 떠올릴 수 있으니까.

하지만 이곳은 현실이 아니다.

냉정하게 딱 잘라 말해서 이런 능력들을 갖고 현실로 돌아가 봤자 일상생활에 방해만 될 뿐이다. 도리어 다른 사람들의 이목을 끌기 십상이라, 행동에 제약만 받는다.

거기다 지호는 아주 잘 안다.

'힘은 그만한 책임이 따르지.'

어느 누구보다 그 사실을 절실히 느꼈기 때문에 쉽사리 눈앞에 있는 떡을 먹으려 하지 않았다. 분수에 맞지 않는 떡은 체하기만 할 뿐이다.

무엇보다 가장 큰 이유는,

'이 작자가 무슨 짓을 꾸밀 줄 알고!'

아까 전부터 손오공이 빙글빙글 웃는 모습이 영 수상쩍다. 요청하지 않았는데도 근두운을 보여 주더니 가르쳐 줄까 하고 꼬드긴다. 마치 다섯 살 어린아이에게 '아저씨를 따라가지 않을래?' 라고 하면서 사탕을 주고 꾀려는 납치범 같다.

본능이 외쳤다.

지금 이 작자는 뭔가 위험한 짓을 저지르려 한다고!

"이백 살까지 살 수 있는데? 그것도 안 늙어."

"그렇게까지 살 필요 있을까요?"

"키도 큰다."

지호의 눈이 왕방울만 해졌다.

"어, 얼마나요?"

"나만큼."

"그, 그래도 너무 길……."

"좋다. 많이 봐줬다. 한 달 만에 끝내 주마. 속성으로."

"……죄송합니다. 그래도 포기할래요."

아주 잠깐이지만 혹할 뻔했다.

"캬! 이 징한 새끼. 이래도 안 넘어오냐? 정력도 세져. 하루에도 기본 다섯 번. 여자들이 끔뻑 죽어. 어때? 죽이지? 이래도 안 할래?"

"그, 그, 그래도……."

철벽도 이런 철벽이 따로 없다.

손오공은 자존심이 상했다. 천하의 제천대성이 제자를 받아들이겠다고 하면 천하 각지에서 구름 떼처럼 인재들이 몰려들 텐데. 이 자식은 그냥 밥상 차려 주고 떠먹여 준다고 하는 데도 싫단다.

이 녀석을 어떻게 공략해야 하나 싶어 살피던 손오공은,

문득 이질적인 걸 발견했다.

"그러고 보니 애송이, 너 목이 좀 안 좋은 것 같은데?"

"……어떻게 아셨어요?"

손오공은 지호의 눈동자가 크게 떨리는 걸 놓치지 않았다. 침을 꼴깍 삼킨다.

"무공은 육체를 극한으로 연마하는 기예다. 그런 이상 현상도 모를까 봐?"

"그, 그럼?"

"그래. 당연히 목도 나을 수 있어."

"……!"

순간, 지호의 눈이 부릅떠졌다.

'목이…… 나을 수 있다고?'

손이 떨린다. 눈동자가 요동친다. 마치 달리는 자동차에 부딪친 것처럼 숨이 덜컥 막힌다.

여태 포기하고 있던 현실이다.

한 달이 지나면서 이젠 서서히 잊어 가고 있었다. 아니, 정확하게는 모른 척하고 있었다.

그런데 그것을 다시 들추게 될 줄이야.

손오공 역시 다른 말에는 꿈쩍도 하지 않던 녀석이 여기에 관해서는 다른 반응을 보이자 의아한 모양이다.

"왜 그러냐? 그게 그렇게 놀랄 일이야?"

"네. 최소한 저에게는……."

"무슨 일인데? 말해 봐."

지호는 잠시 입을 꾹 다물었다.

영원히 숨기려고 했던 사실이다. 그렇게 좋아했던 음악을 포기하고, 끝까지 자신을 붙잡았던 후배들을 뿌리치며, 심지어 부모님과 두 동생들, 할아버지에게도 말하지 않았던 비밀이다.

"말해 봐. 뭐라도 알아야 목을 낫게 해 주지."

결국 지호는 침을 꼴깍 삼키며 입을 열었다.

"한 달 전이었습니다……."

\*      \*      \*

쿵!

그 소리면 충분했다.

대학 밴드 중에서 제법 실력이 괜찮다고 알려진 밴드 월의 공연을 즐기러 온 관객들의 흥이 깨지는 데는.

마치 세상에 두려운 것은 없다는 듯 스크래치를 마구 내던 노래가 멈추고 음악이 뚝 끊긴 것은 그때였다.

스테이지를 흥겹게 뛰어다니던 보컬이나 기타리스트가 삼류 영화에서 나오는 것처럼 갑자기 쓰러지거나 한 것은 아니었다.

그냥 시원하게 노래를 하던 보컬이 혀라도 깨물었는지 입에서 살짝 피를 흘렸을 뿐이다.

보컬은 곧 아무 일도 아니라는 듯이 입가에 묻은 핏자국을 손등으로 훔치고 미안하다는 말과 함께 다시 공연에 들어갔다.

관객들도 그냥 노래를 하다가 실수를 했겠거니 대수롭지 않게 여겼고, 밴드 부원들도 괜찮다는 눈빛을 보내는 보컬을 믿고 안심하며 다시 연주를 시작했다.

보컬 역시 공연이 끝날 때까지 더 이상 아무 실수도 하지 않았다.

그때는 정말 모두들 별것 아니라고만 생각했다.

정말 별것 아니라고.

보컬도 그렇게 생각했다. 그때까지는.


"아무래도 성대 쪽에 문제가 생긴 것 같습니다. 혹시 후두 쪽 부위에 수술을 받으신 적이 있으십니까?"

병원에서 들은 의사의 소견.

"1년 전에 군대에서 사고가 나 국군병원에서 수술을 받은 적은 있습니다만……."

"어딜 다치신 겁니까?"

"그때 머리를 살짝 다쳤습니다."

"정확하게는 갑상선 부위지요?"

지호는 멍하니 고개를 끄덕인다.

"그거군요. 아무래도 당시 수술의 부작용인 것 같습니다. 여길 보십시오."

의사는 안경을 고쳐 쓰면서 막 촬영한 후두 부위의 CT 촬영물을 보여 주었다. 뒤쪽 두개골부터 목까지 이어지는 뼈가 훤히 드러난다.

"아무래도 이 부위를 다치시면서 수술에 들어갈 때에 이쪽 부위, 후두 위쪽의 윤상갑상근을 건드린 듯합니다. 수술은 비교적 잘 마무리되었습니다만, 문제는 이때 상후두신경, 그것도 외측분지 부분이 지혈 도구로 인한 열 손상을 입었다는 점입니다."

지호로서는 전혀 이해를 할 수 없는 내용이다.

"그게…… 목과 관련이 있나요?"

의사는 무겁게 고개를 끄덕였다.

"상후두신경은 제10의 뇌신경인 미주신경에서 갈라져 나와 후두의 상부에 위치합니다. 이것은 외지와 내지로 갈라지는데, 지금 환자분께서 다치신 외지는 운동성으로 주로 목소리의 고음을 담당합니다."

"하, 하지만 수술이 전부 끝나고 나서 노래를 불러도 여태 아무런 이상도 없었다고요!"

"예. 분명 처음엔 그랬을 겁니다. 임의로 설명하기 쉽게 열 손상이라고 말씀은 드렸지만, 수술은 아주 성공적이었고 손상도 크게 없었습니다. 하지만 이후로 쇠약해진 신경을 너무 혹사시켰다는 점이 문제지요."

"……!"

지호는 그제야 하루가 멀다 하고 연습을 하겠답시고 고음 위주의 노래를 고래고래 불러 대던 자신을 떠올렸다.

그래도 딴에는 성대 결절을 피한답시고 늘 가습기를 틀고 따뜻한 수건으로 목을 보호했지만, 정작 성대가 아닌 신경이 받는 스트레스는 풀어 주지 못한 것이다.

"치료법은요? 치료법은 없나요?"

지호는 다급해졌다. 불안감이 자꾸만 들었다.

하지만 의사는 냉정하게 고개를 젓는다.

"간단한 통원 치료를 한다면 증상이 호전되는 경우는 있으나, 부위가 신경이기 때문에 완치되는 방법은 없다고 보셔야 합니다."

"그, 그럼 저는……?"

"안타깝게도 더 이상 노래는 부르지 않는 것이 좋으실 듯합니다. 다행히 아직까지는 운이 좋아 목소리가 유지되고 있습니다만, 이미 한 번 토혈도 하신 만큼 신경이 더 쇠약해지면 목에 아예 마비가 올 수도 있습니다."

"······."

지호는 하늘이 무너지는 것 같았다.


"나, 오늘 부로 밴드 그만둔다."

여느 때와 마찬가지로 오늘은 어디서 밤새 술을 달릴까 즐거운 고민을 하던 밴드 월에게, 지호는 아무런 예고도 없이 폭탄을 떨어뜨렸다.

"혀, 형?"

"오빠? 그게 갑자기 무슨 말씀이세요?"

동아리 후배들은 모두 하나같이 놀란 눈으로 지호를 쳐다본다.

그도 그럴 것이 이제 한창 실력에 물이 올라 여기저기서 공연을 부탁할 수 있겠냐면서 제의가 물밀 듯이 오던 차였다. 특히 보컬의 찢어지는 고음과 허스키한 목소리는 이미 밴드 월의 장기로 소문이 파다하게 났다.

몇 다리 건너 듣기로는 몇몇 레코드사에서 사전 조사를 위해 몰래 공연을 보러 왔다는 말까지 들릴 정도이니.

이미 밴드 부원들 사이에는 오랫동안 꿈꿨던 소망을 이룰 수 있을지도 모른다는 희망이 꽃피는 중이었다.

프로 데뷔. 혹은 가요제 입상.

자신들의 이름으로 된 앨범을 내고 싶다는 소망이 성큼 다가오던 중이었는데, 갑자기 중심이 되는 사람이 저런 말이라니.

"선배! 호, 혹시 따로 연락이라도 받으신 거예요?"

부원들 중에서 서브 보컬과 리듬 기타를 맡은 서은영이 벌떡 일어난다. 원래 실용음악과에서 가수 지망생이었던 그녀는 지호의 공연을 보고 한눈에 반해 밴드에 가입한 케이스였다. 그러니 안달이 난다.

사실 밴드 월의 존재 가치는 지호 덕분에 만들어졌다고 해도 과언이 아니다. 당연히 여러 레코드사에서도 괜히 머릿수만 많은 밴드보다는 목소리만 뽑으려 한다.

만약 그가 독립을 선언한다고 하면 어떻게 말릴 도리가 없었다.

그래도 여태 러브콜이 있을 때마다 '저희는 단체가 아니면 안 움직입니다' 라는 말로 줄곧 거절을 해 왔던 믿음직스러운 지호였기에 전혀 걱정을 하지 않았던 것인데.

하지만 지호는 고개를 젓는다.

"그런 건 절대 아니야."

"그럼요?"

"이제 나도 나이가 있으니까. 언제 될지도 모르는, 막연하기만 한 꿈을 붙잡고 있을 수는 없잖아? 슬슬 학점 관리도 하고 어학연수도 준비해야지."

"그, 그래도!"

"은영아."

"예."

서은영은 언제나 장난기 많았던 지호가 처음으로 진지한 눈빛을 보내자 허리를 쭈뼛 세웠다.

"미안하다."

"……."


지호는 끝까지 붙잡는 후배들을 강제로 뿌리치고 건물 뒤쪽으로 나왔다. 편의점에서 담배 한 갑과 라이터를 사고 입에다 문다.

칙, 칙!

부싯돌이 돌아가면서 담배에 불이 붙는다. 깊게 빨아들이자 연기가 폐 속 깊숙하게 들어오면서 몸이 나른해진다. 1년 만에 다시 흡연을 하면 기침이라도 심하게 할 줄 알았는데. 오히려 반갑다는 듯이 기분 좋게 받아들인다.

'제대하고 나서 다시는 안 피려고 했는데……'

지호는 목에 안 좋다 싶은 행동은 철저히 금했다.

폐활량에 좋지 않은 담배는 단번에 끊었다. 술자리를 갖더라도 폭주를 한 적도 없다. 성대를 촉촉하게 하기 위해서 휴대용 가습기를 들고 다녔고, 목에 좋다는 약도 늘 챙겨 먹었다. 밤에 잘 때도 따뜻하게 데운 수건으로 피로에 잠긴 목을 풀어 주었고. 혹시 목감기에 걸릴까 싶어 환절기 때는 비상용 약도 구비해 다녔다.

하지만 이제는 그 모든 노력이 허사가 되어 버렸다. 담배를 피면 좀 어떤가. 어차피 죽을병도 아닌데.

'죽을병은 아닌데, 죽을 것 같단 말이지.'

지호는 쓰게 웃었다.

'녀석들은 어쩌고 있으려나? 동률이 녀석, 성격도 다혈질인 놈이 괜히 죄 없는 사람한테 시비나 걸지 말아야 할 텐데. 동준이랑 민상이는 같이 술이라도 마시려나? 은영이는…… 어쩌려나? 상상이 안 가네.'

자신이 아는 서은영이라면 이를 악물고 자신의 빈자리를 채우려 할지도 모르겠다는 생각이 든다. 자신이 없을 땐 대신해서 후배들을 이끌었으니.

후배들에게는 일부러 자신의 증상을 말하지 않았다.

너무나 착한 아이들이다.

이런 걸 이야기해 봤자 보컬을 너무 혹사시켰다면서 자책하고 우울해할 동생들이다.

그렇다면 혼자서 멍에를 뒤집어쓰고 나쁜 놈이 되는 게 훨씬 낫다. 지금 당장은 리더의 부재로 혼란스러워할 테지만, 녀석들의 실력이라면 금세 극복할 거다.

'그래. 이거면 된 거야.'

지호의 발치에는 벌써 다 피운 담배꽁초가 네 개나 나뒹굴고 있었다.


"선배, 이야기 좀 해요."

보컬을 구한다는 포스터를 확인하고 마음을 놓으며 자기 짐을 들고 동아리방을 나선 다음 날.

강의실 앞에 서은영이 단호한 눈매로 지호를 막아섰다. 하얀 블라우스에 하늘색 테니스 스커트. 옆으로 지나던 남학생들이 흘깃 돌아볼 정도로 예쁜 얼굴.

하지만 언제나 웃음기 가득하던 얼굴이 오늘따라 매섭다. 절대 지나게 놔두지 않겠다는 눈빛이다.

지호는 아주 잠깐 마음이 흔들렸지만, 겉으론 심드렁하게 손목시계를 살짝 보며 차갑게 말했다.

"나, 다음 수업 있어."

"알고 있어요. 저도 그 수업 들으니까요."

"그럼 나와 줄래? 오늘 조별 발표 있어서."

"선배 조가 하시는 거 아니잖아요."

지호는 이맛살을 찌푸렸다. 비딱하게 묻는다.

"무슨 얘기를 하고 싶은 건데?"

"그건 도리어 제가 여쭈고 싶은 말이에요."

"뭐?"

"주변에 알아봤어요. 선배가 다른 밴드로 가는 건 아닌지, 아니면 어디 레코드사나 연예 기획사와 계약을 한 건 아닌지."

"그런 거 아니라니까."

"알아요. 제 동기 중에는 이미 데뷔한 애들도 있고 아이돌 지망생도 있어서 쉽게 알 수 있었어요."

"그럼 뭐가 문젠데?"

"선배가 도무지 이해가 안 가서 그래요."

"말했잖아. 이제 나도 취업 걱정……."

"제발 거짓말은……!"

"그만하자. 이제 지겹다."

지호는 서은영의 옆을 지났다. 서은영이 반사적으로 지호의 소매를 붙잡았지만, 지호는 세게 확 하고 잡아당겼다.

서은영이 '아얏!' 하면서 넘어지는 소리가 들렸지만 눈길을 돌리지 않고 강의실로 들어섰다.

어디선가 우는 소리를 들렸지만…… 역시나 무시했다.


[동률 선배가 치킨이랑 피자 쐈는데…….]

[형이 빠지니까 너무 심심한데요?]

[알바 중이세요? 전화도 안 받으시네.]

[이 문자 보시면 전화 좀 주세요.]

[형! 저희 전부 동아리방에서 기다리고 있어요. 지하철이 끊기기 전까지 있을 거니까, 늦으셔도 한 번 들러 주세요.]

[민상이가 기타 줄 또 끊어 먹었어요. 오빠가 애 좀 어떻게 해 주세요.]

[형!]

[오빠!]

[선배!]


눈을 뜨면 언제나 휴대폰에는 메시지가 한가득 쌓여 있다. 그냥 발신자 차단을 하면 될 것을, 지호는 차마 그러질 못하고 읽기만 한 채 화면을 꺼 버렸다.

그리고 한 달이 흘렀을 때, 더 이상 연락은 없었다.


*      *      *


또르르.

지호의 눈가를 따라 눈물이 흘러내린다.

손오공은 흠, 흠, 하면서 고개를 끄덕였다.

"원래 노래가 업이었다, 이거냐?"

"예."

"좋아. 그럼 무공을 배울 테냐?"

"목이 나을 수만 있다면⋯⋯."

"소망이 그런 것이라는데 놔둘 순 없지. 좋아. 뒤돌아서라."

지호는 숨을 크게 들이켰다. 심장이 크게 쿵쾅거린다. 몸에 잔뜩 힘이 들어간다. 이젠 거의 포기하다시피 했던 꿈을 다시 쥘 수 있단 사실이 도무지 믿기지 않는다.

손오공이 피식 웃는다.

"너무 긴장하지 말고. 돌아서 보라니까."

"이렇게요?"

지호는 쭈뼛거리면서 몸을 반대로 돌려 손오공에게 등을 보였다. 도대체 어떤 치료를 하려는 걸까?

"너무 긴장하지 말고. 힘을 빼."

그게 잘 안 된다.

손오공은 어쩔 수 없다는 듯이 가볍게 웃었다.

"그럼 시작한다."

"⋯⋯?"

지호가 의아해하며 고개를 뒤로 돌리는 순간,

퍽!

갑자기 손오공의 뾰족한 손날이 등을 뚫었다.

"킥!"

정확하게는 목뼈와 척추가 만나는 경추 부근.

마치 종잇장을 찢는 것처럼 손오공의 손은 살점과 근육을 찢고 단숨에 들어와 목뼈를 틀어쥔다.

두두둑! 두둑!

뼈가 으스러지는 듯한 소리와 함께 화상을 입은 것 같은 통증이 전신을 엄습한다. 지호는 입을 쩍 벌린 채 소리 없는 아우성을 질러 댔다.

도무지 말이 나오질 않는다.

'켁, 켁!' 괴로움에 찬 몸부림을 칠 뿐이다.

손오공은 마치 장난감처럼 지호의 후두부와 경추를 마구 매만지면서 가만히 중얼거렸다.

"흠, 외부에서 세맥 부위에 손을 댄 흔적이 있군. 제 딴에는 말끔하게 한다고 해 뒀지만 방향이 틀어졌어. 그 때문에 기의 흐름이 온전히 이어지질 못했고…… 혈이 완전히 닫혀 버렸군. 덕분에 이 부위 전체가 허해져 버렸어."

뭔가 진단을 내리는 듯하지만, 지호의 머릿속에는 무슨 내용인지 도저히 들어오질 않는다.

"그래도 축하한다, 애송아. 이 제천대성님이 손을 못 댈 정도로 망가졌으면 어쩌나 싶었는데 이 정도면 무리가 없겠어. 그럼 시작하마!"

'도대체 뭘 하려는 거냐고……!'

아무리 속으로 따져 본다고 한들 손오공이 들을 수 있는 것도 아니다.

우드득. 드드득.

뼈가 뒤틀린다. 근육이 뭉개지기를 반복한다.

지호는 뒤통수가 타들어 갈 것만 같았다. 실핏줄이 터져 두 눈이 붉게 충혈된다. 정신이 혼미해져서 이대로 기절해 버리고 싶었다. 하지만 그것도 쉽지 않았다.

손오공은 뼈를 맞추고, 근육을 잡고, 그 속에 있던 아주 자잘한 걸 건드렸다.

그의 손끝이 움직이는 게 생생하게 느껴진다.

덕분에 지호는 인간의 뒤통수와 경추 부분이 어떻게 구성되어 있는지 완전히 알 것 같았다. 몸소 체험하는 것보다 강렬한 기억이 어디 있을까.

그렇게 한참을 움직이다가, 손오공이 손을 확 뺐다.

털썩!

지호는 후들후들 떨리는 다리로 몸을 지탱하지 못하고 곧장 앞으로 고꾸라졌다. 아주 뜨거운 사우나에라도 다녀 온 것처럼 전신이 땀으로 푹 젖어 있다.

그런데 신기하게도 콸콸 쏟아질 줄 알았던 핏물이 흐르질 않는다.

손오공은 가만히 지호의 얼굴 옆에 쭈그리고 앉으며 씩 웃었다.

"몸은 좀 어때?"

이 원숭이가 진짜 이런 짓을 할 거면 진즉에 말을 해야할 것 아냐! 너무 갑자기 당해 버린 일에, 몸은 아직도 나무 토막처럼 뻣뻣하게 굳어 있다.

"어어어어……."

"말도 못해? 참 나약하다니까."

"어어어어! 어어!"

"알았다, 알았어. 으으! 말 좀 그만해라. 더럽게 침이 자꾸 질질 흘러내리잖아."

그러니까 이게 다 누구 때문인데!

"하여간 주둥이 좀 벌려 봐."

지호는 손오공이 또 무슨 짓을 할지 몰라 입을 꾹 다물려고 했다. 하지만 손오공은 왼손으로 지호의 볼을 세게 누르고 뭔가를 집어넣었다.

이건 또 뭐야! 지호는 단번에 뱉고 싶었지만 손오공은 목언저리를 만지면서 강제로 삼키게 만들었다.

둥그스름한 무언가가 꿀꺽하고 식도를 넘어가는 순간, 갑자기 목 뒷덜미 쪽에 얼얼하게 남아 있던 통증이 거짓말처럼 싹 가셨다. 상처도 빠른 속도로 아무는 느낌이다.

그리고 몸에도 어느 정도 힘이 들어왔다.

지호는 천천히 상체를 일으키면서 손오공을 돌아봤다.

"이, 이건?"

"옛날에 태상노군한테서 훔친 구전단이란 거다. 팔괘로에서 아주 뜨뜻하게 아홉 번을 구운 귀한 거니까 소화 잘되게 꼭꼭 씹어. 아, 이미 다 삼켰던가?"

지호는 재빨리 뒷덜미 쪽을 만졌다. 어디에도 상처가 없다. 다 나아 버린 것이다. 이번에는 목 언저리를 매만지면서 작게 소리를 낸다.

"아, 아. 아!"

조심스럽게 옥타브를 올리며 목 상태를 확인한다. 그런데 아주 자연스럽게 넘어간다. 까끌까끌한 느낌도 전혀 없다.

지호가 떨리는 눈동자로 손오공을 쳐다본다. 여러 의미가 담긴 눈빛이다. 묻고 싶은 마음은 굴뚝같지만 차마 물을 용기가 나지 않는다.

혹시나 실수를 했다거나 잘 안됐다는 말을 들을까 봐.

손오공은 눈으로 하는 그 질문에 대답 대신 씩 입꼬리를 말아 올린다.

"이야, 생각보다 목소리 괜찮은데? 그러고 있지 말고 노래나 한 곡 뽑아 봐라. 남섬부주에서는 요즘 어떤 노래가 유행이야?"

지호는 주먹을 불끈 쥐었다.

'할 수…… 있어!'

지호는 용기를 가졌다. 한편으로는 손오공이 고맙기도 하고 조금 짜증이 났던 부분이 있어 어떤 노래를 부를까 고민했다.

'아, 그게 있었지?'

지호는 괜찮은 노래가 떠올라 부르기 시작했다. 곡명은 몽키 매직이었다.


"뭔 노래가 그따위야?"

손오공은 얼굴을 와락 일그러뜨리면서 고개를 꼬았다.

지호는 능글맞게 웃었다.

"한창 우리나라에서 유행하던 노래예요."

"남섬부주 인간들은 도무지 이해가 안 가네. 내가 갔을 때까지만 해도 정상이었는데?"

"문화의 차이겠죠."

"하여간 넌 이제 내 앞에서 노래 부르지 마라. 듣는 내내 뭔가 기분이 엄청 나빠져. 왜 이런 거지?"

손오공은 영 이유를 모르겠다는 표정이었다.

"그러죠, 뭐."

지호는 능글맞게 씩 웃었다.

'목이 예전보다 더 좋아졌어.'

손오공의 단언대로 목은 말끔하게 나았다. 아니, 이건 그이상이다. 노래를 부를 때 걸리는 부분도 없고 고음도 말끔하다. 특히 지호가 자랑하던 허스키한 목소리를 강제로 내더라도 성대가 아프거나 하는 게 없다.

'이런 것도 무공이란 걸까?'

인간의 한계를 뛰어넘게 만드는 게 무공이라더니.

단순히 목을 낫는 것만 해도 이럴진대, 제대로 배우게 된다면 과연 어떻게 될까?

하지만,

'어? 목소리가 다시 쉬었어?'

즐거운 마음에 노래를 네 곡 정도 잇달아 불렀더니 목소리가 다시 잠잠해진다. 손오공을 돌아보니 별것 아니라는 듯 손을 휘휘 젓는다.

"걱정 마라. 아직 기(氣)가 부족해서 그런 거니까."

"기?"

혹시 내가 아는 그 기가 맞나? 사람을 날게 하고 장풍을 쏘게 만든다는, 그 이상하고 허무맹랑한 거.

"한 달 뒤엔 사흘 내내 소리를 빽빽 질러도 아무 이상 없게 만들어 줄 테니까 걱정 마."

지호는 침을 꼴깍 삼켰다.

'한 달……'

그 정도면 충분히 투자할 만한 가치가 있다. 목을 완전히 낫는 것 외에도 키가 커진다거나, 무병장수할 수 있다거나 하는 부분은 현실적으로도 도움이 되니. 뭐, 정력이 왕성해진다는 말도 끌리는 건 사실이다.

무엇보다 사람의 욕심이란 끝이 없다고, 처음엔 자신에게 너무 과한 짐이 아닐까 싶었지만 막상 시작하게 된 김에 근두운까지도 한 번 펼쳐 보고 싶다는 욕심이 마구 든다.

하늘에서 내려다보던 광경은 여전히 머릿속에서 잊히지 않는다. 하늘을 난다는 쾌감, 구름을 탄다는 만족, 세상을 굽어본다는 희열을 전부 잊을 수가 없다.

"자, 그럼 슬슬 본격적인 수련에 들어가 볼까?"

"뭘 하면 될까요?"

"앞으로 세 차례에 걸쳐서 과제를 내줄 거다. 그걸 차례로 해결하기만 하면 돼."

듣기만 해서는 아주 과정이 간단해 보인다.

"자, 그럼 첫 번째 과제."

눈동자가 기대로 반짝거린다. 과연 어떤 수련을 시키려는 걸까? 만화나 영화에서 보던 격투술? 아니면 체력 단련? 아니면 경험담을 말해 주려는 걸까?

"살아남아라."

"무슨…… 우아아아아아악!"

손오공은 있는 힘껏 지호의 엉덩이를 걷어찼다.

지호는 비명을 길게 지르면서 낭떠러지 아래로 추락했다.


"손오공, 이 개새끼야아아아아아!"

언제는 손날로 목을 찌르더니 이제는 절벽으로 밀어 버리다니. 이딴 수련이 어디 있냐고!

"하! 이놈 봐라? 원숭이랬다가 개랬다가 왜 자꾸 바꿔?"

귓가를 스치는 바람 소리 사이로 목소리가 들려서 고개를 휙 옆으로 돌린다. 바로 옆에서 손오공이 팔짱을 끼고는 같이 아래로 떨어지고 있었다.

다만, 눈물 콧물을 있는 대로 흘리는 지호와 다르게 손오공은 싱글벙글 웃고 있었다.

"몰라서 묻냐아아아아아!"

"아니. 네가 수련을 시켜 달라면서?"

"그래도 이건 아니잖아아아아아아!"

"난 분명히 빡셀 거라고 경고했거든?"

"닥쳐어어어어어엇!"

손오공의 한쪽 눈썹이 꿈틀거린다.

"어쭈? 자꾸 말이 짧아진다?"

"네가 내 꼴이 돼 봐아아아아!"

"네 꼴이 어때서? 아까 전에 하늘에서 떨어지던 거랑 큰 차이도 없잖아?"

지호는 더 이상 깐족대는 손오공에게 일일이 대답하기도 버거웠다. 어느새 멀었던 땅이 저만치 가까워지고 있었다. 이대로는 이름 모를 세상에서 객사할 것 같다.

"진짜 어떻게 좀 해 봐아아아아!"

"그럼 지금부터 가르쳐 준 호흡법을 따라 해라."

이 인간이 또 무슨 짓을 저지르려는 거야? 지호가 짜증 가득 섞인 눈빛으로 손오공을 쳐다봤지만, 녀석은 히죽거리기 바빴다.

"살고 싶지? 그럼 하는 게 좋을걸."

에라, 모르겠다! 지호는 지푸라기라도 잡는 심정으로 손오공의 말에 집중했다.

"들이 쉴 때는 코로 세 번을 나뉘어 삼키고, 폐에 공기를 사분지 일 남겨 놓고 입으로 길게 내뱉어라."

추락하느라 정신이 없는데 도대체 어떻게 숨을 쉬라는 건지. 도무지 제정신으로는 이해할 수 없는 기행이었지만, 어쩔 수 없이 지호는 숨을 쉬는 데 집중했다.

다행히 근두운을 통해 허공을 느끼고 난 덕분인지 긴장

은 차차 풀려 갔다.

"그리고 지금부터 일러 주는 구결들을 기억해. 하늘이 푸른 가운데 땅은 붉으니, 이것은 곧 양기가 승함이라……."

이 자식, 대체 무슨 헛소리를 지껄여 대는 거야! 당최 무슨 말인지 알 수가 있어야지!

본래 무공은 결(訣)과 형(形)으로 이뤄지는 바.

하지만 이 중에서 '결'에 해당하는 구결을 처음 듣는 지호로서는 환장할 수밖에 없었다.

그래도 당장 동아줄이라고 내려온 건 이게 전부다. 아무리 봐도 낡아 빠져서 잡아당기면 톡 하고 끊길 것 같지만 어쩔 도리가 없다.

결국 지호는 동아줄을 붙잡았다.

가르쳐 준 방법대로 호흡을 정리하려고 애쓰고, 일러 주는 것들을 기억하려 노력한다.

후우…… 후우…….

숨을 삼켰다가 길게 몰아쉰다.

그러자 이상하게 긴장됐던 근육이 이완된다. 긴장도 탁 풀린다. 의식이 깊게 가라앉는다.

고요함이 찾아오면서 주변을 둘러싼 모든 것들이 하나둘씩 사라진다. 분명 떨어지고 있다는 사실을 알고 있는데도 대수롭지 않게 여겨진다.

삼매(三昧).

잡념이 모두 사라지면서 오로지 한 가지만이 마음을 가득 물들였다.

"……이로써 음기가 쇠하게 되면……."

손오공이 내뱉는 말들이 자연스럽게 흘러들어 온다.

신기하게도 마음이란 넓은 하얀 도화지 위로 이상한 한자들이 자연스럽게 박히기 시작했다.

이쪽 세상으로 오기 전에 한자라고 아는 건 분명 '하늘 천, 땅 지' 정도가 전부였건만. 지금은 신문이나 옥편에서 볼 수 있을 것 같은 온갖 해괴한 한자들이 그려지고 또 이해가 되었다.


天青裏地紅, 陽昇氣昂. 以, 陰衰氣落, 黑水擴白炎…….

하늘이 푸른 가운데 땅은 붉으니, 이것은 곧 양기가 승함이라. 이로써 음기가 쇠하게 되면, 물이 까맣게 되고 불꽃이 하얗게 변하니…….


꿈틀.

이건 도대체 무슨 현상일까.

갑자기 아랫배가 뜨뜻해지더니 무언가가 움직였다. 흙을 파헤치면 지렁이가 튀어나오듯이, 정체를 알 수 없는 이것도 아주 작게 몸을 뒤척인다.

보통 때였으면 느끼지 못했거나, 가려운 정도로만 여기고 대수롭지 않게 넘겼을 아주 조그마한 움직임.

하지만 지금은 그 움직임의 결과가 마치 폭포수처럼 선명하게 들린다.

따뜻한 그것은 곧 분수처럼 아랫배에서 솟구쳐 몸 곳곳으로 퍼져 나갔다.

화악!

눈을 뜬 순간, 갑자기 지호의 양쪽 눈 위로 금빛 광망이 언뜻 떠올랐다가 사그라진다.

손오공이 가진 것과 똑같은 눈동자, 화안금정이었다.

**4장**

화안금정

몸은 여전히 계속 급강하를 한다.

'내가 또 속으면 아메바 새끼다, 아메바 새끼!'

기대를 잔뜩 줬다가 뒤통수를 맞은 게 벌써 몇 번째인지!

이제는 미쳐 버릴 지경이다. 손오공이 대체 무슨 생각을 하는 건지는 모르겠지만, 그깟 과제 따위 깨 버리면 그만 아니냐!

지호는 금색으로 물든 눈동자를 위로 들었다. 어느새 저 멀리 점이 되어 사라지는 낭떠러지 끝이 보인다.

'이제야 겨우 목도 다 나았는데, 여기서 뒈질 수는 없잖 아!'

이를 으스러져라 악문다.

지호는 본능적으로 손을 매의 발톱처럼 웅크리면서 눈앞에 있는 절벽에다 찍었다.

쾅!

다섯 손가락이 마치 두부를 파고드는 것처럼 너무나 간단하게 절벽에 꽂힌다. 하지만 아래로 추락하는 관성 때문에 다섯 고랑이 길게 남았다.

이대로 손가락이 부러지는 것이 아닐까 싶을 정도로 강한 압력이 더해진다.

"제기라아알!"

지호는 이를 악물고 왼손도 똑같이 구부려 절벽을 찍고, 양쪽 발도 같이 박았다.

콰콰콰…….

몸이 계속 미끄러진다. 열 개의 작은 고랑과 두 개의 커다란 고랑이 절벽에 아주 길게 남는다. 돌멩이가 사방으로 튀어 우수수 떨어진다.

"멈춰. 멈추라고!"

지면까지 얼마 남지 않아 보인다. 이대로는 위험하다.

'조금만 더…… 조금만…… 조금만……!'

지호는 이가 부러지는 게 아닐까 싶을 정도로 더 세게 악물었다. 팔뚝과 다리, 목젖을 따라 혈관이 터질 듯이 팽팽하게 부푼다. 두 눈에도 핏대가 잔뜩 선다.

젖 먹던 힘을 다해 몸에 바짝 힘을 싣는다.

속도가 조금씩 줄어들기 시작했다.

"멈추라고오오오오오!"

사자후를 터뜨리듯이 소리를 크게 지르는 순간,

"……."

추락이 멈췄다.

거짓말처럼.

"헉…… 헉…… 헉……."

지호는 식은땀에 흠뻑 젖은 채 거칠게 숨을 몰아쉬었다. 물 먹은 솜처럼 몸이 축 처진다. 팔다리에 힘이 쭉 빠진다.

하지만 여전히 손발은 단단하게 낭떠러지를 붙잡은 상태다. 자잘한 상처로 이미 손은 피투성이였고, 신발은 다 떨어져 버렸다.

'호흡. 호흡!'

지호는 이대로는 다시 떨어질 것 같다는 생각에 손오공이 가르쳐 줬던 호흡법을 되새김질했다. 가쁜 숨을 진정시키는 것이 여간 어려운 게 아니었지만, 속으로 구결을 되뇌니 한결 나았다.

한참 후에야 겨우 한숨을 돌릴 겨를이 생겼다. 천천히 고개를 들어 위를 올려다본다. 얼마나 많이 떨어졌는지 끝이 보이지도 않는다.

'그럼 아래는?'

슬쩍 고개를 밑으로 돌린다. 혹시나 아래로 내려갈 수 있을까 생각했지만, 기대는 무참히 박살 났다. 분명 아까는 지면에 가까워졌다고 생각했는데. 도대체 이놈의 화과산은 얼마나 높은 건지 한참 동안 떨어진 것 같은데도 지면은 아직 보이지도 않았다.

"오, 해냈네?"

땅이 꺼져라 한숨을 내쉬는데, 아주 익숙한 깐족대는 목소리가 들렸다. 지호는 도끼눈을 뜨며 옆으로 고개를 획 돌렸다.

얼마 떨어지지 않은 곳에 나뭇가지 하나가 비스듬하게 절벽을 뚫고 튀어나와 있다. 손오공은 그 위에 사뿐히 앉아 빙글빙글 웃고 있었다.

저 뺀질거리는 낯짝을 보니 저절로 이가 갈렸다.

바득. 바득.

"하하하하! 나도 내가 잘생긴 거 아니까 그만 쳐다봐라. 얼굴 뚫어질라."

진짜 뚫을 수 있으면 뚫고 싶다!

"이…… 게…… 대체 뭡니……까?"

지호는 이대로 욕이 튀어나올 것 같아 분을 억지로 삭이면서 물었다.

"노래하게 해 달라며."

"그…… 게 이것과 무슨…… 상관이 있…… 는데요?"

"상관있지."

손오공이 히죽 웃는다.

"기를 다뤄야 하거든."

또 나왔다. 그 기라는 것.

"그런 게 진짜 있습니까?"

다행히 반항적이던 말투가 돌아왔다.

"있다마다. 본래 만물은 이(理)와 기(氣)로 이뤄진다. 이는 절대적인 근원을, 기는 근원을 감싸면서 형태를 결정하지."

지호는 순간 학창 시절, 윤리 시간에 배웠던 이기론(理氣論)을 떠올렸다. 한국과 중국을 포함한 유교 영향권 전체에서 아주 중요하게 다뤄졌던 이론이 아닌가.

"특히 이 기는 일정한 순환 구조를 따라 대자연 곳곳에 퍼지지. 생명체는 호흡을 통해 순기를 받아들이고, 체내에서 쓸모가 다한 탁기를 내뱉어. 이때 탁기는 대자연의 순환에 녹아 정화되지. 다시 순기가 된 기운은 또 다른 생명체에 깃든다. 이러한 거대 기의 순환 구조를 일컬어 원기(元氣)라고 한다."

정확하게 무슨 뜻인지 모르겠다.

다만, 한 가지만은 확실히 알 것 같다.

빌어먹을 기인지 뭔지 하는 걸 다룰 수 있게 하기 위해서 호흡법을 억지로 가르쳤다는 것.

"그럼 그냥 가르쳐 줘도 되잖습니까!"

"그냥 호흡법만 가르쳐 주면 기를 느끼는 데만 반년이 꼬박 걸릴걸? 앞으로 가르칠 게 산더미인데 어떻게 그래? 바로 조져야지."

"……."

"게다가 구전단을 삼키면서 네 육체는 기에 대한 감각이 한창 무르익는 중이었어. 목을 감싸던 것도 바로 그 기였고. 이렇게 달궈졌으니 힘차게 때려야지, 안 그래?"

"제길……."

손오공은 '하아, 정말 난 너무 천재인 것 같아' 라고 중얼거리며 자화자찬에 흠뻑 빠졌다.

그럴수록 이쪽은 이만 더 갈리지만.

"그럼 이제 어떡할 겁니까?"

"어쩌긴 뭘 어째. 한 번 시작했으니 끝을 봐야지."

손오공은 고개를 올리며 검지로 하늘을 가리켰다.

"올라가. 끝까지."

니미……! 지호는 욕지거리가 올라왔다.

"올라갈 때 호흡에 주의해. 그리고 이번에는 기에 그냥 몸을 맡기는 것이 아니라, 뜻대로 다룰 수 있게 노력하고. 도구처럼 다룬다고 생각해 봐. 어때? 간단하지?"

옛날 비디오에서 엄청난 그림을 떡 하니 그려 놓고 '참 쉽죠?'라 말하던 어떤 털북숭이 아저씨가 생각난다.

지호는 당장 네가 내 입장이 되어 보라고 따지고 싶었지만, 이미 의식은 단전에 집중하고 있었다.

"목을 다 낫기 위해서라고 생각하고. 아자! 힘내라! 그럼 난 위에서 기다리마. 안—녕!"

손오공은 가볍게 손을 흔들어 주고는 위로 몸을 날렸다. 탁, 탁! 발로 절벽을 가볍게 찰 때마다 마치 무게가 없는 것처럼 쭉쭉 올라가 금세 사라졌다.

바득. 바드득.

"좋아. 이렇게 된 이상 똑같이 따라해 주겠어."

지호에게 이제 남은 건 독기와 악바리 근성밖에 없었다. 그는 갈고리처럼 구부린 손을 떼서 위쪽을 찍었다.

콰직! 콰직!

아무런 보조 도구도 없는 암벽 등반이 시작되었다.

\* \* \*

"그놈 참, 싹수가 보이네."

손오공은 절벽 끄트머리에 엉덩이를 깔고 앉아 가만히 아래를 내려다보면서 씩 웃었다. 지호는 저 멀리 있어 잘 보이지도 않았지만, 그에게는 바로 눈앞에 있는 것처럼 선명하게 너무 잘 보였다.

"일단 일 차 과제는 합격."

사실 손오공은 진짜 지호를 구해 줄 마음이 없었다.

죽는다면 그것으로 끝이고, 살아난다면 더 지켜본다.

그것이 손오공의 마음가짐이었다.

"그릇이 내용물을 받아들일 수 없다면, 기존 그릇을 깨부수고 더 크고 넓어지게 새로 빚어야지. 그냥 깨진 사금파리밖에 안 된다면 애초 가망이 없던 거고."

눈빛이 싸늘하게 식는다. 입가에 냉소가 맺힌다.

환생을 왜 불러들였던가?

부처의 자리를 박차고 왜 이 고난한 길을 택했던가?

어째서 위대한 영혼을 한낱 망령으로 떨어뜨릴 수 있는 위기를 감수하고서라도 이 방법을 고수했던가?

손오공은 절대 기존 목적을 잊지 않았다.

"잘 해 봐라. 실패한다면 추락밖에 안 남겠지만……"

금색 눈동자가 빛을 발한다.

**"성공한다면 신의 자리가 기다릴 것이다."**

*        *        *

이 기란 녀석은 잡힐 듯 잡히지 않을 듯, 손끝에서 아른 거리는 아지랑이처럼 도무지 잡을 수가 없었다. 도리어 네 말 따윈 듣지 않겠다고 시위라도 하듯이 단전 안을 뱅글뱅글 맴돌았다.

이 녀석이 혹시 날 약 올리는 게 아닐까?

하지만 곧 피식 웃어 버린다.

'그럴 리가.'

의지를 갖고 있지 않은 녀석이 무슨 용한 재주가 있어서 그럴까.

'그래도 이 녀석을 어떻게 해야 되는데.'

지호는 머리를 계속 굴렸다.

손오공이 정말 미치지 않고서야 불가능한 걸 시켰을 리 는 없다. 어렵더라도 어떤 방법이 있으니까 이렇게 내몰았 겠지.

"잠깐. 그러고 보니까 이거 단전 아냐?"

지호는 아랫배에서 맴도는 기를 느끼면서 고개를 갸웃거 렸다.

언제 한 번 지수가 '오빠, 숨만 쉬어도 살을 뺄 수가 있대!'라면서 단전호흡에 대한 강의 책자를 들고 온 적이 있었다.

그때 얼마나 요란법석을 떨었던지, 지호도 덩달아 휘말려서 호흡을 제대로 하고 있는지 옆에서 확인하느라 고생을 해야 했다.

결국 나중에 가서는 힘들다면서 뭣 같이 성질을 내고 포기해 버려 지호도 잊어버렸지만, 그래도 기본 개념은 어깨너머로 대충이나마 배웠다.

'단전은 기의 저장고라고 했지, 아마?'

지호는 당시 기억을 억지로 상기하고자 했다. 미간이 좁아진다.

"그때 분명히……."

지호는 단전 전체에 힘을 주면서 천천히, 아주 천천히 기를 끌었다.

우우——웅.

"어? 된다!"

처음에는 잘 안 되었지만 몇 번 톡톡 건드리니까 어렴풋하게나마 기가 움직이기 시작했다.

비록 다룰 수 있는 건 아주 극소량인 데다가, 속도도 굼벵이처럼 너무 느렸지만 이것만 해도 충분했다.

기를 끌어와 팔다리에 고루 뿌린다.

입꼬리가 말려 올라간다.

"좋아. 손오공. 어디 해보자고. 네가 이기나, 내가 이기나!"

덤벼 오는 싸움을 피해서야 손씨 가문의 남자가 아니지! 지호는 이를 악물면서 천천히 올라갔다. 아주 느릿하게나마 조심스럽게 한 발자국, 한 발자국을 옮긴다.

금방 소진된 기는 다시 단전에서 올라와 채워지고, 단전이 메마른다 싶으면 또다시 거짓말처럼 우물물 같이 올라온다.

시간이 지날수록 사용할 수 있는 양도 많아지고 단전에 쌓이는 양도 불어난다.

지호는 드디어 절벽 끄트머리에 도착하는 데 성공했다.

"으아아아아아! 서어어엉! 고오오오옹!"

기분 좋은 사자후를 터뜨리면서 마지막 손가락에 힘을 주어 낭떠러지 위로 완전히 올라왔다. 정말이지 인간 승리가 따로 없다.

헉, 헉, 지호는 자신이 올라온 낭떠러지를 내려다보면서 숨을 돌렸다.

저걸 진짜 내가 올라왔단 말이야? 뿌듯한 마음에 히죽 웃는다.

"오오오. 진짜 해낼 줄이야. 대단한데?"

"오오오. 진짜 해낼 줄이야. 대단한데?"

그때 머리맡에서 손오공의 목소리가 들렸다.

지호는 고개를 홱 위로 젖혔다.

"당연하죠! 이젠 쉽게 당하지 않……! 어?"

지호는 호기롭게 외치다 말고 합죽이가 되고 말았다.

"어서 와. 이런 건 처음이지?"

"어서 와. 이런 건 처음이지?"

"어서 와. 이런 건 처음이지?"

"……씨발."

바로 뒤쪽. 족히 백 명은 될 것 같은 손오공들이 반갑게 손을 흔들었다.

*　　*　　*

"씨이이이이이바아아아아아아알!"

백 명의 손오공을 처음 마주했을 때 터뜨렸던 욕지거리가 이제는 화과산 전체를 물들인다.

지호는 뛰었다. 발에 땀띠가 나도록. 젖 먹던 힘을 다해 힘껏 달렸다. 절벽을 오르느라 체력이 바닥났지만 지금은 그딴 걸 생각할 겨를이 없었다.

그도 그럴 것이 지친다고 조금이라도 속도를 줄이면,

"하하하하하! 나랑 놀자!"

"하하하하하! 아냐! 나랑 놀자!"

"하하하하하! 나랑 놀자! 응?"

어느새 손오공 '들' 이 바로 뒤쪽까지 따라붙는다. 지금도 세 명이 싱글벙글 웃으면서 지호의 뒤를 쫓았다.

한 녀석은 땅 위를 미끄러지듯이 달려오고, 다른 녀석은 나무 위를 폴짝폴짝 뛰면서, 또 다른 녀석은 사각지대를 교묘하게 노리면서 지호를 괴롭힌다.

서로 다른 모습으로 달려오지만, 정작 다른 건 전부 똑같다.

똑같은 얼굴, 똑같은 미소, 똑같은 목소리, 똑같이 말투, 똑같은 행동. 거울에 비춘 것처럼 죄다 똑같은 녀석들이 동시에 말을 건네는 모습은 꿈에나 볼까 싶을 정도로 괴이해 무섭다.

분신술이다.

서유기에서 손오공이 가장 많이 사용하는 기술. 흔히 '다구리엔 장사 없다' 는 말을 전형적으로 보여 주는 예다. 온갖 요괴들도 여기엔 죽을 못 쓰더라.

그런데 그런 걸 실제로 마주하게 되니 숨이 턱 하고 막힌다. 손오공이 한 명도 아니라 백 명이다, 백 명! 상상만 해도 끔찍한데 정말로 직접 만났다면?

그런 기가 막힌 걸 지호 하나 잡자고 썼다. 이게 정말 제 정신을 가진 녀석이 할 수 있는 짓이냐고!

거기다 장난감을 발견한 사람처럼 눈을 반짝거리면서 기괴한 웃음소리를 흘려 대는 모습은, 정말이지 가슴을 철렁이게 만든다.

"헤헤헤헤헤헤!"

"헤헤헤헤헤헤!"

"헤헤헤헤헤헤!"

"젠자아아아아앙!"

이렇게 악이라도 쓰면서 내달리지 않는 이상에는 녀석들과 거리를 벌릴 수가 없다. 이미 팔이며 다리는 내 것이 맞는지조차 의심스럽다. 단전 속 기도 맹렬하게 회전한다.

그런 지호의 모습이 재미난지 저쪽 멀리 있는 높게 선 커다란 나무에 앉아 있던 손오공이 입을 열었다.

"자고로 강호 무림은 언제 어디서 눈 먼 칼이 튀어나올지 모르는 흉흉한 곳이다. 허리가 굽은 노파나 순진해 보이는 아이가 칼을 숨긴 경우도 있고, 이따금 수십 명이나 되는 패거리들이 몰매를 놓는 경우도 있지. 그래서 너는 갖가지 다양한 장소, 환경, 상황에서 각기 대응할 만한 방법을 터득해야 해."

저 녀석이다. 이 빌어먹을 일들을 저지른 원흉. 모든 손오공들 중 '진짜'다.

"내가 부탁한 건 그냥 노래하게 해 달라는 것밖엔 없잖아아아아!"

"그러려면 기를 다뤄야지."

"그럼 그것만 가르쳐 주면 되잖아아아아아아!"

진짜 손오공이 검지를 까딱거리며 혀를 찬다.

"쯧쯧쯧! 멍청한 소리. 기를 다루는 게 그렇게 쉽다면 이 세상에 강호 무림이라는 비정상적인 세계가 탄생할 수 없었겠지. 그만큼 기란 것은 아주 심오하고 현학적인 학문이야."

사람을 이렇게 괴롭히기나 하면서 심오하긴 개뿔이!

"하지만 너는 이제야 입문(入門)을 했을 뿐이다. 그런데 주어진 시간은 한 달밖에 없으니 되도록 그 짧은 기간 동안 강호의 다양한 환경을 경험할 수 있도록 스승인 내가 도와줘야지."

"그러니까 내가 부탁한 건 그냥 노래라고오오오오오! 이 빌어먹을 돌 원숭이야아아아아!"

지호는 달리면서도 진짜 손오공이 있는 곳을 한껏 노려봤다. 시선에다 울분을 잔뜩 담아서!

그래. 한 번 상해 버린 목으로 다시 노래를 하려면 기를 다뤄야 한다는 건 잘 알겠다. 그리고 기를 잘 다루기 위해서 이렇게 굴린다는 것도 알겠고. 하지만 낭떠러지 아래로 떨어뜨리고 몰매까지 놓을 필요는 없잖아!

하지만 지호가 아무리 구슬프게 외친다고 해도 손오공에게 통할 리 만무하다. 말 그대로 소 귀에 경 읽기, 아니, 원숭이 귀에 경 읽기다.

피식, 손오공이 웃었다.

"나에게 그렇게 소리를 질러 댈 정도로 악바리 근성이 심어진 건 참 다행이다만, 앞은 안 봐도 되겠어?"

"무슨…… 우아아악!"

갑자기 풀숲이 흔들린다 싶더니 다른 손오공이 톡 튀어나오면서 반갑게 손을 흔든다. 지호는 심장이 덜컥 내려앉는 것 같았다.

"까꿍! 안녕? 나랑 놀려고 왔어?"

뒤쪽에 셋! 앞에 하나!

"제기랄!"

지호는 이를 악물고 몸을 직각으로 틀었다. 다리에 과부하가 걸렸지만 당연히 지금은 그런 걸 생각할 겨를 따윈 없다. 기가 다시 움직인다.

앞에서 튀어나온 손오공이 지호를 잡으려고 손을 뻗는다. 지호는 자세를 숙여 아슬아슬하게 피하면서 우측으로 내달렸다.

그런데 이번에는 사과나무에서 다른 손오공이 툭 하고 떨어진다.

"아냐! 지호는 나랑 놀려고 온 거야!"

"아냐! 나야!"

"아냐! 나라고!"

이어서 왼쪽 배나무에서, 오른쪽 복숭아나무에서도 다른 손오공들이 나타나 지호를 에워싼다. 이걸로 일곱!

놈들에게 잡히면 무슨 꼴을 당할지 모른다는 생각이 머릿속을 가득 채운다. 하지만 일곱 명이나 되는 놈들 틈바구니를 빠져나가려니 도무지 빈틈이 보이질 않는다.

결국 지호는 생각을 바꿨다.

'피하는 게 안 되면 부딪친다!'

손오공과 주먹다짐을 한다는 게 말이 안 되지만, 어차피 이판사판 물러날 데가 없다.

배나무에서 떨어졌던 손오공이 가장 먼저 주먹을 날린다. 싱글벙글 웃는 얼굴을 하면서 바위 하나쯤은 가볍게 부술 것 같은 매서운 주먹질이다.

쐐애애애액!

지호는 눈을 부릅떴다.

'봐야 해. 봐야 해. 봐야 해!'

제일 혈기가 왕성하다는 중·고등학생 때도 흔한 주먹 다툼 한 번 하지 않았던 지호다. 싸움이라면 치를 떨 정도였지만 지금은 딱 한 가지 생각, '도망칠 수는 없다'는 생각밖엔 없었다.

보통 때 같았으면 겁에 질린 나머지 눈을 질끈 감았을 거다. 그래도 끝까지 놓치지 않으려 눈에 단단히 힘을 준다.

하지만 너무 빠른 나머지 순간적으로 놓치고 말았다.

'안 돼!'

지호는 재빨리 녀석의 주먹이 남긴 궤적을 다시 쫓았다. 벌써 주먹이 왼쪽 가슴팍 근처까지 다다르고 있었다.

이대로는 심장 부위가 직격타를 입는다. 그렇게 되면 갈비뼈가 몇 대 나가는 걸로 끝나지 않는다. 거기다 그다음에 이어질 다른 손오공들의 몰매까지 생각한다면? 끔찍하다.

'생각하자. 생각하자. 생각하자!'

궤적은 잡았다. 하지만 주먹은 잘 보이지 않는다. 주먹이 남긴 흐릿한 환영만 잡힌다. 그만큼 손오공의 주먹이 빠르다는 거고, 이쪽에서 어떻게 맞대응할 방안이 없다는 뜻이다.

그렇다면 생각을 다르게 가지자.

어차피 이쪽에서는 손오공과 직접 겨루는 게 힘들다. 그만한 힘도 없고 실력도 안 된다.

대신에 피하면 그만이다.

궤적을 예상하자.

어디로 주먹이 날아들지, 어느 방향으로, 어떤 방식으로, 어떻게 나에게 공격을 가할지를 예상하자. 판단하자.

자칫 한 순간 잘못된 판단이 위험으로 내몰 수 있지만, 어차피 지금은 그 수 외에는 없다.

찰나에 불과한 아주 짧은 시간.

지호는 거기까지 생각이 미쳤다.

"흡!"

숨을 한껏 들이킨다. 폐가 빵빵해지도록. 폐가 끊어지도록.

덕분에 아프다면서 소리 질러 대던 감각들이 깨어난다. 여기에 죽을지 모른다는 긴장까지 더해지면서 심장이 더 거칠게 뛴다.

쿵쾅! 쿵쾅! 쿵쾅!

심장 소리가 천둥소리처럼 귓가에 아주 크게 들릴 때.

심장에서 힘차게 뻗어 나간 피가 산소를 잔뜩 싣고서 혈관을 질주하는 걸 느낄 때.

심장의 힘을 바탕으로 아드레날린이 마구 분비될 때.

처음으로 혈(穴)이 열렸다.

장소는 태양혈. 바로 관자놀이 부근이다.

쏴아아아!

단전에서 출발한 기가 단숨에 위로 치고 올라와 머리 쪽에 맺힌다. 핏대가 잔뜩 선 두 눈에 아주 잠깐이지만 금색 광망이 맺힌다.

그 순간, 지호는 시간이 살짝 느려진 것 같다는 느낌을 받았다.

손오공의 주먹이…… 보인 것이다!

비록 눈 깜짝할 사이, 아주 잠깐에 불과했지만, 지호가 몸을 틀어 피하는 데는 전혀 무리가 없었다.

팟!

지호는 힘껏 몸을 좌측으로 틀었다. 주먹이 아슬아슬하게 가슴팍 위를 지나면서 상의가 걸려 쭉 찢어진다. 살짝 핏자국이 남는다.

피하는 데, 성공했다.

＊　　＊　　＊

"화안금정?"

나무 위. 진짜 손오공은 지호를 보다가 살짝 놀란 듯이 눈을 크게 떴다. 아주 잠깐에 불과했지만, 분명 지호의 눈가에 맺힌 금빛 광망은 화안금정이었다.

손오공이 태상노군의 팔괘로에 갇혀 불꽃에 눌려 죽을 뻔했을 때에 기적적으로 겨우 얻었던 신안(神眼)이다.

이는 세상을 둘러싼 온갖 환상과 미혹을 걷어 내고 그 속에 숨은 이치를 엿보게 한다. 정확하게는 이기론의 '이'를 직관하는 눈이라 할 수 있다.

그런 것을 어설프게나마 깨달을 줄이야.

물론 분신들은 분신이니 만큼 본체와 비교했을 때 그 능력은 한없이 떨어진다. 거기다 손오공이 임의로 지호의 실력에 맞춰 조절한 것도 있다.

그래도 이 정도면 대단한 거다.

손오공은 지호에 대한 평가를 바꿔야 했다. 실망스러웠던 녀석이 호기심이 가는 녀석으로, 이제는 재미난 녀석으로 한 단계씩 격상한다.

손오공은 눈을 둥글게 휘면서 손으로 턱을 쓰다듬었다. 입가엔 웃음이 그치지 않았다.

"어쩌면 좋냐. 자꾸 이렇게 날 흥분시키면 더 괴롭혀 주고 싶잖니."


\*       \*       \*


오싹!

지호는 등골을 타고 흐르는 엄청나게 불길한 느낌에 허리를 쭈뼛 세웠다.

하지만 여기에 대해 깊이 생각할 겨를이 없었다. 배나무 손오공에 이어 사과나무에서 떨어진 손오공이 이쪽으로 다리를 차올리고 있었다.

그런데 하필이면 위치가 사타구니다.

'이 빌어먹을 돌 원숭이 새끼는 환생한테서 씨도 못 보게 할 작정이냐!'

따지고 보면 스스로 자신에게 못돼 먹은 짓을 하는 게 되지 않는가 말이다! 물론 억울함을 호소하기도 전에 몸이 먼저 피하기 위해서 반응을 보였다. 종족 번식을 위한 생존적인 본능이었다.

타닥!

발뒤꿈치로 땅을 밀면서 몸을 물린다. 녀석의 발차기가 아슬아슬하게 위로 올라간다. 턱 끝이 스쳤다.

'됐…… 아차!'

겨우 위기에서 탈출했다 싶은 그때였다.

"헤헤헤헤! 우릴 잊으면 안 되지!"

"헤헤헤헤! 그러니까 나랑 놀자!"

"헤헤헤헤! 아냐! 나랑 놀 거야!"

아까 전부터 계속 같이 놀자면서 끈질기게 쫓아왔던 미

친 손오공 세 명이 뒤에서 와락 덮친 것이다. 바로 뒤에서
달려드는 통에 궤적을 쫓고 자시고 할 새도 없이 그대로 당
할 판국이었다.

'피할 데가 없어!'

싱글벙글 웃는 녀석들의 그림자가 지호의 얼굴을 덮는
그 순간,

　　하늘과 땅은 두 개가 아니라 하나이니 이것을 구
　분하는 것만큼 어리석은 짓은 없느니. 두 가지는 마
　땅한 경계선이 없이 하나로 이어지고 있으니 결국
　만물은 그 안에서 벌어지는 것이라…….

머릿속으로 목소리가 울려 퍼진다. 아주 익숙한 손오공
의 목소리. 그중에서도 진짜 손오공의 것이다.

낭떠러지에서 떨어질 때처럼 뜻을 알 수 없는 한자들이
뇌리 속에 쏙쏙 틀어박혔다.

　　天地不二, 則一, 以, 行分愚…….

진짜 손오공이 전하는 말뜻은 간단하다.

이번에도 이걸로 살아남아라!

"제에에에에엔자아아아아아앙!"

지호는 적선하듯이 던져 주는 진짜 손오공의 조언을 그대로 받아들이면서 몸으로 녹였다. 그러자 단전이 징, 징 떨리면서 기가 분수처럼 한껏 치솟아 주먹 끝에 맺혔다. 기가 처음으로 성질을 변환시켰다.


……그 만물 중 가장 빠른 것은 바로 벼락이니,
우직하게 나아가고자 하는 성질은…….


벼락. 번개. 뇌(雷).

제천류의 한 종류, 뇌벽세의 시작이다.

파직! 파지직!

샛노란 뇌전이 주먹을 따라, 팔뚝을 따라, 어깨 위로 튀어 오르더니 그대로 둥근 궤적을 그렸다. 지호는 주먹으로 세 녀석이 있는 뒤쪽을 힘껏 후려쳤다.

콰콰콰쾅!

뇌전이 폭발하면서 세 손오공들이 충격파로 인해 허리를 접은 채 뒤로 튕겨 났다. 퍼퍼펑! 바람 빠지는 소리와 함께 세 분신들이 사라졌다.

지호의 눈이 커진다.

'이, 이걸 내가 해냈다고?'

자신의 주먹을 보는 눈동자가 위아래로 떨린다. 그만큼 그는 자신이 해낸 일을 도무지 믿을 수가 없었다.

지호를 덮치려던 세 손오공이 속수무책으로 날아갔다. 뇌벽세가 터지면서 일어난 후폭풍이 다른 네 손오공들도 멀리 튕겨 냈다.

파직. 파지직.

시커멓게 그을린 땅바닥은 여전히 뇌기의 잔향이 남아 노란 불꽃을 드러낸다.

단전이 쾅! 하고 터진 기분.

분명 몸 안에 웅크리고 있던 뭔가가 분출됐다. 아주 상쾌하다. 몸이 날아갈 듯이 가볍다. 그런데도 텅 빈 단전에서는 기가 다시 조금씩 차오른다.

'이거면 돼!'

지호는 주먹을 꽉 쥐었다. 자신감이 붙는다. 이것만 있다면 손오공이 아무리 달려들어도 무섭지 않다. 백 명? 까짓것 덤비라지. 또다시 물리쳐 줄 테니.

때마침 다른 손오공들이 스멀스멀 모습을 드러냈다. 히히히. 전부 다 입가엔 함박 미소를 물었다.

분명 아까 전까지만 해도 겁부터 지레 먹고 뒤도 안 돌아보고 도망쳤을 테지만, 지금은 당당하다. 두 다리를 단단히 벌리며 녀석들에게 손을 내밀어 까딱거린다.

"덤벼 봐, 이 빌어먹을 돌 원숭이들아."

입꼬리가 비틀어졌다.


지호는 말없이 두 배로 부풀어 오른 얼굴을 날계란으로 문댔다.

"……."

"푸하하하핫!"

"웅지 망앙요(웃지 말아요)!"

"푸하하하하하핫!"

"웅지 망앙닝깡용(웃지 말라니까요)!"

"푸하하하하하하하하하핫!"

"젱깅랑(제기랄)……!"

지호는 발치에 있던 애꿎은 돌멩이를 발로 뻥 걷어찼다. 데구루루. 돌멩이는 저만치 구르다 바위에 막혀 턱 하고 멈췄다.

"으하하하하하하하하! 진짜 미치겠다! 푸하하하하하!"

진짜 시끄러워 죽겠네! 지호는 아예 땅바닥에 누워 배꼽을 잡고 데굴데굴 구르는 손오공이 원망스럽기만 했다. 짜증이 치밀어 얼굴이 붉어졌지만 별 티도 나지 않았다.

손오공 분신들에게 호기롭게 외친 후. 지호는 정말 실컷 얻어터졌다. 이대로 몸이 아작 나는 게 아닐까 싶을 정도로. 심지어 별까지 봤다.

만약 손오공이 분신들을 거두지 않았으면 다른 세상에 있는 아버지나 할아버지보다 먼저 삼도천을 건너서 두 분을 기다릴 뻔했다.

덕분에 지호는 얼굴이 잘 부푼 찐빵이 되었다. 눈덩이는 부어서 앞도 제대로 보이지 않고, 볼이며 이마는 시퍼렇게 물들었다.

말하기도 힘들다. 뭐라고 말할 때마다 자꾸 발음이 새니 손오공이 기가 막혀 웃어 댄다.

지호는 속이 뒤집어질 노릇이었지만, 어떻게 대꾸할 도리가 없어서 돌멩이만 툭툭 발로 쳐 댔다. 이미 주변에는 돌멩이가 하나도 남아나질 않았다.

손오공은 실컷 웃었는지 한참 후에야 상체를 일으키면서 검지로 눈가를 훔쳤다.

"진짜 미치겠다. 역시 넌 내 상상을 초월해. 가르친 게 절대 후회스럽질 않아. 으하하하핫!"

"……."

"알았다. 알았어. 그만 웃을 테니 그만 노려봐. 푸흡!"

"……."

손오공을 바라보는 지호의 눈길에는 이제 아무런 감정도 담기질 않는다.

"키키키킥. 그보다 궁금하진 않냐? 왜 갑자기 뇌벽세가 전개되지 않았는지?"

"몽릉겡성요(모르겠어요)."

"응? 뭐라고?"

"몽릉겡당공용(모르겠다고요)."

"거참, 뭐라고 하는지 알아들을 수가 있어야지. 잠시만 여기 있어 봐."

손오공은 허공으로 몸을 날려 어디론가 사라졌다.

쉭!

덕분에 화과산에는 지호 혼자만 남았다.

"......."

지호는 아주 잠깐 고민했다.

'이대로 내뺄까?'

이 빌어먹을 장소에 계속 남아 있는 건 미친 짓이다. 무공을 가르쳐 준다고? 헛소리! 무공을 다 배우기도 전에 몸이 남아나질 않을 것 같다.

절벽 아래로 떨어뜨리고, 기어 올라오게 하고, 분신술로 몰매를 놓는다.

문제는 이 모든 것들이 약속했던 한 달 시간 중에 불과 하루 만에 벌어진 일이란 점이다. 심지어 아직 하루가 다 가지도 않았다!

남은 이십구 일? 앞으로 어떤 정신 나간 일들이 벌어질지 상상도 가질 않는다. 확실한 건 오늘 하루 동안 겪은 것보다 더 미쳤으면 미쳤지, 절대 약하지는 않을 거란 점이다.

원래 세상으로 돌아갈 방법도 모르면서 내빼는 게 걸리긴 하지만, 방법 따윈 목숨을 부지하고 난 뒤에 찾아도 늦질 않는다. 죽어서 현실로 돌아가 봤자 시체밖에 더 되겠냔 말이다.

어차피 이 세상에서 벌어지는 일들이 전부 단 하룻밤의 꿈에 불과하다면, 나중에 생각해도 그만이다.

그러니 상식적으로는 도망쳐야 한다.

하지만,

'어째서일까? 갑자기 기가 꿈쩍도 않았어.'

지호는 도망쳐야겠다는 생각보다는 손오공이 던진 화두가 더 마음에 걸렸다.

어째서 갑자기 뇌벽세가 전개되지 않았는가?

여태껏 기는, 정확하게 손오공이 가르쳐 준 호흡 방식대로 단전에 쌓은 내공은 지호가 필요할 때마다 손쉽게 손을 빌려줬다.

그런데 방금 전에는 전혀 그렇지 않았다.

도와 달라고 손을 내밀었는데, 손을 홱 거뒀다. 너 따위는 전혀 모른다는 듯이. 너 따위가 뭔데 왜 날 찾아오느냐고 경멸하듯이.

지호의 입장으로서는 환장할 노릇이었다.

내공이 운용되어야 뇌벽세를 터뜨려 손오공을 무찌르든, 도망을 치든, 어떻게든 수단을 썼을 텐데. 내공이 운용되질 않으니 답답했다.

이 놈의 내공이란 걸 쓰기 시작한 지 얼마나 되었다고 벌써 불편함을 느낀 건지. 불과 몇 시간에 지나지 않았으면서 몸은 이미 완벽히 내공에 익숙해진 모양이다.

이게 바로 문제였다.

이 빌어먹을 궁금증이, 쇠사슬이 되어 발목을 꽁꽁 묶어 버렸으니.

아주 잠깐 속으로 갈등하는 동안, 손오공은 볼일을 끝냈는지 하늘에서 본래 있던 자리로 툭 떨어졌다. 한 손에는 자그마한 복숭아를 들고서.

"안 갔네?"

손오공이 히죽 웃는다. 그 미소를 보면서 지호는 깨달았다.

'이 인간, 알고 있었어.'

마치 손오공이 머릿속에 들어왔다가 나간 기분이다. 등골이 싸늘해졌다.

만약 내뺐다면 어떻게 했을까? 쫓았을까? 아니면 그냥 버렸을까? 쫓았다면 어떻게 했을까? 그냥 웃으면서 넘겼을까, 아니면…….

목 뒤가 서늘해졌다. 식은땀이 식는다.

지호는 처음으로 손오공이 무서워졌다.

절벽 아래로 떨어뜨렸을 때도, 올라오게 했을 때도, 분신술로 괴롭혔을 때도 '장난'이란 느낌을 받았다.

그런데 지금은 다르다.

오싹하다. 분명 입가는 웃고 있는데 보이지 않는 뭔가가 몸을 옥죄는 기분이다. 숨이 턱 하고 막힌다. 지호는 처음으로 공포를 느꼈다.

덜덜덜.

"왜 그래? 갑자기? 감기라도 걸렸냐?"

"아, 아닝닝당(아, 아닙니다)."

손오공이 이쪽으로 다가온다. 지호는 고개를 저었다. 그런데 분명 간담을 서늘하게 했던 뭔가는 거짓말처럼 사라지고 다시 장난기 가득한 분위기가 찾아왔다.

'내가…… 착각했나?'

지호는 엄지와 검지로 눈덩이를 마사지하고 다시 손오공을 봤다. 주먹을 날리고 싶은 뺀질뺀질한 낯짝만 보일 뿐, 아까 전에 느꼈던 오싹한 뭔가는 없다.

기분 탓인가? 그래, 기분 탓인가 보다. 미친 듯이 계속 굴러 다녔더니 정신을 차리기가 힘들다.

손오공이 들고 온 복숭아를 지호 앞에 내밀었다.

"자, 이거나 먹어."

"잉껭 멍닝깡(이게 뭡니까)?"

"몸에 좋은 거니까 잔말 말고 그냥 먹어. 원래 나중에나 줄 생각이었는데, 말하는 꼬락서니 보니까 도저히 안 되겠다."

지금 이 꼴이 된 게 누구 때문인데? 지호는 부글부글 끓는 속을 누르면서 손오공이 건넨 복숭아를 받았다.

복숭아는 탐스러웠다. 아기 엉덩이처럼 둥글둥글한 모양에 분홍색 안료에다 풍당 담갔다 꺼낸 것처럼 티 한 점 없이 불그스름하다. 만지는 것만으로도 몰캉몰캉해서 한 입 베어 물면 달콤한 과즙이 한가득 쏟아질 것 같았다.

지호는 과일이라면 사족을 못 쓴다. 사과, 포도, 귤 등 가리지 않지만 특히 복숭아를 엄청 좋아한다. 하지만 지호는 섣불리 복숭아를 입에 갖다 대지 못했다.

왜냐고? 손오공이 준 거니까!

꼭 이게 구전단 같이 몸에 좋으리란 법은 없다.

'이거…… 혹시 먹고 몸이 홀라당 타 버리는 건 아니겠지? 아니면 입에서 불이 나간다거나, 갑자기 엉덩이에서

꼬리가 난다거나, 키가 콩알만 해진다거나.'

온갖 해괴한 상상이 머릿속을 마구 헤집고 다닌다. 심지어 몸이 백 개로 분리되는 건 아니겠지 하는 생각까지 든다.

과연 상식적으로 가능할까 싶지만, 상대는 손오공이다. 손오공이 준 음식이다. 손오공이 하는 일이다. 이미 지호에게 '손오공'이란 단어는 상식을 초월해 달나라로 가버린 존재의 이름이었다.

"안 먹냐? 안 먹을 거면 나 줘. 대신에 후회해도 모른다?"

손오공이 비딱하게 고개를 외로 꼰다.

지호는 더욱 심장이 덜컥 내려앉았다. 저 말이 꼭 '안 먹으면 더 실컷 굴려 주지!'라고 들렸다.

결국 그는 울며 겨자 먹기로 복숭아를 한 입 크게 베어 물었다. 몸에 어떤 이상 현상이 벌어져도 절대 놀라지 않겠노라 단단히 긴장하면서.

"결국 먹을 거면서 왜 그렇게 시간을 끌어? 쳇! 이제 겨우 두 개밖에 남지 않은 건데 아까워 죽겠네."

손오공이 투덜거리는 소리 따윈 지호의 귀에 들리지도 않았다.

'마, 맛있어!'

향이 진하다. 맡는 것만으로도 머리가 뻥 뚫린다. 피로로 축 늘어진 몸에 힘이 잔뜩 실린다. 상쾌함이 눈을 멀게 한다.

복숭아 한 조각이 혀에 닿는 순간, 과육은 씹을 새도 없이 과즙으로 변하면서 입 안을 한껏 희롱하다가 식도를 타고 기분 좋게 넘어갔다.

맛있는 음식을 먹으면 몸이 가장 먼저 반응하는 법이다. 지호는 자기도 모르게 남은 복숭아를 허겁지겁 먹어 치웠다.

정신을 차리고 난 뒤에는 벌써 복숭아를 전부 먹은 뒤였다. 아까워서 혀로 손에 묻은 과즙을 핥기까지 했다.

그래도 지호는 한참 동안 정신을 차리지 못했다. 멍하니 앉아 있다가 퍼뜩 정신을 차리고 손오공을 봤다.

"오, 오공!"

"왜?"

손오공은 여전히 뭐가 마음에 안 드는지 영 탐탁지 않은 반응이었다.

물론 지호는 그런 반응 따위 생각할 겨를이 없었다. 초조했다. 더 맛보고 싶다는 생각만 가득했다.

"더 없어요?"

"있지."

"그, 그럼······!"

"안 돼."

"왜······."

"하! 이 도둑놈 심보 보시게? 나도 이제 딱 두 개만 남은 귀중한 걸 통째로 넙죽 받아먹었으면 감사합니다하고 고개를 숙여도 모자랄 판국에. 콱!"

지호는 찔끔한 표정이 되었다. 확실히 그렇게 맛있었으니. 오공의 반응은 당연한 건지도 모르겠다.

"그게 뭔데요?"

"반도."

"반······도?"

지호는 고개를 갸웃거렸다. 어디서 들었던 말인데? 어디서 들었더라?

"서왕모가 곤륜에서 애지중지하며 기르는 복숭아다. 삼천 년마다 하나씩 열리는 아주 귀중한 걸 방금 전에 네가 음미할 새도 없이 거지새끼처럼 처먹은 거야."

"······!"

꼭 비유를 해도······! 하지만 지호는 따질 새도 없이 어안이 벙벙했다.

"서, 서왕모요? 곤륜산에 산다는 그 서왕모?"

보통 한국 사람은 잘 모르지만, 어렸을 때부터 할아버지에 의해 중국 역사와 신화를 조금이나마 공부했던 지호는 서왕모라는 이름이 주는 무게를 아주 잘 안다.

옥황상제 다음으로 동양 신화에서 가장 큰 비중을 차지하는 여신. 신선 세계 중 하나인 곤륜산에 머물면서 꽃과 나무를 기른다고 한다.

특히 서왕모의 반도는 달리 천도복숭아라고도 불릴 정도로 아주 유명하다. 단 한 개만 먹어도 불로장생을 하고 알 수 없는 신력(神力)을 얻게 된다고 한다.

그런 서왕모가 실제로 있다고?

"그래."

"그런 게 진짜 있어요?"

"있지. 아줌마가 성질이 못돼 먹은 데다가 음흉하기까지 해서 밖으로 잘 나오진 않지만. 하여간 그러니 여태 그 나이가 되도록 시집을 못 갔지."

"……"

아, 그러고 보니 서유기에서 손오공은 서왕모의 과수원에 몰래 숨어들어 가서 몇백 개나 되는 반도를 다 먹어 치운 적이 있었지.

아줌마 운운하며 말하는 걸 보니 확실히 진짜 있나 보다. 도무지 믿기진 않지만.

손오공이 피식 웃는다.

"물론 삼천 년이니 뭐니 하는 건 과장된 거고. 그래도 꽤 긴 시간이 지나야 겨우 하나씩 얻을 수 있는 거다. 그러니까 넌 이 몸에게 감사해야 한다고. 알겠냐?"

몇백 개씩 훔쳐 먹은 것 중에 하나를 나눠 주는 것도 아주 큰 결단이었나 보다. 지호는 순간 말문이 막혔지만, 달리 할 말도 없었다.

그저 서왕모라는 존재를 실제로 보면 어떤 느낌일까 하는 생각이 들었다.

'하긴. 손오공도 있는데, 서왕모라고 없겠어?'

하지만 만나고 싶다는 생각은 들지 않는다. 손오공을 보고 나서 서유기에 대한 환상이 확 깨져 버렸는데, 서왕모까지 이상한 사람이면…… 아니다. 말을 말자.

"확실히 효과는 있네. 봐라. 벌써 상처도 다 나았잖아."

어? 그러고 보니 나 아까 전부터 말도 제대로 하고 있잖아? 몸도 가벼워.

지호는 벌떡 일어나 자신의 몸을 꼼꼼하게 살폈다. 옷은 여전히 찢겨 누더기가 따로 없지만, 도배하듯이 쌓였던 상처와 멍은 자국 하나도 남지 않고 모두 사라졌다.

아니, 그 정도를 넘어서서 원래 갖고 있던 흉터 같은 것도 전부 사라졌다. 뽀얗다. 마치 갓 태어난 신생아의 피부처럼. 부드럽고 탱탱하다.

피로도 전부 달아나서 몸이 가볍다. 당장이라도 일어나서 뛸 수 있을 것 같다.

그리고 단전.

거의 바닥을 보일 듯 말 듯했던 단전이 어느새 꽉 차 있었다. 아니, 그 정도를 넘어서서 아예 흘러 넘쳐 기맥을 따라 흐르는 것이 태반이었다.

"오, 오공. 이, 이건······!"

"왜? 내공이 넘쳐서?"

끄덕끄덕!

"그럼 한 번 움직여 봐."

지호는 즉시 단전에 힘을 줬다. 내공 운용이 안 되었을 때를 되풀이하지 않기 위해 단전호흡으로 천천히 내공을 유도한다.

하지만 녀석은 꿈쩍도 않았다. 무거운 바위처럼 그 자리에 꾹 눌러앉는다. 반도를 먹기 전보다 훨씬 고집스러워진 느낌이다.

"안 되지?"

지호는 가만히 고개를 끄덕였다.

"왜 그런지 생각해 봤냐?"

지호는 미간을 찌푸리며 한참을 생각하다가 억지로 쥐어짜 냈다.

"혹시…… 위험하지 않아서?"

그러고 보니 내공은 지호가 목숨의 위기를 느낄 때만 움직였다. 어쩔 수 없이 도와준다는 것처럼.

"정답."

손오공이 빙그레 웃었다.

"축하한다. 이제야 본격적인 수업에 들어갈 자격을 얻었구나."

"……저 본격적인 수업이라고 하시면?"

"당연히 더 굴려 준다는 뜻이지."

생긋!

태양을 배경으로 한 손오공의 웃음이 싱그럽다.

"…….."

"왜?"

"…….."

후다닥!

순간, 지호는 뒤로 재빨리 몸을 돌리면서 도주를 시도했다.

"어딜 가시려고!"

손오공은 높이 몸을 날려 재빨리 한 손으로 지호를 찍어 눌렀다.

지호는 땅바닥에 철퍼덕 엎어진 채 아등바등거렸다.

"제기라아아아알! 나 노래 안 할 거니까 그냥 집에 보내 줘어어어어!"

진짜다! 진짜 이 녀석은 날 죽일 작정으로 굴리려는 거 야! 지호는 왜 아까 전에 기회가 생겼을 때 내빼지 않았을까 땅을 치고 후회했다.

대체 그놈의 내공이 뭐라고!

하지만 이미 엎어진 물이다. 주워 담을 순 없다.

"올 때는 마음대로라도 갈 때는 아니란다."

올 때도 납치당하다시피 해서 왔거든!

"자, 그럼 본격적으로 즐거운 수업에 들어가 보자꾸나."

퍼퍼펑!

히죽 웃는 손오공 옆으로 백 명의 손오공들이 다시 쭉 나타난다. 녀석들은 진짜 손오공처럼 똑같이 웃어 댔다.

문제는 아까 전과 다르게 녀석들이 죄다 한 손에 몽둥이를 들고 있다는 점이다. 싱글벙글 웃는 백 개의 미소와 탁, 탁 땅바닥을 두들기는 백 개의 몽둥이 소리가 소름이 돋게 만든다.

이대론 진짜 죽을지도 모른다!

"저, 저기…… 오…… 공?"

지호는 어떻게든 손오공을 설득해 보려 했지만,

"네 입으로 말했지? 위험할 때야 비로소 내공이 도와준다고. 더군다나 반도 때문에 더 묵직해진 지금은 더 심할 테고."

"그, 그렇겠죠?"

"하지만 어쩌나. 아직 갈 길이 멀기만 한데. 그러니 오늘 내로 끝내자."

"저, 저기요? 여보세요?"

"그럼 시작!"

손오공이 하늘 위로 멀찌감치 사라져 버린다.

곧 가짜 손오공들이 싱글벙글 웃는 낯으로 서서히 지호에게 다가왔다. 껄렁대는 자세가 꼭 가게를 접수하러 온 조폭들처럼 보인다.

"……니미럴."

지호는 울며 겨자 먹기로 나서야 했다.

결국 그날, 지호는 기를 완벽히 다루는 데 성공했다.

*       *       *

이튿날, 아침.

"으어어어어."

지호는 공포 영화에 나오는 좀비가 된 게 아닐까 싶을 정도로 기이한 소리를 내며 자리에서 일어났다.

"오, 용케 살아 있네?"

손오공이 머리맡에서 쭈그리고 앉아 히죽거린다.

지호는 대꾸할 기색도 없어서 손사래를 쳤다. 밤새도록 하얀 머리 손오공들과 씨름을 해 댔더니 삭신이 쑤실 지경이다.

조금이라도 더 잠을 잘 수 있을까 싶어 칭얼거리는데 입 안으로 뭔가가 불쑥 들어왔다.

지호는 반사적으로 뱉으려고 했지만, 그러기도 전에 입 안에 들어온 무언가는 단숨에 목젖을 타고 흘러내렸다. 텁텁하고 쓰다. 찝찝함이 입가에 남았다.

"이게 뭡니까?"

지호는 벌떡 일어나 손오공을 노려봤다. 분신들로 밤새 그렇게 괴롭혀 놓고 정작 본인은 편하게 잘 잤는지 피부가 아주 뽀얗다.

그렇다 보니 말투가 퉁명스럽다.

"벽곡."

"그게 뭔데요?"

"솔잎, 대추, 밤 따위를 곱게 빻아서 만든 식량. 손톱만 한 크기의 것을 먹어도 배가 부르는 아주 귀중한 놈이지. 네가 먹은 것은 특별히 화과산에서만 나는 재료들로 만들어서 효과도 아주 좋을 거다."

지호는 인상을 찡그렸다.

"이렇게 맛없는데요?"

"그래도 어쩌냐. 앞으로 한 달 동안 이것만 먹어야 하는데."

이 인간, 이제는 먹을 걸로 죽이려는 속셈이다!

하지만 반론 따윈 허락지 않는다.

"네 체내에는 지난 이십여 년 동안의 노폐물이 너무 많이 쌓여 있어. 덕분에 반도로 내공을 아무리 쌓아도 효율은 최악이지. 그걸 허물기 위해서라도 당분간 화식(火食)은 금한다."

지호도 이제 내공에 관해 어느 정도 지식이 쌓인 덕분에 무슨 말뜻인지 대충 알아들었다.

'쉽게 말해서 길이 제대로 닦이질 않았으니 기초 공사부터 하겠다는 뜻이잖아.'

단전을 석유 매립지라고 본다면 기맥은 이 석유를 정제하고 나르는 공장과 파이프라고 여기면 된다. 공장과 파이프가 없으면 석유를 나르지 못해 무용지물이 되는 것과 같은 이치다.

"자, 그럼 본격적인 수업에 들어가 볼까?"

"벌써요?"

"네가 쉴 시간이 어디 있냐?"

"……."

지호는 억울한 이 마음을 토로할 길이 없었다.

"앞으로 네가 배울 건 오행공이라고 해서 총 다섯 가지 동작이 전부다. 모두 근두운을 이루는 요소들이지. 아주 기초적인 것에 불과하니까 배우는 것도 금방일 거다."

정말 금방일까 싶다.

"우선 뇌벽세."

손오공은 두 다리를 어깨 너비만큼 벌리더니 가볍게 숨을 골랐다.

후우우!

순간, 손오공을 둘러싸고 있던 장난스러운 분위기가 달라진다.

'공기가 바뀌었어!'

점혈을 풀려고 노력하던 지호는 화들짝 놀랐다. 묵직한 공기가 화과산 전체를 누른다. 세상을 누를 것 같은 엄청난 중압감이다.

더군다나 지호의 눈에는 보였다. 아니, 정확한 표현으로는 느꼈다.

손오공을 중심으로 흐르는 흐름을.


"기는 일정한 순환 구조를 따라 대자연 곳곳에 퍼

지지. 생명체는 호흡을 통해 순기를 받아들이고, 체
내에서 쓸모가 다한 탁기를 내뱉어. 이때 탁기는 대
자연의 순환에 녹아 정화되지. 다시 순기가 된 기운
은 또 다른 생명체에 깃든다."

대자연을 따라 흐른다는 기의 순환 구조, 원기. 지금 손
오공 주변을 흐르는 그것이 바로 원기가 아닐까 하는 생각
이 들었다.

손오공은 그 흐름의 중심에서 호흡만으로 순기를 맘껏
들이켜고, 필요 없는 탁기를 내보내면서 서서히 자연에 동
화되어 갔다.

파직. 파지직.

샛노란 뇌전이 팔뚝을 따라 흐르기 시작한다. 손오공은
다리를 땅에 세게 박았다.

쿵!

땅이 한 치 이상 깊이 들어간다.

지반이 이대로 무너져 내리는 게 아닐까 싶을 정도로 엄
청난 지진 속에서도 꼿꼿하게 고정된 손오공은 허리를 크
게 회전시켰다.

콰르르르릉!

주먹을 날리는 순간, 대기가 떨린다.

뇌전이 사방으로 튀면서 엄청나게 큰 폭발이 연달아 뒤를 이었다.

꽝음으로 귀가 터질 것 같고, 빛무리로 눈이 멀 것 같다. 근두운을 겪었던 것과는 또 다른 느낌이다. 직접 이렇게 보고 있는 게 더 확실하게 와 닿았다.

'대, 대단해!'

손오공이 다시 숨을 고르며 이쪽을 돌아본다. 잘난 척하는 기색이 역력하다. 지호는 재빨리 안색을 회복하려 했지만 이미 늦은 뒤였다.

"자, 그럼 이제부터 숙달될 때까지 죽어라 연습한다."

"어떻게요?"

"어떻게는 뭘 어떻게야."

퍼퍼펑!

손오공의 뒤편으로 분신들이 나타난다. 그런데 이번에는 예전보다 숫자가 더 많다. 백오십 명 정도?

지호의 얼굴이 딱딱하게 굳었다.

손오공이 히죽 웃었다.

"구르면서지."

*　　　*　　　*

수련, 팔 일째.

"헉, 헉, 헉! 해, 해냈다!"

지호는 상거지 꼴이 되어 만세를 외쳤다. 일주일 동안 백오십 명이나 되는 손오공들을 일일이 상대하면서 뇌벽세를 전개해 무찔렀다.

워낙에 난타도 많이 당한 덕분에 몸은 성한 곳이 없었다. 그래도 인간 승리라고, 뿌듯함이 찾아온다.

하지만 기쁨도 잠시.

"아직 멀었는데?"

"아직 멀었는데?"

"아직 멀었는데?"

갑자기 능선을 따라 삼백 명은 돼 보이는 손오공들이 나타나 고개를 외로 꼰다.

"……."

어떻게 잡고 또 잡아도 바퀴벌레처럼 계속 나오냐?

지호는 울며 겨자 먹기로 달려들었다.


손오공이 두 번째로 가르쳐 준 기술은 유수행이었다.

"뇌벽세가 우직하고 강함을 극한으로 추구한다면, 유수행은 정반대다. 아주 부드럽게 흘러야 해. 마치 산줄기를 따라 흐르는 강물처럼. 시원하게."

뇌벽세가 토(土)라면, 유수행은 수(水).

유수행은 주로 달리는 방법에 사용할 수 있었다. 몸을 이완시켜 부드럽게 달릴 수 있는 기술. 때에 따라서는 속도를 내는 것도 가능했다.

그리고 지호는 단 이틀 만에 유수행을 숙련하는 기염을 토했다.

워낙에 수많은 손오공들의 틈바구니 속에서 살아남아야 했기에 어쩔 수 없는 필사적인 몸부림의 결과였다.

손오공은 이걸 두고 피식 웃었지만.

"거 봐라. 가르치는 스승이 위대하니 배우는 제자도 금방금방 배우는 거 아니냐. 음홧홧홧홧!"

"……."

말이나 안 하면 밉지나 않지.


수련, 십오 일째.

신목령과 화염륜을 배웠다.

각각 오행 중에서 목(木)과 화(火)에 해당한다.

"신목령은 내적으로 기준을 잡는 법, 화염륜은 외적으로 방출하는 법이다. 정반대라 할 수 있지."

지호는 오백 명으로 불어난 손오공을 맞닥뜨렸다.

이제는 최소한 겁부터 먹지는 않았다.

도리어 오기를 가졌다.

'내 기필코 손오공의 면상에다 주먹을 날리고 만다!'

콰콰쾅!


수련, 이십사 일째.

금강포를 익혔다. 오행 중 금(金)에 해당한다.

이것은 몸을 단단하게 해서 적의 공격에 대응할 수 있는 맷집을 만들어 줬다. 경지에 이르면 칼을 찔러도 튕겨낸단다.

그 말을 듣는 순간, 지호는 울컥했다.

"이런 게 있으면 처음부터 가르쳐 주시지⋯⋯!"

금강포가 있었더라면 이렇게 고생을 하지 않아도 되었을 것 아닌가!

손오공들이 휘두르는 매타작을 피하려고 이리저리 구르고, 먹을 것도 제대로 먹지 못해서 눈치를 봐야만 했던 시간들을 떠올리니 억울하다.

그만큼 손오공들의 기습은 때를 가리지 않았다.

지호가 긴장의 끈을 놓는 순간을 절대 놓치지 않았다. 벽곡을 먹을 때, 잠을 잘 때, 심지어 볼일을 볼 때까지 심심하면 들이닥쳤다.

덕분에 지호는 지난 한 달 가까운 시간 동안 편하게 마음을 놓은 적이 한 번도 없었다.

무슨 일을 하든지 간에 언제나 주위를 경계하고, 적의 매복이 있을지 주변 지형을 살피고, 녀석들의 흔적이 없는지 꼭 확인했다.

덕분에 지호의 두 눈은 잠을 제대로 자지 못해 살짝 흐리멍덩하면서도 간간이 예리한 빛을 토했다.

"먼저 가르쳐 줬으면? 네가 지금처럼 이렇게 감각이 예민해지고 무공을 숙달할 수 있었을 거라 생각하냐?"

지호는 입을 꾹 다물었다.

확실히 금강포를 익혔으면 맷집만 믿고 다른 수련을 게을리했을지도 모른다는 생각이 든다.

고생한 만큼 얻어 간다는 손오공의 말만큼이나 지호는 정말 많은 것들을 얻었다.

군살이 모두 빠지고 키가 훌쩍 커졌다. 성장기를 넘어선 나이에 어떻게 이게 가능한가 싶었지만, 손오공은 '근골이 제자리를 찾아가면서 생긴 일'이라면서 당연하다는 듯이 단 한 마디로 답을 끝냈다.

덕분에 이제 지호는 손오공과도 어느 정도 눈을 마주할 수 있을 만큼 커진 상태다. 180센티미터는 넘은 듯했다. 배에는 빨래판이 떡 하니 박히고 몸도 날래다. 목은 두말할 것도 없다.

전신에 흘러넘치는 활력은 또 어떤가. 반도로 쌓았다가 지독한 수련으로 완벽히 체화된 내공은 시시각각 단전에서 흘러넘쳐 밖으로 흘러나오고자 애쓴다.

더군다나 현실 세상에서는 절대 생각할 수 없을 갖가지 능력들은 생각할수록 기분을 고조시킨다.

자신감이 생겼다고 해야 할까?

현실에 있을 때는 무슨 일을 하든지 간에 두려움을 먼저 느꼈는데, 지금은 얼마든지 해낼 수 있을 것 같다는 자신감이 붙었다.

이렇게 힘든 고생을 했는데, 다른 일이라고 못할까 싶은 거다.

하지만 그래도 억울한 건 억울한 거다.

"하여간 이제 마지막 남은 수련 들어가야지?"

손오공은 이미 익숙해진 지호의 살기를 가볍게 흘리면서 손을 흔들었다.

퍼퍼펑!

역시나 분신들이다. 그런데 이번에는 예전보다 훨씬 숫자가 많다. 턱이 빠지는 게 아닐까 싶을 정도로 입을 벌렸다. 지금의 지호를 당황하게 할 만큼 엄청나게 많은 숫자다.

화과산 전체를 뒤덮은, 천 명이나 되는 손오공들이 하나

같이 입을 모아 말했다.

"자, 덤벼라!"


수련, 이십구 일째.

지호는 마지막 천 번째 손오공을 물리치면서 오행공을
모두 완성하는 데 성공했다.

**5장**

탈주

수련, 삼십 일째.

드디어 기다리고 기다리던 마지막 날짜다.

지호는 한껏 고무된 기분으로 자리에 섰다. 그래도 최대한 들뜨려는 기분을 다스리고자 노력했다. 감정이 앞서면 모든 걸 그르칠 수 있었다.

씨익!

손오공이 바위에 엉덩이를 깔고 앉아 웃는다.

"자, 드디어 기다렸던 시간이지?"

지호는 말없이 고개를 끄덕였다.

"시작해 봐."

"예."

지호는 숨을 크게 골랐다.

후우우……!

동시에 보이지 않는 기류가 몸을 감싼다 싶더니 코와 입을 따라 들어선다. 단전 속에 웅크리고 있던 공력이 분출하면서 기류와 접촉한다.

쿵! 쿵! 쿵!

심장이 크게 뛴다. 몸이 축 가라앉는다. 삼매에 깊게 빠진다.

탁!

지호는 오른발을 가볍게 앞으로 내밀어 땅을 찍었다. 자세를 단단히 세우면서 땅을 살짝 그으니 엄청난 마찰열과 함께 새하얀 연기가 스멀스멀 올라온다.

화아악!

새하얀 연기 안에서 갖가지 빛이 명멸을 거듭했다. 노랗고, 파랗고, 빨갛고, 하얗고, 새카만 서로 다른 다섯 가지의 빛들이 반딧불처럼 반짝거린다.

모두 오행공의 기운들이다.

뇌벽세, 신목령, 화염륜, 금강포, 유수행. 오행공을 이루는 다섯 가지 힘들이 오행 상생의 법칙에 따라 서로가 서로의 꼬리를 물며 뱅그르르 회전을 시작한다.

그러다 하나로 합쳐지니, 그것이 바로 서광(瑞光).

바로 근두운의 시작이다.

새하얀 연기는 서서히 농밀해지면서 우웃빛으로, 그리고 다시 은빛으로 물들어 간다. 마치 밤하늘의 은하수를 국자로 퍼 담아 옮긴 것처럼 지호를 주변으로 뱅글뱅글 맴도는 연기는 아주 아름답기만 했다.

은색 운무 사이사이로 지호의 모습이 드러났다가 사라진다. 그 모습은 마치 구름을 타고 하늘에서 내려온 신선의 풍모가 따로 없다.

더군다나 간간히 내비치는 한 쌍의 금색 안광은 보는 이의 심장에 단단히 각인된다.

'화안금정이라!'

손오공은 지호의 눈을 보면서 가볍게 미소 지었다. 한 달 동안의 수련 덕분인지 이제 녀석은 제법 그럴싸한 눈을 갖게 되었다.

짝!

"그만!"

손오공이 크게 박수를 친다.

지호를 에워싼 운무도 거짓말처럼 바람에 씻겨 싹 사라졌다. 지호의 눈가에 맺혔던 금색 안광도 안으로 사그라들었다.

"헉, 헉, 헉⋯⋯."

지호는 무릎을 짚으면서 거칠게 숨을 토했다.

손오공이 다가왔다.

"어때? 힘들지?"

지호는 이마를 타고 흐르는 땀을 손등으로 훔치면서 고개를 끄덕였다.

"예. 전⋯⋯ 아직 멀었네요."

"야, 그래도 명색이 이 제천대성을 상징하는 거다. 아무리 고생했다고 해서 한 달 만에 그렇게 쉽게 넙죽 갖고 가면 내가 억울하지 않겠냐?"

"그도 그렇겠죠?"

지호는 쓴웃음을 지었다. 확실히 욕심이 과했다.

그래도 한편으로는 만족스럽다.

'한 발자국 내디뎠어.'

아직도 눈을 감으면 방금 전에 본 것처럼 선명하게 떠오른다.

하늘을 빼곡하게 물들이던 오색운. 불비가 내리고, 얼음이 쏟아지고, 태풍이 불던 그때의 광경은 지호의 머릿속에 단단히 각인되어 떨어질 줄 모른다.

지금도 느껴진다. 그때 느꼈던 열기가, 차가움이, 시원한 모든 감촉들이. 하늘을 날 때 느꼈던 짜릿함 감촉까지 전부 진짜였다.

그런 걸 이제 눈앞에 두고 있다.

비록 손오공의 경지에 오르려면 얼마나 많은 시간이 걸릴지 상상도 가질 않지만, 그래도 방법을 아는 것과 모르는 것의 차이는 아주 크다.

그래도…… 고생한 건 싫다.

구르고 또 굴렀던 걸 떠올려 보면 절로 인상이 써진다.

지호는 다시 천천히 눈을 떴다.

손오공이 가만히 웃으면서 이쪽을 본다. 마치 너의 생각 따윈 모두 알고 있다는 듯이. 여유로운 미소다.

이미 지호는 자신의 속내를 숨기는 건 포기했다. 손오공이 지닌 지혜의 깊이는 감히 측정하기도 무서울 만큼 깊은 데다가, 같은 영혼을 지니고 있어서 그런지 이따금 손오공의 단편적인 감정과 생각들이 전해지기도 했다. 깨달음이 얕은 자신이 조금이지만 손오공의 것을 엿볼 정도면 손오공은 오죽할까.

손오공은 지호에게 묻는다.

"이제 어쩔 거냐?"

앞뒤를 다 잘라 버린 질문이지만, 지호는 무슨 뜻인지 쉽게 알아차린다.

떠날 것이냐, 남을 것이냐?

"원한다면 지금이라도 당장 보내 줄게. 이미 남섬부주로 돌아갈 방법은 모두 찾았으니까."

약속했던 시간은 한 달. 마지막 순간이 다가올수록 지호도 많이 고민했다. 예전 같았으면 뒤도 안 돌아보고 고개를 끄덕였겠지만, 지금은 생각이 조금 달라졌다.

"어차피 저쪽은 하룻밤에 불과하다고 했죠?"

"물론."

"그럼 조금 더 이쪽 세상을 둘러볼게요."

손오공이 그럴 줄 알았다는 듯이 빙그레 웃는다. 그 미소가 조금 짜증 났다.

"왜?"

"아니. 그도 그럴 게 너무 고생했잖아요? 그런데 휴가도 하나 없이 저쪽으로 돌아가라고요? 제가 미쳤습니까?"

"푸하하하하핫! 그러니까 관광 좀 하고 가시겠다?"

"당연하죠."

"그리고?"

손오공이 눈을 가느다랗게 좁힌다. 이유가 그게 전부냐고 묻는다.

결국 지호는 속에 담긴 생각을 털어놓았다.

"궁금해요. 이 세상이."

"왜?"

"무공이란 게 있는 세상이라면서요? 그렇다면 이 세상에 근두운 같은 게 엄청 많다는 뜻인데…… 그걸 놓치라고요?"

"하하하하하핫! 그래. 맞다. 너나 나나 궁금한 게 있으면 사족을 못 쓰는 인간들이지."

손오공은 손바닥으로 무릎을 탁 하고 쳤다. 히죽 웃는다.

"말했지만 강호 무림은 네가 생각하는 것보다 훨씬 위험할지도 모른다. 그래도 괜찮으냐?"

"위험해 봤자 화과산보다 위험하겠습니까?"

지호가 짝다리를 짚으며 입술 끝을 비튼다.

"말투가 마음에 안 든다만, 틀린 말은 아니지. 하지만 이곳은 정말 네가 상상하는 것 이상이야. 얕보다간 큰코다칠 텐데?"


"칼질해서 이긴 놈이 장땡인 곳."


손오공은 강호 무림을 두고 그렇게 표현했다. 확실히 무서운 세상이란 건 알겠다. 하지만 그래서 지호는 더욱 궁금했다. 이쪽이 어떤 곳인지.

원숭이는 그런 존재다. 아무리 위험한 걸 알아도 한 번 궁금한 게 생기면 어떻게든 알아내고야 마는. 그러면서 일이 뜻대로 풀리지 않으면 뭣 같이 성을 내 버린다.

"그래도 상관없습니다."

"어째서?"

"위험하면 오공이 알아서 해 주겠죠."

"뭐? 푸하하하하하!"

손오공은 전혀 생각지 못한 말이었는지 배꼽을 잡고 웃어 댔다. 그러다가 씩 웃는다.

"아예 나더러 길잡이를 하라고 압박을 해 대는구만?"

"싫으면 굳이 안 해 주셔도 됩니다. 대신에 나중에 이렇게 생각하겠죠."

"어떻게?"

"아, 오공이 겁을 먹었구나."

도발이다. 자신을 억지로 이런 세상에 갖다 놓고 이상한 수련까지 시켰으면 나머지는 알아서 좀 하라는 말뜻도 담겨 있다.

"키키킥. 너 오늘따라 너무 기어오른다?"

"때리려면 때리십시오. 하지만 한 달 전처럼 쉽게 지지는 않을 겁니다."

"어쭈? 요 놈 보게?"

손오공은 어이가 없다는 투로 지호를 보다가 천천히 자리에서 일어났다.

"어디 갑니까?"

"나가자면서? 나도 오랜만이라 챙길 게 많다. 너도 그동안 좀 쉬고 있어. 한 달 내내 수련만 빡빡하게 하느라 별로 쉬지도 못했잖아?"

순간, 지호의 눈이 크게 떠진다. 못 볼 걸 본 것처럼.

손오공이 고개를 갸웃거린다.

"뭔 반응이 그래?"

"아뇨. 신기해서요."

"뭐가?"

"오공이 저를 걱정하는 말을 하다니……."

손오공이 웃는 낯 그대로 주먹을 든다.

"어때? 그냥 여기서 지난 수련의 성과를 몸소 느껴보는 건?"

"죄송합니다."

지호는 정수리가 땅에 닿는 게 아닐까 싶을 정도로 허리를 바짝 숙였다.

"그럼 이따 보자."

쉭!

손오공이 허공으로 몸을 날려 사라진다.

"……"

지호는 손오공이 떠나고 난 뒤에도 고개를 들지 않았다.

그러다 한참 동안 아무런 반응도 없자 슬그머니 고개를 든다.

"……갔지?"

주변을 슥슥 훑어본다.

언제 어디서 뒤통수를 때릴지 모르는 인간이다. 널찍이 떨어진 곳에다 분신을 놔두고 자신을 감시한다고 해도 절대 이상하지가 않다.

하지만 지난 한 달 동안 손오공의 분신들에게 두들겨 맞아 가면서 단련한 감각을 넓게 펼쳐 보지만 아무것도 느껴지지 않는다.

물론 손오공이 마음만 먹는다면 자신의 감각 따윈 코웃음을 치면서 피할 수 있을 테지만, 수련이 전부 끝난 지금은 그럴 이유가 전혀 없다.

그렇다는 건,

"진짜 떠나셨다, 이거렷다? 으흐흐흐!"

지호는 그제야 허리를 세웠다. 입에서 도무지 웃음이 떠나질 않는다.

"으흐흐흐흐! 흐흐흐흐흐흐흐!"

눈동자가 차갑게 반짝거린다.

"나를 그렇게 들들 볶았으면서 마음을 놓으셨단 말이지? 으흐흐흐흐흐!"

지호의 눈이 반짝거린다. 대체 뭘 다짐한 건지 화안금정이 번뜩였다.

입가엔 썩은 미소가 떠나질 않았다.

*　　*　　*

"그럼 그렇지. 네가 생각하는 게 다 그 모양이지."

지호가 선 봉우리의 맞은편 봉우리.

손오공의 분신이 나뭇가지에 앉아 보통 사람이라면 도무지 보이지 않을 상당한 거리를 자세히 살피고 있었다.

본체는 정말 준비할 게 있어서 잠시 자리를 비운 상태. 하지만 의심이 많기로 둘째가라면 서러워할 손오공이 자신의 어린 시절을 쏙 빼닮은 지호를 믿고 그냥 화과산을 떠났을 리 만무하다.

당연히 이렇게 눈을 심어 뒀다.

지호가 손오공의 분신을 읽지 못한 것은 어디까지나 아직 실력이 부족해 감각을 한 봉우리에만 집중해서다. 만약 화과산 전체에 퍼뜨릴 수 있다면 분신을 읽을 수 있었으리라.

"그게 네 패착이란다, 애송아. 자, 그럼 우리 귀엽고 깜찍한 애송이 새끼님이 대체 뭘 꾸미시려는지 어디 한 번 지켜볼까?"

손오공은 이를 빌미로 지호를 어떻게 괴롭힐까 머릿속으로 수십 가지의 상황을 그려 보았다. 지난 한 달 동안 해 보고 싶었지만 시간이 부족해서 못 했던 참신한 것들이 많이 떠오른다.

하지만 손오공은 아직 깨닫지 못하고 있었다.

손오공이 지호를 파악하고 있듯이, 지호도 손오공을 철저하게 파악하고 있었단 사실을.

그때 갑자기 지호가 이쪽을 쳐다본다.

씨익!

"웅?"

아주 잠깐이지만 눈을 마주치며 웃는다. 뭐야, 이거? 설마 이쪽을 읽었나? 하지만 분명히 자리를 비웠다고 알고 있을 텐데? 도대체 어떻게? 아니면 거짓말을 했나?

'설마?'

손오공은 그제야 지호가 어디엔가 자신을 보는 눈이 있단 사실을 알면서도 속아 넘어간 척했다는 걸 깨달았다.

그러면서 지호가 달려간 곳은,

"저 미친 새끼가! 대체 저긴 어떻게 알아낸 거야!"

바로 손오공의 집이었다!

분명 저 녀석한테는 위치를 가르쳐 준 적이 없을 텐데?

이유가 어찌 되었건 간에 졸지에 환생한테서 빈집털이를 당하게 생겼단 사실에 손오공의 안색이 새하얘진다.

재빨리 땅을 박차 녀석을 붙잡으려는 순간,

콰콰콰콰콰—쾅!

엄청난 폭음과 함께 모래 기둥이 버섯 모양처럼 솟구치며 산자락이 떨린다.

우르르르!

그리고 대규모 산사태가 일어나 손오공의 집을 단숨에 해일처럼 덮치기 시작했다.

*     *     *

'어디 내가 당하고만 살 것 같았냐! 음홧홧홧홧!'

지호가 손오공의 집 위치를 알아낸 건 그렇게 얼마 되지 않았다. 지난 한 달 동안 화과산 곳곳에서 워낙에 많이 구른 탓에 우연찮게 알아냈을 뿐이다.

그때는 욱한 마음에 확 뒤집어 버릴까 고민도 했지만 꾹 참고 기다렸다.

별다른 시도도 해 보지 못하고 들켜서 쥐어 터질 바에는, 때를 엿보다가 손오공이 반쯤 마음을 놓았을 때 확 터뜨려 버리자고 결심했다.

덕분에 결과가 바로 이거다.

산사태!

제아무리 손오공이 날고 긴다고 한들 쓰나미처럼 몰려오는 낙석과 흙먼지 더미를 어떻게 단신으로 쉽게 물리칠 수 있겠냐, 이 말이다!

그리고 결과는,

쿠쿠쿠쿠쿠!

아주 성공적이었다.

손오공의 집은 화과산 중턱에 위치한 소귀나무 숲, 아주 깊숙한 곳에 위치해 있다.

겉으로 봐서는 그냥 사냥꾼들이나 지낼 것 같은 다 쓰러져 가는 오두막집이다.

하지만 이게 더 수상쩍다.

다른 사람이 제 영역 침범하는 걸 세상에서 제일 싫어하는 인간인데, 사냥꾼이 맘껏 활개를 치도록 허락한다고?

말이나 되는 소리를 해야지. 참고로 지난 한 달 동안 지호는 손오공 외에는 사람 코빼기 한 번 본 적이 없다.

결국 어마어마하게 일어난 산사태는 단숨에 소귀나무 숲을 쓸어버린다. 오두막집? 이쪽에서 보이지도 않지만, 보지 않아도 뻔하다. 그냥 파묻혔겠지.

집에다 뭘 놔뒀는지는 모르겠지만 반도처럼 온갖 진귀한

물품들을 보관했으리란 예측은 쉽게 할 수 있다. 그런 게 죄다 땅에 묻힌 셈이다.

당연히 손오공으로서는 발에 땀띠가 나도록 뛸 수밖에 없는 상황.

아니나 다를까, 저쪽 봉우리에서 재빠르게 이쪽 봉우리로 달려오는 기척이 느껴진다. 손오공의 분신이다.

그럼 이쪽은 냅다 줄행랑을 쳐야지!

"사요나라, 빠이짜이찌엔, 바이바이!"

지호는 손오공의 분신이 있을 곳에다가 손을 가볍게 흔들어 주면서 반대쪽으로 힘차게 유수행을 펼쳤다.

어디로 갈지는 아직 못 정했다.

어차피 아무런 연고지도 없는 세상. 집으로 돌아가기 위해서는 나중에 어떻게든 손오공을 만나긴 해야겠지만, 그건 그때 가서 생각할 일.

'그냥 발 길 닿는 대로 가자!'

그 전까지는 이 세상을 즐겁게 여행해 볼 생각이다.

강호 무림이란 세계가 걱정되긴 하지만, 무공도 익혔겠다, 무서울 게 어디 있을쏘냐!

쐐애애애애—액!

지호는 빠른 속도로 화과산을 내려갔다.

＊　　　＊　　　＊

"손지호오오오오! 이 개자시이이이이이이익!"

손오공으로서는 분통이 터질 일이다. 감히 자신의 집을 이딴 식으로 파묻어?

하지만 지호의 예상대로 손오공이 할 수 있는 일은 아무것도 없었다. 본체라면 모를 일이지만, 상대적으로 능력이 달리는 분신으로서는 할 수 있는데 한계가 있다.

결국 손오공은 끝없이 이어질 것 같던 산사태가 거의 잠잠해진 뒤에야 오두막집이 있으리라 생각되는 장소에 착지할 수 있었다.

흙더미 위로 열매와 잎이 다 떨어져 가지만 앙상하게 드러난 소귀나무 몇 개가 빼꼼 머리를 내민다. 이 지역 전체가 통째로 묻혔단 뜻이다.

으드드득!

손오공은 이를 으스러져라 갈면서 손을 활짝 펼쳐 흙더미를 세게 내리쳤다.

콰콰쾅!

몇 번을 반복하면서 한참을 안쪽으로 파고들어 간다.

그러자 드러나는 황량한 광경.

예상대로 오두막집을 이루던 나무는 모조리 박살이 나서

아무렇게나 나뒹굴고 있다. 안에 놔뒀던 탁상이며 침상 같은 것도 모조리 쓰레기가 되어 버렸다.

하지만 손오공의 심기를 가장 크게 건드린 것은 따로 있었으니.

부들부들!

떨리는 손길로 흙더미 위로 수줍게 드러난 모서리를 잡아 모래를 턴다.

자그마한 함이다. 백 년 전에 동해 용궁에 놀러 갔다가 예쁘다면서 용왕을 협박해 갖고 왔던 진주함.

매끈매끈하고 온갖 아름다운 무늬가 새겨져 있던 함은 이제 자갈에 이리저리 치여 상처가 한가득이다. 누가 보면 거지들 동냥할 때나 쓰는 바가지라고 해도 믿을 것 같다.

경첩도 다 떨어졌는지 뚜껑은 손을 살짝 댔을 뿐인데 삐거덕거리면서 훌러덩 본체에서 떨어져 나간다.

그리고 우수수 쏟아지는 내용물.

두두두!

수백 년 된 진주는 온데간데없이 죄다 모래며 자갈밖에 없다.

"……."

반쯤 혼이 달아난 얼굴로 내용물을 살펴본다. 하지만 진주였던 것들은 모조리 부서져 더 이상 가치가 없다. 표면도 죄다 긁혔으니 누가 진주라고 생각할까.

그뿐만이 아니다.

주변을 파헤치면 파헤칠수록 '혹시나' 하고 가졌던 마음은 '역시나'로 변해 간다.

문창제군이 이제 그만 좀 설치고 글이나 배우라며 줬던 달필은 반 동강이 나 버렸고, 우마왕이 빌려준 극병화는 창날이 어디로 사라졌는지 찾을 수가 없다. 금각이 애지중지하던 마마환환도는 날이 다 상했으며, 엉큼한 하백이 옥청지에서 목욕하는 선녀들을 훔쳐보려고 사용하던 수선경은 아예 산산조각이 났다. 나타태자가 생일날 선물로 줬던 감요도는 흔적조차 보이지 않는다!

어디 그뿐이랴.

과거 손오공으로 하여금 제천대성과 투전승불이라는 명칭을 가져다주었던 무기들도 쓰레기처럼 나뒹군다.

황금 쇠사슬로 만든 전포, 자황포. 봉황의 깃털을 꽂은 보랏빛 금관, 봉금관. 수십 병기를 꽂을 수 있는 남색 빛깔의 혁대, 남전대. 연꽃의 실로 짠 신발, 보운리.

손오공은 흙더미에서 그것들을 하나하나씩 캐낼 때마다 한참 동안 품에 꼭 끌어안았다.

부들부들. 덜덜덜…….

마치 간질 환자처럼 한참을 그렇게 있다가 다시 고개를

들었을 때는, 두 눈에 시뻘건 불꽃이 타올랐다.

"모두 집합."

퍼퍼퍼펑!

바로 그 순간, 손오공 머리 위로 흙더미 곳곳에서 분신들이 떼거리로 나타난다. 도무지 헤아릴 수가 없을 만큼 많은 숫자다.

녀석들의 눈동자는 전부 활활 타오르는 중이었다.

"그 새끼, 잡아와! 당장!"

파바밧!

분신들이 일제히 뛰기 시작했다.

*     *     *

화과산 일대가 소란스러워진다.

"손지호, 이 개자식!"

"아직 이 주변에 있는 것 다 안다! 자수해서 광명 찾아라!"

"우리 손에 걸리면 뒈진다! 뒈지기 전에 나와!"

"아냐. 자수하지 마라. 그냥 좋은 데로 보내 주마!"

"아주 좋은 데로!"

손오공의 분신들이 이를 바득바득 갈며 화과산 일대 전

체를 샅샅이 뒤진다.

지호는 커다란 바위 밑에서 바깥을 살짝 훔쳐보다가 분신들이 이쪽으로 시선을 돌리자 황급히 다시 숨었다.

'화가 단단히 났나 보네. 흐흐흐흐.'

일단 결론적으로 말하자면, 지호는 아직 화과산을 완전히 벗어나지 못했다.

워낙에 화과산의 범위가 넓은 데다가, 손오공의 분신들이 주요 길목을 죄다 점거하고 있으니 빠져나가기가 힘들어졌다.

그래도 다행히 지호는 지난 한 달 동안 분신들을 숱하게 겪으면서 녀석들의 패턴을 낱낱이 파악했다. 언제, 어디로, 어떻게 숨으면 종적을 쉽게 들키지 않는다는 것쯤은 잘 알고 있다.

하지만 빠져나가는 건 그것과 별개다.

언제까지고 도망만 칠 수도 없는 노릇.

특히 본체가 돌아오게 되는 날에는 재앙이 닥친다.

그러니 그 전에 길을 뚫어야만 한다.

"그러니 잘 부탁한다, 애야. 우후후후후!"

지호는 음침하게 웃으면서 품에 끌어안은 뚜껑 달린 항아리를 소중하게 쓰다듬었다. 이것이야말로 지호에게 축복을 가져다줄 보물이다.

조심스럽게 뚜껑을 열었다. 순간 맡는 것만으로도 머리가 뻥 뚫릴 것 같은 청아하고 부드러운 냄새가 확 퍼진다.

항아리 안에는 반도 두 개가 덩그러니 구르고 있었다.

*        *        *

"그런데 말이야. 뭐 좀 이상하지 않아?"

지호를 찾아 샅샅이 수색하던 중, 분신 하나가 가진 의문 하나가 손오공들을 뒤흔들어 놓았다.

"뭐가?"

"'우리' 집 위치를 소상히 파악해 무너뜨린 놈이 다른 곳이라고 알아내지 못했을까?"

"서, 설마?"

"아, 아, 아니겠지?"

그들의 머릿속으로 동시에 떠오른 생각!

"남은 반도 좀 주면 안 됩니까?"

"자꾸 이러다가 저 진짜 죽을 것 같다니까요! 반도라도 하날 줘야 그나마 버티죠!"

"거 반도 냄새가 어디서 나는 것 같은데?"

"저기 근데, 오공. 반도가 자꾸……."

"오공! 반도 좀!"

"반도! 반도! 반도!"


하루가 멀다 하고 심심하면 반도 타령을 해 대던 녀석이 아니던가!

워낙에 수련이 빡빡하게 돌아가니 내공이라도 채울 속셈으로 달라고 하는 것 같아서 그때마다 안 된다며 거절을 해 댔지만, 손오공의 한 눈이 팔린 지금이라면?

손오공들의 안색이 하얗게 질린다.

"제기랄! 반도! 반도가 위험하다!"

근방에 있던 분신들이 전부 낭떠러지 쪽으로 달리기 시작한다. 밤이 되면 음기가 가장 많이 차서 반도를 보관하기 아주 용이한 동굴이 그곳에 있었다.

하지만 동굴 안으로 들어갔던 분신들은 곧 절망 섞인 탄식을 쏟아야 했으니,

"제기라아아아아아아알!"

"이 빌어먹을 새끼가아아아!"

"대체 어디 있는 거냐아아아아아?"

남은 반도 두 개가 몽땅 다 사라지고 없었다!

모두의 분노가 쏟아지는 그때,

콰콰쾅!

저만치 먼 곳에서 또다시 모래 기둥이 솟구치며 산사태가 일어난다. 쿠에에엑, 돼지 멱따는 소리가 울리고 있었다.

저기다!

분신들은 재빨리 그쪽으로 달리기 시작했다. 발에 땀띠가 나도록. 특히 지금은 집이 파묻혔을 때와는 또 분위기가 달랐다.

"야, 이 미친놈아! 그거 먹으면 넌 큰일 난단 말이다아아아앗!"

*  *  *

"힘이 넘친다! 마구 넘친다! 우오오오오!"

반도 두 개를 꿀꺽하고 삼키는 순간, 지호는 몸속에서 폭풍처럼 휘몰아치는 이 엄청난 기운을 도무지 감당할 수가 없었다.

이미 하나를 먹었을 때도 느낀 거지만 엄청나다.

과연 약발이 최고라더니!

쾅! 쾅! 쾅!

"으하하하하하핫!"

나무가 우수수 쓰러지고, 바위가 박살 나 사방으로 비산

한다. 구릉은 아예 초토화가 되어서 평지가 되어 버리며 밟고 지나가는 곳마다 모래 기둥이 치솟는다.

분신들이 뒤늦게 지호의 위치를 알고 달려들었지만, 지호는 녀석들을 아주 가볍게 때려눕혔다.

여태 고생만 했던 때와는 다르다.

분신이 달려든다 싶으면 주먹 한 대로 충분하고, 옷깃에 매달리면 팔만 툭 털어도 우수수 떨어져 나간다. 아래로 달리는 내내 수많은 분신들이 악착같이 달라붙지만 그때마다 펑! 펑! 하고 터져 나간다.

손오공의 얼굴을 한 녀석들을 쥐어 팰 때마다 느끼는 쾌감이란!

게다가 아무리 내공을 마구 남발해도 도무지 줄어들 생각을 않는다. 아니, 사용하면 사용할수록 더 많이 불어난다.

덕분에 벌써 내공은 기존에 비해 세 배나 늘어나 이대로 몸 전체가 단전이 되는 게 아닐까 싶을 정도였다!

이제는 더 이상 무서울 게 없다는 생각에 막무가내로 뚫고 또 뚫는다. 문제는 정말 분신들이 그때마다 마구 튕겨 난다는 점이다.

"야, 너 그러…… 쿠에에엑!"

"제발 좀 멈추라…… 으아아아악!"

"그러다 위험해지…… 케에엑!"

"내공 폭주할…… 커어어억!"

"주화입…… 마아아아악!"

아까 전과 다르게 분신들이 지금은 화를 내기보다는 뭔가를 말해 주려 한다는 생각이 들었지만, 워낙에 꾀가 많은 손오공이다 보니 수를 쓴다고 생각했다.

아니, 사실 그런 생각도 들지 않았다.

그냥 이대로 계속 가로막는 건 죄다 부수며 달려가야겠다는 생각뿐!

'아니. 잠깐. 이, 이거 조금 위험한 거 아냐?'

그러다 문득 의식 깊숙한 곳에서는 경각심이 인다. 화과산에서도 거의 다 내려왔고 손오공들도 거의 보이질 않으니 이만 멈춰도 되지 않을까 싶지만,

'어, 어라? 몸이 말을 듣질 않는다?'

콰콰콰콰쾅!

"음화화화화화핫!"

마치 브레이크가 고장 난 폭주 기관차처럼 여전히 앞에 있는 걸 닥치는 대로 부수며 달린다. 얼굴은 미친 사람처럼 방실방실 웃음이 멈추질 않는다.

몸은 지호의 몸이지만, 어느 순간부터 마음대로 움직여지질 않았다.

그사이에도 내공은 계속 늘어나고만 있으니…….

'누가 제발 나 좀 멈춰 줘어어어어어엇!'

감당할 수 없을 정도로 내공이 불어나면서 생겨 버린 내공 역류 현상.

바로 주화입마의 시작이었다.

# 6장

# 무림(武林)

"……뭐야, 이건?"

손오공 본체는 머리를 쑤셔 대는 통증에 인상을 와락 찌푸렸다.

화과산에 놔뒀던 분신 녀석들이 심령으로 뭐라고 소리를 질러 대기는 하는데, 거리가 너무 멀어서 도통 알아들을 수가 없다.

확실한 건 녀석들이 단체로 정신을 놓을 만한 커다란 사건이 벌어졌다는 뜻인데.

'하여간 눈을 떼면 무슨 짓을 벌일지 모르니 마음을 놓을 수가 있어야지.'

이제 무공도 익혔겠다, 제 세상처럼 맘껏 활개를 칠 지호의 모습이 언뜻 떠오를 것 같아 인상을 찌푸린다. 스승이었던 수보리조사도 자신을 키우고 났을 때 이런 느낌이었을까 싶다.

당장 화과산으로 돌아가 무슨 사태인지 확인하고 싶은 마음이 굴뚝같지만, 지금은 도무지 그럴 겨를이 없다.

"싸우다 말고 뭘 하는 거지?"

그때 이쪽으로 살이 타 버릴 것 같은 뜨거운 열풍이 훅하고 불어닥친다.

"아, 잠깐 생각할 게 있어서."

손오공은 현실로 돌아오며 고개를 외로 꼰다.

맞은편에는 손오공보다도 머리가 하나는 더 큰 체구를 자랑하는 사내가 불꽃으로 일렁대는 큰 칼을 지고 있었다.

손오공이 차갑게 웃으며 주먹을 말아 쥔다.

"그럼 마저 이어서 해 볼까, 혼세마왕? 아니, 칠사도?"

\*　　　\*　　　\*

육체에 대한 통제권을 잃어버리고 얼마나 달렸을까. 밤낮이 바뀌는 걸 직접 확인했으니 분명한 건 하루는 꼬박 지났다.

그동안 앞에 닥치는 건 모조리 부숴 버렸다.

덕분에 논밭은 폐허가 되고, 구릉 몇 개는 평지가 되어 버렸으며, 산사태가 여러 번 일어났다. 강은 역류를 일으키면서 홍수가 나 버렸으니 그야말로 재앙이 따로 없었다!

어렴풋한 기억으로 칼을 찬 집단 몇몇이 '이 악적, 용서치 않겠다!' 라고 고래고래 소리를 지르면서 달려든 적이 있는데, 어떻게 되었는지 도통 떠오르질 않는다.

'뭔가 심각한 민폐를 끼친 것 같기는 한데…… 뭐 별일이야 있으려고.'

손오공이나 일으킬 만한 일들을 벌이고, 드디어 단전에서 마구 샘솟던 내공이 가라앉기 시작했다.

"헉, 헉, 헉! 제기랄, 약발도 정도껏 해야지."

지호는 드디어 조금씩 육체의 제어권이 돌아오자 달리던 걸 멈췄다. 그러곤 눈에 띄는 아무 동굴에나 기어들어가 최대한 심신을 안정시키는 데 몰두했다.

"그나저나 대체 여긴 어디야? 어디까지 온 거지?"

하루 종일 미친 듯이 달렸으니 꽤 멀리 온 건 확실한데. 도통 어디가 어딘지 모르겠다. 그냥 이름 모를 야산이라는 것밖에는.

결국 지호는 단전이 진정되는 대로 밑에 내려가 봐야겠다는 생각이 들었다. 어차피 화과산으로 돌아갈 마음 따윈 없으니.

그렇게 한숨이라도 잠을 자 보려는데,

"으음?"

갑자기 꾹 누르고 있던 단전에서 기가 불쑥 솟아올라 팔
쪽으로 향한다. 그리고 돌아간다.

우드득.

"우와아아아아아악!"

팔꿈치가 뒤로 돌아가 삐거덕거린다.

"이, 이게 뭐야?"

어깨가 탈골이 된 게 아닐까 싶을 정도로 팔이 반대 방향
으로 비틀렸다. 덕분에 지호는 눈을 내리면 오른쪽 겨드랑
이가 바로 보이는 괴상한 자세가 되었다.

다행히 움직였던 내공이 다시 돌아오면서 팔도 원래 방
향으로 돌아왔지만,

"끄, 끝났나?"

두둑!

"헉!"

이번에는 왼쪽 다리가 반대쪽으로 비틀린다. 엉덩이가
수줍게 시야로 들어왔다.

"이건 또 뭐냐고오오오오옷!"

내공 폭주에 이어 이번에는 사지가 제멋대로 뒤틀리기

시작했다.

＊　　　＊　　　＊

주화입마는 한참 동안 이어졌다. 반나절이나.

"제기랄!"

지호는 식은땀에 푹 절어 반쯤 파김치가 된 몰골로 동굴을 나섰다. 다행히 내공을 어떻게든 진정시키기 위해 끙끙 앓다 보니 어찌 됐든 단전을 안정시킬 수 있었다.

"처음부터 아껴서 먹을걸. 괜히 욕심부리다가 이게 무슨 짓이냐고."

아버지가 작년 이맘때쯤에 양기가 허하다면서 해구신과 인삼을 같이 달여서 드시다가 한참 고생하시던 이유를 이제 알 것 같다.

뭐든지 과하면 안 좋다. 특히 약 같은 건 더더욱.

물론 그렇다고 해서 반도를 두 개나 더 먹은 게 안 좋았다는 의미는 아니다.

좋은 약은 좋은 만큼 효과를 톡톡히 내는 법이다.

'으흐흐! 이게 다 얼마냐!'

지호는 주화입마에서 겨우 벗어난 후로 두 가지 정도를 걱정했다. 육체와 단전이 완전히 망가지거나, 아니면 괜찮

더라도 내공 대부분이 날아가지는 않을까 하는 걱정이었
다.

하지만 그건 전부 우려로 끝났다.

엉망일 거란 예상과 다르게 단전은 확 달라졌다.

'넓어.'

처음 무공을 갓 익혔을 때의 단전이 산에서 흐르는 작은
실개천이었다면 지금은 커다란 강이다. 한강은 될 것 같다.

거기다 내공이 폭주를 하고 역류를 하면서 이리저리 배
배 꼬이고 뒤틀렸던 기맥과 혈관도 모두 제자리를 찾았다.

오히려 그게 더 약이 된 듯, 더욱 굵어지고 튼튼해진 게
느껴진다.

몽땅 다 날리는 게 아닐까 싶었던 내공은 모두 오롯하게
갈무리되어 잔잔하게 흐르고 있었다.

전화위복이라더니, 그 고생들을 한 게 이렇게 도움이 될
줄이야.

거기다 기력도 아주 조금씩이지만 돌아온다. 하루 정도
푹 쉬고 나면 몸도 개운해질 것 같았다.

"으흐흐흐흐흐!"

지호는 입이 저절로 찢어지려는 걸 어떻게 주체할 수가
없었다.

"그나저나 이제 어쩌지?"

기쁨을 마음껏 만끽하고 나자 이제는 슬슬 현실적인 걱정이 들기 시작했다.

처음에야 여태 당한 일의 앙갚음을 위해 손오공에게 커다란 엿을 날리고 그냥 발길 닿는 대로 무전여행이나 하자면서 막무가내로 나오긴 했지만, 그래도 이곳은 현실과는 전혀 다른 세상이다.

지호는 이 세상에 강호 무림이란 게 있다는 것만 알 뿐, 사실 따지고 보면 아는 게 아무것도 없었다. 거기다 무일푼이다. 거지 신세다.

어디 그뿐이랴.

문화 차이는? 잘 곳은? 옷은? 무엇보다 언어는?

한참 고민하다가 곧 고개를 번쩍 든다.

노래를 부르겠답시고 밴드를 만들 때나, 손오공을 골탕먹일 때나, 언제는 뒷일을 염두하고 했었나.

그냥 닥치는 대로 하고 싶은 대로 했었지.

"어떻게든 되겠지."

지호는 될 대로 되라는 심정으로 야산을 내려갔다.

\* \* \*

야산 아래에 위치한 마을은 아주 컸다. 아니, 이건 마을이 아니라 거의 도시 수준이다.

영화에서나 볼 것 같은 옛 중국식 성을 따라 허름한 옷차림을 한 사람들이 줄을 서서 문전성시를 이룬다.

장날이라도 되는지, 보따리 장사꾼들이며 머리에 짐을 이고 있는 아낙네들도 많이 보인다. 수레에 갖가지 짐을 실은 우마차의 행렬이 이어지고, 밖에서 논을 갈고 왔는지 옷에 흙이 잔뜩 묻은 농부들이 이야기를 나눈다.

하지만 그중에서도 가장 눈에 띄는 사람들은 등에 기다란 검을 패용한 채, 파란 무복을 멋들어지게 입은 무사 집단이었다.

그들은 마치 군대처럼 질서정연하게 서서 일체의 대화도 나누지 않았다.

사람들은 그들이 두려운지 근처에 다가갈 생각도 하지 않았다. 가까이 있는 사람들도 혹시 폐가 될까 싶어 눈치를 보기 바빴다.

주변 사람들의 두려워하는 기색을 아주 당연하다는 듯이 받아들이는 모습을 보고 있으니, 현실에서는 전혀 볼 수 없는 광경에 신기하면서도 뭔가 거부감이 들었다.

'종천도회…… 오호집문?'

지호는 녀석들의 가슴팍에 적힌 글자를 보고 작게 중얼

거렸다. 분명 한자인데도 불구하고 이상하게 알아보는 게 가능했다.

마치 이곳으로 건너오기 전에 족자에 적힌 글을 이해했던 것처럼.

'그러고 보니 말도 이해하고 있잖아?'

지호는 뒤늦게 이곳 사람들의 말이 한국어가 아닌 중국어에 가까운 말이라는 사실을 깨달았다. 너무 자연스럽게 받아들이고 있어서 자각하지도 못했다.

아무래도 글을 자연스럽게 이해하는 것과 같은 맥락으로 말도 이해를 하는 모양이다.

'손오공과 같은 영혼을 공유해서 영향을 받고 있는 건가? 나에겐 다행이지만.'

일단 가장 큰 문제가 될 언어적인 문제는 해결된 셈이다. 무엇보다 글자를 안다는 것은 어떤 방식으로든 도움이 될 것 같기 때문에 다행이다 싶었다.

'그나저나 저 사람들은 누구지? 저렇게 살벌하게 다니면 관아에서 잡아가지 않나?'

조폭들이 사시미 칼을 들고 벌건 대낮부터 명동 거리를 누비고 다닌다 생각해 봐라. 당장 경찰 특공대가 출동해서 진압부터 하려 들 테지.

하지만 성문에서 사람들을 일일이 검사하던 포졸들도 이

상하게 저쪽을 힐끔 쳐다보기만 할 뿐 전혀 신경 쓰지도 않는다. 아니, 오히려 피한다는 느낌이 강하다.

그건 무사 집단도 마찬가지라 포졸 쪽은 전혀 신경 쓰지 않는다.

마치 둘 사이엔 엄청난 거리가 떨어져 있는 것 같다.

"오호문에서 이런 곳까지는 무슨 일이래?"

"그러고 보니 오늘따라 검문도 평소보다 좀 오래 걸리는 것 같지 않나?"

"어이쿠! 자네들 혹시 그 소문 못들은 겐가?"

저쪽에서 농부 세 명이 두런두런 나누는 이야기 소리가 지호의 귀에 들린다. 지호는 자기도 모르게 귀를 쫑긋 세웠다.

"무슨 소문?"

"질주광마가 우리 현에 올 거란 소식 말일세!"

'질주광마?'

"그렇다네. 며칠 전부터 갑자기 나타나서는, 수많은 마을을 약탈하고 그것으로도 모자라 불을 지르고 아녀자들을 강간하는 등 못된 짓만 골라서 한다더구만."

"어이쿠! 어떻게 그런 일이!"

"문제는 이 자를 막기 위해 나선 여러 문파들이 어떻게 해 볼 겨를도 없이 모두 나가떨어졌다더군. 덕분에 그자의 이동 경로가 이쪽으로 향하는 걸 알게 된 오호문에서 다급히 움직이는 것이라네."

"그, 그럼 우리도 위험해지는 것 아닌가?"

"멍청한 소리 말게."

"으, 응?"

"저들이 누군가? 우리 하북의 내로라하는 오호문도들이 아닌가? 오히려 다른 곳보다야 저들이 있는 곳이 가장 안전하지."

"아, 그렇겠구만."

"덕분에 다른 마을에서도 저렇게 소식을 듣고 오는 것이니 당분간은 현 밖으로 얼씬도 말아야 할 걸세."

"부디 그 악적을 잡아야 할 것인데."

지호는 십분 공감한다는 듯이 고개를 끄덕였다.

'그런 놈이 있다면 무조건 잡아야지.'

그러면서도 한편으로는 조금 무섭다.

듣자 하니 질주광마라는 자는 단 한 명에 불과한 것 같다. 그런데도 혼자서 약탈을 자행하고 여러 무인들을 때려눕히다니. 도대체 얼마나 강한 걸까?


"칼질해서 이긴 놈이 장땡인 곳."

손오공이 왜 이 세상을 두고 그렇게 표현했는지 알 것 같다.

하지만 지호는 질주광마에 대한 관심을 금세 끊어 냈다. 당장 그에게 필요한 건 돈벌이다. 그래야 밥도 사 먹고 여행 경비도 마련할 수 있으니.

'어라?'

그러다 앞에 섰던 사람들이 은근슬쩍 포졸 대장에게 엽전을 쥐여 주는 게 보인다.

그렇지 않으면 갖고 온 짐짝이나 수레를 샅샅이 뒤지면서 이런저런 꼬투리를 잡아대며 어디론가 끌고 가려 했다.

문제는 그런 실랑이가 여기저기서 꽤 많이 보였다는 점이다. 이 때문에 줄을 선 다른 사람들도 부랴부랴 돈을 준비한다.

'이거 잘못하면 위험하겠는데?'

무일푼인 지호로서는 난감할 뿐이다. 거기다 지호는 지금 신분을 증명할 게 아무것도 없다.

'어쩌지?'

지호는 아주 잠깐 고민하다가 옆으로 슬쩍 빠졌다. 보니까 질주광마란 녀석 때문에 경계가 삼엄한 판국이라 괜히 의심을 사서는 사고만 칠 것 같다.

차라리 야밤중에 몰래 성곽을 넘는 게 낫겠다 싶었다.

하지만,

툭!

"그대는 뭔가? 왜 줄에서 이탈을 하려는 거지?"

목석을 깎은 것처럼 꼿꼿하게 생긴 여자가 두 눈을 부리부리하게 뜨며 지호의 어깨를 짚는다. 제법 높은 관직에 종사하고 있는지 빳빳하게 다린 관복을 입고, 뒤편으로는 삼지창을 든 관군 다섯 명이 시립해 있었다.

포졸들이 부리나케 이쪽으로 달려온다. 사람들의 시선도 저절로 이쪽으로 향한다.

'엿 됐다!'

지호가 일이 꼬였다 싶어 난감해 할 무렵, 포졸 대장이 간신처럼 웃으며 손을 비비적거린다.

"헤헤헤. 여호장님이 아니십니까요? 여기까진 어인 일로……?"

여호장이라 불린 여자가 차가운 눈빛으로 대답한다.

"공무가 있어 이곳 관아에 들렀다가 이 자가 수상하게 굴기에 잡았다."

"어이쿠! 그런 일이! 이놈! 감히 무엄하게도 바쁜 여호장님의 앞길을 막다니! 호패를 내놓아라!"

지호는 하산하기 전에 생각해 뒀던 변명을 둘러댔다.

"실은 제가 지금 여행을 다니는 중인데, 이곳으로 오는 길에 산적을 만나 짐을 잃어……!"

물론 지호의 변명 따윈 통하지 않는다.

"뭣이? 호패가 없다고? 보아하니 행색이 수상쩍은 놈이 로구나. 뭣들 하느냐? 혹여 질주광마의 수하일지도 모르니 당장 관아로 압송하여라!"

포졸들이 바쁘게 움직이며 지호의 양팔을 붙잡는다.

"자, 잠깐만요! 진짜 이게 아니라니까!"

지호는 어떻게 변명할 기세도 없이 끌려가고 말았다. 끝까지 저항할까 하는 생각도 들었지만 그랬다가는 진짜 큰 일이 벌어질 것 같았다.

그 모습을 여호장이 바라보다 휙 몸을 돌렸다.


철컹!

감옥 문이 잠겨 버린다.

지호는 매미처럼 쇠창살에 찰싹 달라붙으며 다급하게 소리쳤다.

"저기요? 잠깐만요, 선생님! 선생님? 진짜 그런 게 아니 라니까요?"

"시끄럿!"

지호를 감옥에 가둔 포졸은 코웃음을 치며 사라져 버렸다.

"이봐요? 이봐요! 이봐요오오오오! 그게 아니라니까아아아아!"

졸지에 다른 세상에서 유치장 신세를 지게 되어 버린 지호의 절규만이 감옥 안을 쩌렁쩌렁하게 울려 퍼졌다.

*　　　*　　　*

'내가 불법 체류자 신세라니.'

사실 따지고 보면 밀입국자에 신용 불량자도 추가된다.

'인생 막장이네, 이거.'

그렇게 생각하니 뭔가 우울해진다.

이제 어떻게 해야 할까?

'잠깐. 가만히 생각해 보니까 꼭 나쁘지만은 않잖아?'

어차피 호패가 없어서 야밤중에 성곽을 넘을 생각이었다. 그것도 불법인 건 매한가지이니 시간이 조금 빨라졌다고 여기면 그만이다.

결국 지호는 결심했다.

밤중에 경계가 느슨해질 때쯤에 탈옥하자고.

문화 시민(?)으로서 교육을 받은 입장에서 양심상 찔리긴 하지만, 어쩌겠나. 이렇게라도 일단은 나가서 다른 방법을 찾아야지.

일단은 밤이 될 때까지 조용히 있어야겠다는 생각에 근처 벽에다 등을 붙이고 눈을 감는다. 생각해 보니 화과산에서 내려온 후로 제대로 쉬지도 못했다. 기력이나 회복해야겠다 싶었다.

그런데 누군가가 크게 소리를 지른다.

"어이."

"……."

"어이!"

응? 날 부르는 건가? 지호는 살짝 눈을 떴다.

바로 앞에는 눈가에 칼자국이 나서 인상이 험상궂게 생긴 남자가 자신을 노려보고 있었다. 딱 봐도 침 좀 뱉었을 것 같은 건달이다.

불과 한 달 전이었으면 바로 주눅이 들 테지만, 지금은 전혀 그런 게 없다. 지호 역시 손오공에게 구를 대로 굴러서 독기만 따진다면 훨씬 대단할 테니까.

아니나 다를까. 짝다리 짚으면서 분위기를 험악하게 잡으려던 건달이 움찔 떠는 게 보인다. 하지만 기 싸움에 밀리기 싫은지 다시 얼굴을 잔뜩 찡그린다.

"불렀으면 대답을 해야 할 것 아냐!"

"뭡니까?"

"지금 앉은 자리가 누구 자리인지 알고 앉은 거냐?"

지호는 주변을 쓱 둘러봤다.

넓은 옥실 안에는 대여섯 명의 건달들이 재미있다는 듯이 이쪽을 쳐다본다. 곳곳에 빈자리가 많다. 그래도 시비를 거는 걸 보니 이쪽이 막내인 모양이다.

'최대한 조용하게.'

어차피 떠날 생각이니 되도록 소란을 피우면 안 된다.

"다른 곳에도 자리가 많은데요?"

"난 이쪽이 아니면 안 된단 말이다!"

그냥 생떼다.

지호는 한숨을 내쉬면서 옆으로 널찍이 떨어졌다.

"됐습니까?"

"이 자식이 보자 보자 하니까! 신입이면 신입답게 알아서 길 것이지! 어디서 말대꾸를 하……!"

퍽!

'아, 실수.'

지호는 벌러덩 뒤로 나자빠진 녀석과 자신의 주먹을 쳐다보면서 아차 싶었다.

허락도 없이 다가오기에 자기도 모르게 반사적으로 주먹이 먼저 날아갔다. 이게 전부 언제 어디서 공격을 할지 모르는 손오공의 분신들을 상대하느라 몸에 단단히 든 버릇 때문이다.

변명을 하려 해도 이미 때는 늦었다.

신입의 맹랑한 반기라고 생각한 죄수들이 얼굴을 찌푸리며 일어난다.

"감히 선빵을 쳐?"

"안 되겠다. 신입 교육 좀 시켜야겠구나!"

"당분간 죽만 먹게 해 주마."

지호는 땅이 꺼져라 한숨을 내쉬었다.

"저기, 그냥 말로는 안 됩니까?"

"이 새끼가 뭐래는 거야!"

"밟아!"

다가오는 죄수들을 보며 결국 지호는 다시 주먹을 들었다.

'왜 이렇게 자꾸 일이 꼬이냐?'

그래도 시작했으면 끝을 봐야지.

퍼퍼퍽!


"씁! 팔 내려가는 소리가 여기까지 들린다."

벽 쪽을 보면서 무릎을 꿇고 벌을 서던 다섯 죄수들이 일제히 몸을 움찔 떨면서 자세를 바로 갖춘다. 녀석들의 눈가엔 저마다 판다처럼 시퍼런 멍을 달고 있었다.

'독한 새끼!'

'이쪽도 안 보고 있으면서 어떻게 알았지?'

'정수리에 눈이라도 달린 거 아냐?'

지호는 솜이불이 곱게 깔린 상석에 반쯤 누워 대장이 먹던 오징어 뒷다리를 질겅질겅 씹어 먹으면서 '강 사또와 변 씨 부인' 이란 소설을 한 장 넘겼다.

"네놈들 짱돌 굴리는 소리가 엄청 요란하거든? 잔대가리 쓸 생각 말고 똑바로 해라. 안 그럼 시간만 계속 늘어난다."

"옙!"

"명심하겠슴돠!"

"그래. 그 자세로 딱 이 각(30분) 추가."

"으으으……!"

'저 새낀 악마야 악마!'

'도대체 어디서 저런 놈이 나타난 거지?'

죄수들은 악마 같은 지호의 본성을 보며 몸을 파르르 떨었다.

그들은 정말 이대로 대낮에 별을 보는 게 아닐까 싶을 정도로 원 없이 두들겨 맞았다. 도대체 얼마나 사람을 많이 패 본 건지 맞을 때마다 뼈가 시릴 정도였다.

잘못했다면서 싹싹 빌어도, '잘못했다고? 그럼 잘못한 만큼 더 맞아야지.' 라는 별 해괴한 논리를 앞세우면서 더 세계 두들겨 패니 도무지 답이 없었다.

몇몇은 쇠창살을 붙잡고 늘어져서 살려 달라며 간수들을 고래고래 불러 댔다.

하지만 죄수들 사이의 일은 절대 관여하지 않는다는 빌어먹을 불문율 때문에 어떻게 도움을 받을 구석도 없었다.

결국 그들은 한참이나 복날 개 맞듯이 얻어터지다가 이렇게 요즘 어린아이들도 하지 않을 꼴이 되고 말았다.

"음, 재미있네. 역시 시간 때우기엔 이만한 게 없지. 야, 이거 뒤 권은 없냐?"

지호는 죄수들 쪽으로 몸을 돌려 다 본 소설을 살랑살랑 흔들었다.

덩치가 큰 대장이 자라목이 되어 움츠러든다.

"아, 아직 안 나왔는뎁쇼."

"뭐? 아, 딱 가장 궁금한 장면에서 끝났는데. 어쩔 수 없네."

지호는 소설을 한쪽 구석에다 툭 던지면서 말했다.

"헉!"

"흑! 딸꾹! 딸꾹! 흡!"

눈이 마주친 죄수들은 죄다 헛바람을 들이켰다. 어떤 놈은 너무 놀라 딸꾹질까지 해 댔다.

참 가지가지 한다. 지호는 녀석들을 너무 세게 두들겨 패

놨나 싶었지만, 어차피 밖으로 나가 봤자 선량한 시민들 등골이나 파먹을 놈들이기 때문에 신경 쓰지 않았다.

"뭐 하나만 묻자."

"마, 말씀 하십쇼!"

대장이 재깍 대답한다.

"씁! 그렇다고 팔을 내리란 말은 안 했다?"

대장은 슬그머니 다시 손을 들었다. 간신배처럼 웃는다.

"헤헤헤헤. 말씀하시지요, 대장."

지호는 '대장' 이란 말이 영 귀에 거슬렸지만 어차피 오늘 후로 안 볼 녀석들이니 대수롭지 않게 여겼다.

"여기 감옥은 원래 이렇게 사람이 많냐?"

처음 감옥에 들어왔을 때부터 얼핏 느꼈던 거지만 여기서 바깥을 둘러보니 확실히 알겠다.

이 시대의 감옥이야 유치장과 감옥의 개념이 하나라서 경범죄자들이나 아직 재판을 받지 않은 사람들도 중범죄자들과 다 같이 가둬 둔다지만, 그래도 이건 정도가 너무 심했다

눈에 보이는 옥실은 죄다 사람들로 가득 찼다. 몇몇은 발을 디딜 틈조차 보이지 않는다. 게다가 면면은 이 방에 있는 녀석들과 다르게 아주 선량해 보인다.

물론 얼굴로 사람의 죄질을 따져서는 안 되는 건 맞다.

그래도 기질이라는 게 있다. 일반 사람과 건달. 농민과 살인자. 두 집단 사이에는 큰 괴리가 있다.

특히 지호가 무공을 배우고 나서 가장 발달된 게 '감'이다. 그가 봤을 때 여기 있는 사람들은 대부분 농민들이거나, 소규모 장사치들이다.

"헤헤헤헤. 당연히 아닙죠."

"그럼?"

"그 뭐시기냐, 질주광마인가 뭔가 하는 놈 있지 않습니까요?"

"어. 들어 보긴 했어. 그런데 그놈이 왜?"

"그 놈이 여기로 온다는 소문 때문에 주변 마을의 관아며 성도, 심지어 황궁에서도 관리와 관군을 몽땅 보내면서 그 자를 잡으라고 난립니다요. 덕분에 이곳 현감 나리로서는 윗분들 대접을 해야 하니 급전이 필요할 수밖에 없습죠."

지호의 얼굴이 딱딱하게 굳는다. 다른 세상에서 왔다고 해도 이 정도면 당연히 견적이 나온다. 아니, 고등학교 때 국사책을 보기만 했어도 아주 흔한 패턴이다.

세금.

"그래서 강제로 세금을 거뒀다고?"

"통행세, 소작세, 상인세, 관세…… 뭐, 작정하고 매기려 들면 뭔들 못하겠습니까요? 하여간 그렇게 갑자기 고혈을 쥐어 짜 내니 못 내는 사람들이 수두룩하게 늘어날 수밖에요."

"그럼 문제가 생기지 않나?"

"그럴 리가 있습니까요? 관군이며 오호문이 이곳으로 집결하니 도리어 주변 마을에서 사람들이 피난을 오는 판국인데. 오히려 현감 배만 불리는 꼴입죠."

지호는 그제야 성문 앞에 문전성시를 이루던 사람들을 떠올렸다. 장날인 줄 알았던 것들이 사실은 피난을 온 것이라면?

지호는 자신이 왜 수상쩍다는 이유만으로 억지스럽게 투옥됐는지 알 것 같았다.

'어떡하지? 도와줘야 하나?'

지호는 아주 잠깐 고민했다.

불쌍한 사람들이 여기 있다. 그런데 때마침 자신에겐 힘이 생겼다. 누구나 가질 수 있을 법한 생각이다.

하지만,

'그만두자.'

지호는 고개를 저었다.

아무리 힘이 지배하는 세상이라고 해도 이곳에는 이곳만의 규칙이 있다. 게다가 황실이 있고 정부가 있으면 거기에

맡겨야 한다.

어차피 여러 관료들이 온다고 하니 이런 어두운 단면을 눈치채는 사람들은 생길 거다.

설사 도와준다고 한들, 그 후에는?

이 사람들을 데리고 어디로 갈 텐가? 결국 이방인에 불과한 자신은 구해 준 사람들을 끝까지 챙길 수 없다. 결국 남은 이들에겐 보복이 가해져 더 큰 고통만 당할 가능성이 크다.

정의의 사자? 웃기지 마라. 지호는 불의를 못 참고 나선다는 게 얼마나 어리석은지 너무나 잘 안다.

성폭행 당할 뻔한 여자를 도와주려다가 도리어 가해자에게 폭행범으로 고소당하고, 도둑을 잡으려다가 다치게 했다면서 체포를 당했다는 뉴스를 너무 많이 접했다.

하물며 이방인이라면.

그냥 물러서는 게 옳다.

야밤에 몰래 사라지면 그만이다.

"그럼 니들은 왜 여기 들어왔냐? 세금을 못 낼 것 같지는 않은데?"

"헤헤헤헤. 사실은 저희가 바쁜 포졸님들을 대신해서 세금을 징수하다가 수수료를 조금 많이 책정해서 그만…… 쿠에에엑!"

퍽!

지호는 손에 들고 있던 소설을 냅다 대장에게로 던졌다. 소설 모서리가 정확하게 녀석의 미간에 찍혔다.

"뭐? 이것들이 더한 새끼들이네? 안 되겠다. 좀 더 맞자."

괜히 기분도 꿀꿀해졌는데 잘됐다, 요놈들.

죄수들의 안색이 더 창백하게 질렸다.


지호는 얼굴이 몇 배나 불어나 찐빵이 되어 버린 놈들을 보면서 물었다.

기분이 풀릴 줄 알았는데, 도리어 찝찝함만 늘었다.

"앞으로 세금을 못 내서 투옥되는 사람들은 계속 늘어날 텐데, 그때는 그 많은 죄수들을 전부 어쩌려고 그러지?"

"그겅응……."

발음이 영 좋질 않아 인상을 확 찌푸린다.

대장은 허리를 쭈뼛 세우면서 최대한 또박또박 끊어서 대답했다.

"그, 그것은 아마 손목이나 발목 하나 자르는 걸로 끝날……."

"뭐? 손발을 잘라?"

지호의 눈이 커진다.

대장은 쉽게 눈을 마주치지 못하고 시선을 피했다.

"원래 죄인이라면 형기를 다 치러야 지만 그게 안 된다 면야 그렇게 해얍죠. 아마 여기 있는 사람들도 농번기를 놓 칠 바에는 그게 낫다고 생각할 겁니다요."

'미쳤어.'

아무리 인권이 보장되지 않는 시대라지만 손발을 자른다 는 말을 함부로 해 댈 줄이야.

지호는 암담하기보다는 짜증이 팍 났다.


"칼질해서 이긴 놈이 장땡인 곳."


또다시 그 말이 떠오른다.

이제야 왜 그런 말이 나왔는지 조금 알 것 같다.

칼질이란, 힘이다. 이 세상은 힘이 최고다.

일반 백성들이야 힘이 없지만 관리들은 힘이 있다. 그러 니 이렇게 고혈을 쥐어뜯을 수 있는 거다.

오호문이라는 녀석들도 마찬가지. 그들이 선한지 악한지 는 잘 모르겠다. 하지만 성문 앞에 줄을 설 때, 사람들은 차 마 그들이 두려워 가까이 가질 못했다. 하지만 오호문은 그 걸 아주 당연하다는 듯이 받아들였다.

좋다. 그럼 그 말도 안 되는 논리를 그대로 돌려주면 될 것 아닌가?

힘이 최고라고?

그럼 이쪽도 힘으로 보여 줘 버리자.

그게 이 세상이 말하는 무(武)일 테니까.

무(武)가 숲처럼 무성한 곳. 그래서 무림(武林)이다. 무림에서 무를 펼치겠다는데 잘못될 건 없다.

그 뒷일은 어떻게 하냐고?

'뭐, 알아서 되겠지.'

지호는 심드렁한 얼굴이 되어 찐빵 다섯을 봤다. 고개를 비딱하게 외로 꼰다.

"야, 그럼 니들도 손발이 잘리겠네?"

"저, 저희야 뒷돈을 써서…….."

지호는 대장의 어깨에 툭 손을 얹었다. 대장이 움찔 떨었다. 지호의 눈길이 불길했다.

"아냐. 세금을 착복했으니까 당연히 손발이 잘릴 거야. 그렇지?"

손에 힘을 바짝 준다.

대장은 우렁차게 대답했다.

"그, 그렇습니다!"

"그런데 손발이 잘리면 니들은 다시 이런 생활을 못할 텐데, 어쩌지? 장애가 됐다면서 밑에 있는 놈들이 뒤통수를 치려 들 거야. 그래선 안 되겠지?"

"예! 마, 맞습니다!"

"그럼 그런 일이 터지기 전에 먼저 선빵을 쳐야겠지?"

"……?"

대체 무슨 일을 저지르려고? 대장이 두려운 눈길로 지호를 쳐다봤다.

지호는 씩 입꼬리를 말아 올렸다. 손오공을 너무나도 닮은 미소였다.

"그래. 선빵이 최고야. 뭐든지."

이왕에 꼬인 거 확 꼬아 버리지 뭐. 인생 뭐 있냐.


*          *          *


"옥실 열쇠는 누구한테 있냐?"

"장씨 간수한테 있습니다요."

"불러."

"옙!"

우렁찬 대답이 울리고 잠시 후.

"아이고, 배야! 아이고! 아이고, 배야!"

"이보슈, 간수 양반! 이보슈! 거기 있으면 대답 좀 해 보슈!"

갑자기 감옥 깊숙한 곳에서 울리는 소리.

그냥 무시하고 넘기려던 간수 장씨는 자꾸만 불러 대는 소리에 결국 화를 버럭 내며 그쪽으로 다가갔다.

"아, 뭐? 또 뭐 때문에 그러는데?"

이 옥실은 교룡패라고, 그럴듯한 이름과는 다르게 이 근방에서 동네 애들 코 묻은 돈이나 빼앗는 양아치 집단을 가둔 곳이었다.

"우리 두목이! 두목이 갑자기 많이 아파하십니다! 어떻게 좀 의원이라도……!"

"또 꾀병 아냐?"

"아니니까 제발……!"

"아, 골치 아프게 하네. 정말. 있어 봐!"

보통 죄수들이라면 무시해 버리겠지만 이들한테는 받은 게 많아서 그러질 못한다.

결국 장씨는 허리춤에 묶어 둔 열쇠 꾸러미를 풀어 쇠창살을 열었다.

"일단 의원한테 데려갈……."

"미안하우. 그래도 나름 우리 신경 많이 써 줬었는데. 하지만 우리도 살려면 어쩔 수 없다우."

그때 배를 잡고 끙끙 앓던 두목이 번쩍 고개를 들더니 불쌍한 표정을 짓는다. 장씨가 뭐냐고 소리를 치기도 전에 갑자기 옆에서 주먹이 날아들었다.

퍽!

단 한 방에 장씨가 뒤로 넘어가 버린다.

지호는 손을 탈탈 털면서 목을 가볍게 풀었다. 우드득. 우드득.

"포졸들은 내가 맡고 있을 테니까, 그동안 너희들은 죄수들이나 풀어 줘라. 아, 너희들이 봤을 때도 좀 심하다 싶은 흉악범은 빼놓고. 알지?"

"옙!"

"알겠습돠!"

죄수들은 쓰러진 간수에게서 열쇠 꾸러미를 빼내 옥실 문을 열기 시작했다. 다른 죄수들은 그걸 어안이 벙벙한 표정으로 보고 있다가 곧 사태를 깨닫고 소란을 피웠다.

"여기도!"

"여기부터 풀어 주시오! 가족들이 기다리고 있소!"

"여기! 여기!"

갑자기 벌어진 소란에 밖에서 대기하고 있던 간수들이 후다닥 안으로 들어왔다.

"이, 이게 뭐야!"

"죄수들이 탈옥을 시도한다! 죄수들이 탈옥을 하려한다!"

댕댕댕—!

곧 경종이 요란스럽게 울리면서 손에 몽둥이와 삼지창을 챙긴 포졸들이 입구 쪽으로 몰려들었다.

지호는 교룡패를 보면서 씩 웃었다.

"그럼 가 볼까?"

두목을 비롯한 교룡패는 억지로 웃었다. 졸지에 탈옥 및 폭동의 주동자가 되어 버린 그들의 눈가엔 눈물이 그렁그렁 맺혔다.


"죄수들을 막아라!"

"탈옥을 막아야 한다! 죄수들이 탈출한다!"

요란스럽게 포졸들이 감옥 쪽으로 몰려들고,

콰콰쾅!

"쿠에에에에엑!"

갑자기 요란스러운 폭음과 함께 감옥 입구가 살짝 무너진다. 먼지가 확 퍼지면서 열 명이나 되던 포졸들이 볼썽사납게 모조리 튕겨 나 버린다.

탁!

지호와 교룡패는 먼지구름을 뚫고 밖으로 나왔다.

"후우! 역시 바깥 공기가 시원하고 좋다니까?"

지호는 헝클어진 머리를 시원하게 쓸어 올리면서 기분

좋게 웃었다. 뒤따라오던 교룡패는 죄다 울상이었지만.

"가, 감히 탈옥을 하려 하다니!"

"지, 지금이라도 다, 당장 하, 항복하면 모, 목숨만은 살려 주, 주겠다!"

감옥 입구에는 포졸과 관군들이 반원 모양으로 삥 에워싼 채 창날을 겨루고 있었다. 숫자도 오십이 훌쩍 넘어 지호를 포함해도 고작 여섯에 불과한 교룡패 열 배가 넘었다.

하지만 그들은 쉽게 접근하지 못했다.

도리어 식은땀을 삐질삐질 흘리면서 덜덜 떤다. 창끝이 부르르 흔들린다.

기백의 차이다.

지호가 보이는 여유로움이, 그가 은연중에 흘리는 기도가 관군과 포졸들을 모조리 압도하고도 남았기 때문에 벌어지는 일이었다.

하지만 그걸 모르는 교룡패로서는, 이대로 오십이 넘는 창날에 꼬챙이가 될까 다리가 후들후들 떨렸다.

지호가 한 발자국 다가간다.

탁!

움찔.

그런데 반사적으로 관군들이 한 발자국 물러섰다.

씨익, 지호가 입꼬리를 말아 올린다. 손을 안쪽으로 까닥거리며 도발한다.

"드루와. 드루와."

하지만 움찔거리기만 할 뿐 관군들은 꿈쩍도 않는다. 서
로 저마다 눈치만 본다.

그때 포졸 대장이 고래고래 소리를 질렀다.

"저들은 고작해야 여섯이다! 뭣들 하는 거냐? 전부 덮쳐
라!"

그러면서 정작 자신은 슬금슬금 뒤로 물러선다.

그러다 포졸 대장과 지호의 눈이 마주친다.

씨익!

씨, 씨익?

포졸 대장이 자기도 모르게 따라서 웃는 순간,

팟!

지호가 단숨에 포졸과 관군 사이를 뚫고 포졸 대장의 면
전에 도착했다.

"허, 허허헉!"

갑작스러운 도깨비놀음에 포졸 대장이 헛바람을 들이켠
다. 지호는 그 틈을 놓치지 않고 주먹을 날렸다. 퍽 하는 소
리와 함께 포졸 대장이 나자빠지는 모습에 관군들이 일제
히 겁에 질렸다.

"무, 무림 고수다!"

"고수가 나타났다!"

관군들은 미처 지호를 상대할 생각도 하지 못하고 무기를 땅바닥에 집어던지며 도망치기 시작했다.

몇몇 용기가 가상한 자들은 두 눈을 질끈 감고 창을 앞으로 찔렀지만, 지호가 손날로 가볍게 창두를 잘라 버리는 기예를 선보이자 선배들을 뒤따라 줄행랑을 놓았다.

그것이 기폭제였다.

"우와아아아! 우리에겐 고수님이 계신다!"

"고수님을 따라라! 고수님이 우리를 도와주신다!"

하나둘씩 나오던 죄수들은 큰 용기를 얻고 감옥에서 뛰어나와 관아 전체로 퍼지기 시작했다.

교룡패는 서로를 쳐다봤다.

"두목, 이제 어쩌죠?"

두목 교룡은 반쯤 해탈한 얼굴로 하늘을 쳐다봤다.

"간수들…… 우리 얼굴 봤겠지?"

"아, 아마도…….

"그럼 대답은 정해져 있지 않냐?"

"으흐흑!"

"뛰자."

곧 교룡패가 엉엉 울면서 뛰기 시작했다.

＊　　　＊　　　＊

부어터질 것 같은 얼굴. 배가 얼마나 많이 나왔는지 관복이 제대로 잠기지도 않는다. 누가 봐도 '저 탐관오리요'라고 할 인상이다.

현감 소지태는 손을 비비적대며 굽실거렸다.

"헤헤헤헤! 이리로 오시지요, 여호장 나리."

보통 남자들보다도 큰 키. 길쭉한 다리를 뻗어 도도하게 걸어온다. 차가운 두 눈은 이질적으로 빛나고 있어 소지태를 저절로 주눅 들게 만든다.

여호장 이나은은 소지태가 자신이 머물 장소라며 안내한 방을 무심한 눈빛으로 살폈다.

분홍빛으로 염색한 비단이 넓게 깔리고 온갖 화려한 보석을 엮어 만든 발이 찰랑거린다. 곳곳에 놓인 물건들은 모두 화려한 것투성이다.

소지태가 기대 가득한 얼굴로 쳐다본다. 얼마든지 자신을 칭찬해 달라는 그를 보며 차갑게 말한다.

"치워."

"예."

수하들은 기다렸다는 듯이 움직이며 발을 뜯고, 도자기나 인형들을 모두 수거했다. 갖가지 금화가 든 함은 뚜껑을 닫아 따로 챙겨온 상자 안에다 쓰레기처럼 처박아 버린다.

대장군의 하나밖에 없는 여식이 현청을 찾는다는 소식에 부랴부랴 일꾼들을 독촉해서 화려한 방을 꾸몄던 소지태로서는, 얼굴이 시퍼렇게 질릴 일이었다.

"뭐, 뭐라도 마음에 안 드시는 게 있으시면 부, 분부만 하십셔. 어, 얼마든지 조달을…… 헉!"

소지태가 말을 하다 말고 헛바람을 들이켠다.

이나은이 싸늘한 눈빛으로 그를 쳐다보고 있었다. 별다른 말은 하지 않지만 그 속에 담긴 뜻이 경멸이란 것을, 여태 눈치 하나로 살아온 소지태가 모를 리 없었다.

이럴 때는 그저 고개를 조아리고 묵묵히 가만히 있는 게 최고다. 소지태는 입을 꾹 다물었다.

이나은은 소박하다 못해 단조롭게 변한 방을 보며 마음에 든다는 듯이 고개를 끄덕였다.

"그럼 여기서 머물도록 하지."

"아, 알겠습니다."

"그리고 이 보물들, 어디서 난 거지? 안평의 규모가 다른 현에 비해 크다는 것은 알고 있지만, 이런 걸 함부로 사재기 할 정도로 여유롭진 않을 텐데?"

"제, 제 사재에서 나온 것들입니다."

"황도(皇都 수도)에서 이곳으로 오는 동안 많은 유랑민들

을 보았다. 일반 마을에서도 백성들이 꽤나 힘들어하고 있
더군. 혹시 이에 대해서 아는 게 있나?"

소지태의 이마로 식은땀이 흐른다.

"자, 잘 모르겠습니다."

"그런가?"

"예……."

이나은의 차가운 눈초리는 한참을 이어진다.

소지태는 마치 돼지 수육처럼 식은땀으로 푹 젖었다.

결국 이나은은 시선을 거뒀다.

"알았으니 이만 가 보라."

"예!"

혹시 붙잡힐세라, 소지태는 후다닥 바쁜 걸음으로 나갔
다. 아무래도 이번 일로 점수를 따기는커녕 찍혀 버린 것
같다. 다른 관료들을 구워삶아 어떻게든 만회해야겠다는
생각이 들었다.

이나은은 그런 소지태를 보다가 눈살을 찌푸렸다.

"쓰레기 같은 놈."

수하가 고개를 숙인다.

"이곳 안평뿐만 아니라 주변 선악, 조현, 녕보, 심지어
석가장에서도 조정에서 매기지 않은 세금이 함부로 착복되
고 있다는 첩보가 있습니다."

"철저히 조사해. 우리가 여기로 온 건 어디까지나 질주 광마를 빌미로 태감의 보이지 않는 자금원을 조사하기 위해서야. 이곳을 중심으로 조사하다 보면 뭔가 하나라도 나오겠지."

"알겠습니다."

수하들이 고개를 숙이며 사라진다.

이나은은 가볍게 한숨을 내쉬면서 침상에 엉덩이를 살짝 붙였다.

"힘들다……."

아무도 없는 방, 남들에게는 절대 보여 줄 수 없는 속마음을 살짝 입에 담는다.

대장군의 자식이자, 또한 여자이기에 남자들에게 얕보여서 안 된다는 생각만으로 여태 가면을 써 왔다. 또한 누구보다 열심히 뛰었다.

이제 그 결과가 얼마 남지 않았다.

이것이라면 태감과 환관들 때문에 힘들어하는 백성들도 살기 좋은 세상이 찾아올 것이다.

'그 사람은 괜찮을까?'

이나은은 문득 이곳으로 오기 전에 성문에서 잡았던 유랑민을 떠올렸다. 봉두난발에 지친 기색이 가득했던 얼굴. 하지만 눈빛만큼은 선하던 남자.

'보는 눈이 많아 잡아 버리긴 했지만…… 나중에라도 따로 찾아봐야겠어.'

이나은은 수하들이 정보를 들고 올 때까지 쉬어야겠다는 생각에 살짝 몸을 눕혔다. 다행히 침상이 부드러워서 금세 잠들 것 같았다.

저 멀리서 수마(睡魔)가 이쪽으로 유혹의 손길을 뻗는다. 이나은이 자기도 모르게 잠에 들려는 바로 그때,

콰콰쾅!

갑자기 엄청난 소란과 함께 지축이 울린다.

"뭐지?"

이나은은 재빨리 창문을 활짝 열었다.

"탈옥이다! 죄수들이 탈옥을 하려 한다!"

"폭동이 났다! 어서 움직여!"

관군들이 바쁘게 달려가는 곳.

마치 폭탄이라도 터졌는지 감옥으로 보이던 건물은 지붕이 통째로 날아가고, 기둥이 부러져 한쪽으로 우르르 쓰러지고 있었다.

입구에선 죄수들이 우르르 쏟아지며 탈출을 시도했다.

이나은은 재빨리 창밖으로 몸을 날렸다.

쉭!

　　　　　*　　　*　　　*

"무기고가 털렸다! 죄수들이 무기를 들었다!"

"식량 창고가 약탈당했다! 지켜라!"

"보, 보물 창고에 불이 났다! 물을 갖고 와라! 얼른!"

"관청이 부서진다아아아아아!"

"놈들이 미친 듯이 몰려온다! 우와아아아악!"

"교룡패다! 교룡패가 무림 고수를 데리고 와서 폭동을 일으켰다!"

폭동은 삽시간에 관아 전체로 확산되고 말았다.

　　　　　*　　　*　　　*

"이, 이게 무슨 소란이냐? 탈옥이라니!"

객청을 나와 관청으로 움직이던 소지태는 갑작스러운 사태에 놀라 그만 바닥에 주저앉고 말았다.

저 하늘 위로 새카만 연기가 치솟고 있었다.

그리고 이어지는 소란.

"와아아아아!"

"현감 새끼를 잡아라!"

"우리에게 빼앗은 돈을 내놔라! 이 돼지 새끼야!"

죄수들이 쏟아지고 있었다.

관군들이 그들을 진압하기 위해 재빨리 그곳으로 움직이고, 포졸들은 소지태가 있는 쪽으로 몰려든다.

"어서 피하십시오, 현감!"

"이게 무슨 일이냐고 묻지 않느냐!"

"폭동입니다! 감옥에서 죄수들이 폭동을 일으켰습니다!"

"간수들은? 간수들은 여태 뭘 하고 있었던 게야!"

"자, 자세한 건 저희도 잘…… 하여간 이곳을 피하셔야 합니다! 폭동의 규모가 예사롭지 않습니다!"

"현감인 내가 이곳을 떠나 어디로 간단 말이냐? 병력을 모아라. 내가 친히 때려잡을 것이니라."

"혀, 현감!"

"어허! 내 말 들리지 않는 게냐?"

"아, 알겠습니다!"

평소라면 뒤도 안 돌아보고 혼자서 도망쳤을 소지태였건만!

전혀 예상치 못한 엄명이 떨어지자 뒤따라서 같이 도망치고자 했던 포졸들은 침을 꼴깍 삼켰다. 그렇다고 따르지 않을 수도 없으니 울며 겨자 먹기로 뛰었다.

하지만 소지태는 최대한 비장한 얼굴로 후들거리는 다리를 진정시켰다.

'이건 기회다! 눈에 띌 기회라고!'

눈치가 백단인 그가 봐서는, 이나은을 비롯한 대장군 측이 자신이 근래 매긴 세금에 대해서 눈치를 챈 것 같았다. 태감이 말단에 불과한 자신을 보호해 줄 리는 만무하니 최대한 살길을 찾아야 했다. 몸소 나서서 폭동을 진압하는 모습을 보여 준다면 나아지지 않겠는가 말이다.

하지만,

"저기다! 저기 현감 새끼가 있다!"

"돼지를 잡아라! 돼지가 저기 있다!"

갑자기 모퉁이에서 죄수들이 튀어나오더니 소지태를 발견하고 고래고래 소리를 질렀다.

'무, 뭐야? 왜 이렇게 빨라?'

제지하러 간 관군들 덕분에 자신이 있는 곳까지는 폭동 무리가 오는 데 시간이 걸릴 거라 생각했는데!

거기다 녀석들은 손에 무기까지 들고 있었다.

결국 소지태는 뒤도 안 돌아보고 발에 땀띠가 나도록 뛰기 시작했다.

후다닥!

"혀, 현감 나리! 같이 가요! 나리!"

포졸들이 뒤따랐다.

        ＊      ＊      ＊

불길이 치솟는다. 매연이 하늘을 덮는다.

관아는 삽시간에 죄수들로 꽉 차 버렸다.

"……이거 생각했던 것보다 일이 너무 커져 버렸는데?"

지호는 이맛살을 살짝 찌푸렸다.

자신이 생각한 건 그저 탐관오리를 두들겨 패고 녀석이 그동안 착복했던 것들을 사람들에게 나눠 줘 집으로 돌려보내는 게 전부였다.

하지만 그동안 억눌린 게 많았던 모양인지 폭동은 쉽게 사그라질 기미를 보이지 않았다.

뒷머리를 벅벅 긁으면서 난감해한다.

"대장! 이제 어떻게 하면 좋을까요?"

두목 교룡이 조심스레 묻는다. 교룡패 역시 도무지 사건이 진정될 기미가 보이지 않아 겁에 단단히 질린 얼굴들이다. 저런 담력으로 어떻게 건달 짓을 했는지 몰라?

"이거 아무래도 쉽게 안 끝나겠지?"

"아, 아마도 그, 그럴 것 같습니다!"

"그럼 대가리부터 잡자."

"예?"

"현감이란 놈부터 잡자고. 사람들이 이렇게 화를 내는

건 그놈 때문인 것 같으니까. 적당히 두들겨 패서 사람들한
테 던져 주면 대충 끝나지 않겠어?"

"그, 그럼 죽을 텐데요?"

"안 죽는 선에 끝내게 해야지."

지호는 심드렁하게 대답하고는, 감각의 영역을 활짝 펼
쳐 관군들이 주로 뭉친 장소를 찾았다.

'보통 이런 놈들이면 자기 몸을 끔찍하게 생각하니
까…… 역시 빙고!'

지호는 씩 웃으면서 교룡의 어깨를 짚었다.

"너희들은 적당히 사람들 좀 달래 봐. 이러다가 진짜 사
고 칠라."

"어, 어떻게요?"

이미 무기를 들고 두 눈이 희번덕 뒤집어진 사람들을 어
떻게 말려?

하지만 대답은 아주 간단했으니.

"알아서 잘."

"……."

"그럼 간다."

팟!

지호는 저 멀리서 교룡패가 욕설을 고래고래 지르는 걸
느꼈지만 전혀 신경 쓰지 않았다.

감각을 따라 유수행을 펼쳐 지붕과 담을 몇 개씩 훌쩍 뛰어넘는다. 곧 예상했던 대로 죄수들과 관군들이 팽팽하게 대립하고 있는 장소가 나타났다.

갑작스러운 지호의 등장에 죄수들은 환호를 터트렸고, 관군들은 울상을 지었다.

"우와아아아! 고수님이다! 고수님이 오셨다!"

"관군을 무찌르자! 고수님을 따라라!"

"현감님이 위험하시다! 어서 막아!"

"놈이 못 오게 막으란 말이다!"

죄수들은 기세등등하게 공격을 시도하고, 관군들은 중앙을 보호하기 위해 똘똘 뭉쳐 방어 형태를 취했다.

"이 빌어먹을 놈들아! 녹봉을 받으면 밥값을 해라! 어떻게 해서든지 저 역도들한테서 날 지키란 말이다!"

중앙에서는 비루먹은 돼지 같은 놈이 고래고래 소리를 지르고 있었다.

'아예 나 여기 있다고 광고를 해라, 해.'

뭐, 나야 편해서 좋지만.

어차피 사람이 많다고 해서 눈 하나 깜빡할 지호도 아니다. 무려 천 명이나 되는 손오공의 분신들 사이에서도 살아남지 않았던가!

쾅!

지호는 지반이 으스러져라 땅을 세게 밟으며 마치 무게가 없는 사람처럼 5미터나 되는 높이를 훌쩍 뛰어올랐다.

"어? 어어어어!"

"현감님에게로 간다!"

관군들이 머리 위로 가볍게 재주를 넘는 지호를 보느라 뒤로 넘어질라 비틀거리고,

"막으란 말이다아아아아아앗!"

경악에 잠긴 소지태가 마치 몽크의 절규처럼 비명을 지른다. 지호가 씩 웃으면서 녀석에게로 손을 뻗는다.

'잡았……!'

바로 그 순간이었다.

쐐애애액!

갑자기 지붕에서부터 누군가가 툭 떨어진다. 앙 다문 입술과 부리부리한 눈매, 살벌한 기세를 지녔다. 딱 봐도 무를 제대로 익힌 무인의 냄새가 확 풍긴다.

이쪽으로 떨어지면서 검을 빠르게 뽑는다. 시퍼런 날이 허공을 베며 지호의 허리를 갈라 왔다.

억지로 소지태를 잡으려면 다칠 상황.

결국 어쩔 수 없이 지호는 허공에서 몸을 틀었다.

"웃차!"

따다당!

손을 꼿꼿하게 세워 금강포로 경도를 굳혀 위로 그어 올린다. 괴인의 검과 허공에서 잇달아 세 번을 충돌한다.

탁! 타닥!

지호는 어쩔 수 없이 널찍이 떨어진 곳으로 착지를 하고, 녀석은 재주 좋게 관군 앞에 섰다. 검만큼이나 차가운 눈매로 이쪽과 죄수들을 노려본다.

죄수들이 기백에 눌려 입을 꾹 다물며 뒤로 물러선다.

반면에 죽다가 살아난 소지태는 목젖이 훤히 드러나도록 웃어 댔다.

"푸하하하핫! 그래! 당연히 이럴 줄 알았다! 역당들은 들으라! 지금 이 자리에 호군위영의 무장께서 몸소 왕림하셨으니 당장 무기를 버리고 투항하라! 그리한다면 책임자만 처벌하는 것으로 내 이번 일은 묻어 두겠다!"

"호, 호군위영이라고?"

"호군위영이면 대장군의 최정예들이 아닌가! 북방에 있어야 할 저들이 도대체 여긴 왜?"

"이, 이거 도망쳐야 하, 하는 거 아냐?"

소지태의 서슬 퍼런 엄포가 제대로 먹혔는지 죄수들이 처음으로 주춤 물러서기 시작한다. 몇몇은 바들바들 떨면서 아예 무기를 바닥에 떨어뜨리려 한다.

'호군위영?'

지호는 눈살을 찌푸렸다. 이대로라면 소지태를 잡기는커녕 일만 더 복잡해질 것 같다.

만약 진짜 녀석이 약속을 지킨다면 여기서 멈출 생각도 있지만, 문제는 그럴 가능성이 전혀 없다는 거다. 일단 급한 불부터 끄고 나면 어떻게 나설지 모른다.

하지만 관군들에게도 미친 듯이 달려들던 죄수들이 고작 한 명에게 겁을 먹다니. 도대체 어떻게 된 집단일까?

'아니, 한 명이 아닌가?'

지호는 고개를 번쩍 들었다.

팟! 파바밧!

갑자기 여기저기서 무언가가 이쪽으로 달려오는 게 느껴진다. 지호가 고개를 외로 꼰다.

"이만한 놈들이 있었던가?"

지호를 막아선 저놈만큼이나 제법 실력은 좋다. 처음 관아로 압송됐을 때는 느끼지 못했던 기운. 아무래도 감옥에 갇힌 후로 관아에 온 모양이다.

앞에 하나. 좌우에 각각 하나. 뒤에 둘. 도합 다섯.

전부 호군위영인가 뭔가 하는 놈들이 틀림없다.

"하! 골치만 아파지네. 어쩔 수 없지."

지호는 목을 까닥거리며 양다리를 어깨 너비만큼 벌려 자세를 잡았다.

"모조리 잡아 버리는 수밖에."

실력이 좋다고 평가했지만 그거야 여태 상대한 일반 관군이나 포졸들을 기준으로 했을 때 이야기일 뿐. 지호가 가진 기준에 미치기엔 턱없이 부족했다.

판단을 내리는 순간,

쐐애애애애액!

관군을 보호하던 녀석은 동료들이 나타났다고 느꼈는지 다시 움직인다. 아까 전보다 더 강한 공세를 싣고.

하지만 지호는 코웃음만 나왔다.

'저런 걸 보고 뭐라고 하더라?'

손오공이 지칭했던 말이 있었는데?

"아, 모양만 그럴싸하게 잡는댔던가?"

지호는 씩 웃으면서 땅을 밟았다.

화아아─악!

발치를 따라 화염이 파문을 그리며 흩어지고, 그 위로 새카만 연기가 붉은 불꽃과 함께 뒤섞이면서 몸을 휘감는다. 지호는 오른쪽 손날을 바짝 세웠다.

손날과 검이 부딪친다.

까아앙!

손날이 검의 허리를 후려친다.

녀석은 허공에서 옆으로 데굴데굴 제비를 돌더니 몸을

최대한 비틀면서 정강이로 머리를 쓸어 왔다. 이대로 머리
가 터져 나가는 게 아닐까 싶을 정도로 매섭다.

쉭!

탁!

지호는 왼쪽 팔뚝을 들어 그걸 바깥쪽으로 쳐 내면서 오
른손을 활짝 펼쳐 녀석의 가슴팍을 찍어 갔다. 녀석이 다시
허공에서 몸을 틀어 균형을 잡으면서 검으로 막으려 했지
만, 그보다 먼저 손바닥이 검면을 후려친다.

쩡!

화염륜에 싸인 일장(一掌)은 단숨에 검을 격파, 검이 부
서지면서 폭죽처럼 튀어 오른다. 졸지에 무기를 잃은 녀석
의 눈동자가 믿기지 않는다는 듯 눈이 커진다.

"이런 건 생각도 못 했지?"

지호는 씩 웃으면서 팔꿈치를 곧추세워 녀석의 명치를
찍었다.

펑!

"킉!"

녀석이 피를 토하면서 뒤로 튕겨 난다.

"와아아아아아!"

"고수님이 호군위영을 꺾으셨다!"

"고수님을 따르자!"

죄수들이 다시 함성을 터뜨린다. 사기가 하늘을 찌른다. 반면에 관군은 다시 움찔 떨었다. 그래도 남은 호군위영을 믿으려는 듯 그쪽을 쳐다본다.

그사이 좌우에서 각각 한 명씩 나타난 호군위영은 동시에 지호의 양쪽 허리를 갈라 왔다.

지호는 재빨리 몸을 팽이처럼 돌렸다.

휘리리릭!

발치를 따라 뱅글뱅글 춤을 추던 불꽃이 소용돌이 모양을 그리며 위로 솟구치면서 두 개의 검을 다른 각도로 빗겨낸다.

동시에 지호는 불꽃 소용돌이 밖으로 양손을 뻗어 녀석들의 검을 쥐고 있는 손목을 세게 틀어쥐었다. 그리고 밖으로 꺾었다.

우드득!

손목이 탈골되는 끔찍한 소리가 들렸지만, 죽는 것보다 낫다고 판단했기 때문에 눈 하나 깜빡하지 않는다. 쨍그랑, 쨍그랑, 두 개의 검이 땅바닥에 떨어지는 소리와 함께 지호는 녀석들을 바깥으로 밀쳤다.

쾅! 쾅……!

두 명은 널찍이 튕겨 나더니 각각 건물의 벽에 부딪친 후에야 겨우 날아가던 걸 멈췄다. 지호를 바라보는 눈길에는 믿기지 않는다는 경악만 가득하다.

다시 한 번 죄수들이 함성을 지르고, 관군들이 소지태를 보호하기 위해 일사불란하게 움직인다. 소지태가 고래고래 소리를 질러 댔지만, 지호의 귀에는 전혀 들리지 않았다.

그의 의식은 오로지 아직 뒤쪽에 남아 있는 두 명에게로 향했다. 이번에는 화염륜을 주먹으로 끌어 올리면서 폭격(爆擊)을 준비한다.

이것이면 녀석들을 충분히 제압할 수 있으리라!

정권을 앞으로 내지르려는 그때,

"모두 멈추세요!"

갑자기 허공을 가르는 한 마디에 이쪽으로 달려오던 호군위영들이 거짓말처럼 걸음을 멈춘다. 관군들도 주뼛 굳으며 소리가 들린 쪽을 쳐다본다.

'어? 저 여자는 그때 그 여자잖아?'

지호는 자신을 감옥에 집어넣은 여호장인가 하는 여자를 발견하고는 인상을 팍 찡그렸다.

가장 높은 지붕 위.

이나은이 태양을 등진 채로 고고하게 서 있었다. 아름다운 얼굴만큼이나 물씬 풍기는 위엄이 대단해 죄수와 관군, 호군위영까지 모두를 고개 숙이게 만든다.

"모두 싸움을 그만 멈추고 무기를 내려놓으세요. 이 이상 진행하신다면 대장군가의 권한으로 엄벌에 처하겠습니다."

따라야 할 것만 같은 분위기에 모두가 숙연하게 무기를 내려놓으려는 그때,

"싫은데?"

지호가 고개를 외로 꼬며 멀쩡히 서 있던 뒤쪽 두 호군위 영들에게 화염륜을 날려 버렸다.

콰콰콰콰쾅!

지호는 살짝 놀란 눈이 됐다.

'저걸 막았어?'

자욱하게 일던 먼지구름이 흘러오는 바람에 흩어져 사라진다. 그 속에는 호군위영 두 사람 앞을 검으로 막아선 이나은이 서 있었다.

"당신…… 기본이 안 되어 있는 사람이군요."

"다섯 명이서 한꺼번에 달려든 건 기본이 된 거고?"

이나은이 고개를 들며 인상을 팍 찡그린다. 화염륜을 잘라 버린 검은 여전히 충격파로 부르르 떨린다.

지붕에서 이곳까지, 전력을 다해 몸을 날려 겨우 막았다. 상당한 거리라 조금이라도 늦었더라면 두 사람이 크게 다칠 뻔했다.

"아가씨!"

"여호장, 이러지 않으셔도⋯⋯."

이나은은 두 사람에게 괜찮다는 뜻으로 손짓을 하고는 지호를 다시 노려봤다. 그러다 문득 지호가 누군지를 알아봤는지 눈이 살짝 커진다.

"당신은 그때 그 사람이군요."

지호는 말없이 어깨를 으쓱거렸다.

이나은의 눈초리가 파르르 떨린다.

"호군위영의 무장들을 이리 가볍게 상대할 정도로 뛰어나시면서 그때는 왜 순순히 잡히셨던 겁니까? 혹시 처음부터 이럴 목적으로⋯⋯?"

지호는 고개를 비딱하게 꼬았다.

"이봐요, 아가씨. 말은 똑바로 합시다. 그럼 거기서 내가 포졸들을 다 때려잡고 도망이라도 쳤어야 한다는 말입니까? 그때 분명히 나는 산을 넘어오다가 길을 잃고 실수로 호패를 담은 짐까지 잃었다고 말했습니다. 그런데 그걸 무시하고 포졸들에게 인계한 게 어디 사는 누구시더라?"

"⋯⋯."

지호는 얼굴에 철판을 깔고 거짓을 진짜처럼 말했다. 절반은 진실이었으니 거리낄 것도 없다.

덕분에 이나은도 당시를 떠올리고 입을 꾹 다문다.

"나는 그래도 일단 관아에 가서 적당히 사정을 이야기하면 풀려날 줄 알았습니다. 그런데 변호를 듣기는커녕 바로 감옥에다 집어넣습디다."

"그렇다고 해도 탈옥과 폭동은 중범죄……!"

"처음엔 관아도 바쁘고 하니까 나중에라도 기회를 줄 줄 알고 기다렸지. 그런데 옥에 갇힌 죄수들 이야기를 들어 보니까 그게 또 아니더만? 황도에서 높으신 나리들 오신다고 되도 않는 세금을 과하게 먹여서 등골을 휘게 하더니 그걸 못 갚으면 강제로 옥에다 가둬 버리고. 그래도 기일 내에 변제를 하지 못하면 손발을 잘라 버린다는데…… 으아아아. 무서워서 어떻게 견딜 수가 있어야지?"

순간, 이나은의 눈이 커지면서 관군 쪽으로 향한다.

관군들은 움찔 떨면서 고개를 숙였다. 소지태와 눈이 마주친다. 소지태는 안색이 창백해지더니 소리를 질렀다.

"이, 이놈! 지, 지금 어디서 하, 함부로 거짓말을 해 대느냐! 내, 내가 부과한 것은 어디까지나 어, 엄연히 국법에 명시된 정당한……!"

하지만 죄수들 사이에서 원성이 터져 나온다.

"닥쳐라, 돼지 새끼야!"

"한 달에 다섯 번씩 세금을 부과하는 게 대체 어느 나라 국법에 있단 말이냐!"

"옳소! 옳소!"

한 번 촉발된 기세는 다시 하늘을 찌른다. 당장이라도 소지태를 찢어 죽일 것 같다.

지호가 이나은에게 묻는다.

"봤지?"

언제부턴가 존대가 아닌 반말을 쓴다. 하지만 이나은은 전혀 깨닫지 못했다.

"그렇다 하여도 탈옥은 잘못된 것이에요. 과한 것이 있다면 절차에 따라 항의를······!"

"그 항의는 어디서 하는데?"

"황도에 관련 기구가 운영 중이에요."

"어느 세월에 황도까지 가?"

"······."

"농번기에 논밭 갈기도 바쁜 양반들이 대체 언제? 그리고 간다고 치자. 그럼 글은? 여기 있는 사람들 태반이 글을 모르는데?"

"거기에도 전부 관리들이 배치되어 있······."

"그거 일일이 따르다가 손발 다 잘리겠다, 그치?"

"······."

"자, 그럼 문제. 막장까지 내몰린 사람들이 택할 수 있는 방법은 뭐가 있을까요? 맞춰 보세요."

이나은이 아랫입술을 질끈 깨문다. 호군위영과 관군들도

부끄러운지 고개를 숙인다. 반면에 죄수들은 지호의 논리에 기세가 등등해지며 함성을 지른다.

이나은은 주먹을 꽉 쥐었다.

그녀는 여태 자신이 살아온 길이 올바른 정의라고 생각했다. 그 모두가 백성들을 위한 밑거름이라고 굳게 믿었다.

하지만 전부 헛된 믿음이었나 보다. 그녀가 행한 것들이 진정 백성들을 위한 것이라면 당장 그네들에게 절실히 와닿아야 하지만, 이들은 여전히 하루하루를 힘들게 살아가고 있다.

어쩌면 자신이 여태 한 일들은 그저 태감과의 권력 싸움에 지나지 않았는지도 모른다.

그렇다면.

지금부터라도 달라지면 되지 않을까?

"천 무장!"

"예. 아가씨."

그때 뒤에 시립해 있던 호군위영이 고개를 숙인다.

"현감 소지태에 대해 조사한 것들, 당장 가져오세요."

"하지만 아직 태감과의 연결 고리가……."

"주변의 눈이 보이지 않나? 가져와. 당장!"

이나은의 목소리는 어느 때보다도 위엄에 찼다. 천 무장은 주군인 대장군이 여기에 선 것 같다는 기분을 맛봤다.

그래서 아랫사람이 가져 온 것을 직접 받아 예를 취하며 공손히 보고서를 바친다.

내용은 전부 소지태의 지난 행적과 비리에 얽힌 것들이었다. 주로 태감 쪽으로 연결되는 비자금을 캐내려 한 것이지만 이 정도로도 충분한 죄다.

"호군위영은 들으라."

"하명하시옵소서."

천 무장을 비롯해 지호에게 실컷 두들겨 맞고 잠깐 혼절했던 이들도 모두 부복한다.

"지금부터 감찰어사의 직분으로 안평의 현감, 소지태를 비리 및 뇌물 수수 혐의로 파직하며, 그를 비롯해 연관이 된다 싶은 모든 관료들을 포박하라."

"존명!"

호군위영이 일제히 일사불란하게 움직인다.

"여호장! 제 말 좀 들어주십시오, 여호장! 놔라, 이것들아! 내가! 내가 감히 누군 줄 알고⋯⋯!"

졸지에 날벼락을 맞게 된 소지태가 변명을 하려 했지만 쏜살같이 날아온 천 무장에게 곧장 제압되었다. 그뿐만이 아니라, 포졸 대장을 비롯해 소지태의 측근들이 모두 바닥에 넙죽 머리를 박는 굴욕을 당하고 말았다.

여기저기서 저항하는 소리가 들렸지만 대장군가를 상징

하는 호군위영을 당할 수는 없는 노릇.

거기다 눈치 하나는 기가 막힌 관군들은 이나은이 자신들에게 책임을 묻지 않는다는 사실을 깨닫고 스리슬쩍 옆으로 빠졌다. 도망치려는 몇몇을 잡아다가 아예 바치는 사람들도 있었다.

상황이 이렇게 되니 정작 어안이 벙벙해진 건 죄수들이었다.

같은 편인 줄 알았던 대장군가가 원수들을 알아서 퇴치해 주고 있으니 속이 시원하면서도 어떤 화살이 날아올지 몰라 기뻐할 수도 걱정할 수도 없다.

하지만,

"또한, 여호장의 직분으로 지금 이 자리에서 벌어진 일들은 폭동이 아닌 시위로 규정하는 바, 호군위영의 안내에 따라 무기를 버리고 투항을 한다면 더 이상 죄를 묻지 않고 집으로 돌려보내 줄 것이며, 그동안 비정상적인 과정으로 수탈 및 압류당했던 모든 가산은 돌려줄 것을 대장군가의 이름으로 약속한다."

"와아아아아아!"

"여호장 천세!"

"대장군가 천천세!"

죄수들은 들고 있던 무기들을 모두 땅바닥에다 패대기를

치며 천세삼창을 외쳤다. 그 속엔 교룡패도 섞여 기쁨에 찬 눈물을 줄줄 흘려 댔다.

관군들은 호군위영의 지시에 따라 떨어진 무기를 수거하기 시작했다. 죄수와 관군 사이에 기 싸움이 벌어지긴 했지만 이렇다 할 소란은 더 이상 없었다.

이나은은 되었냐는 듯이 지호를 쳐다봤다.

이렇게 일을 속전속결로 해결해 줄 줄 몰랐던 지호는 가볍게 어깨를 으쓱거린다.

"꽤 하네?"

"그럼 이제 그대도 투항하고 순순히 오라를 받으세요."

지호가 인상을 팍 찡그린다.

"나는 왜? 다 봐준다면서?"

"그래도 있던 일을 없는 것으로 할 수는 없으니 적당히 조서만 쓰고 나면 풀어 드리겠어요. 호패를 잃어버렸다고 하시니 새로 재발급도 해 드리죠. 그리고 그대에게 묻고 싶은 것도 많고요."

"그거 혹시 이성으로서의 관심?"

이나은은 이게 뭔 헛소린가 싶다가 뒤늦게 뜻을 깨닫고 얼굴을 팍 찡그렸다. 볼가가 붉게 달아오른다.

"명백한 성희롱이군요. 무슨 생각인지는 모르겠지만, 그대는 아무래도 수상쩍은 점이 많아요. 그 나이에 이만한 실력이라면 이미 이름이 알려지고도 남았을 텐데 연상되는 사람이 전혀 없고, 무공이나 사문도 전혀 알 수가 없네요. 질주광마와의 연관성도 무시할 수 없겠군요."

"또 그 소리. 그냥 그쪽이 세상 사람 전부를 알 수는 없잖아?"

"그렇다고 해도 조사할 가치는 있다고 여겨지는군요. 거짓말도 제법 하는 것 같고."

이나은의 눈이 냉철하게 빛난다. 꼭 정체를 숨긴 도둑을 찾아낼 때의 형사 같다.

'이거 다 들킨 거 아냐?'

아무래도 따라갔다가는 죄다 뽀록날 것 같다.

"싫다면?"

"강제로 압송할 수밖에요."

이나은이 검을 겨누고 호군위영들 역시 다시 달려들 준비를 한다.

팽팽한 기류가 흐른다. 실력이 뛰어난 이나은이 합류를 한 만큼 이번만큼은 아까 전과 달리 쉽지 않으리라.

하지만 지호는 대치하기보다는 가볍게 웃었다.

"어디 한 번 해 봐."

뒤늦게 이나은이 불길한 낌새를 눈치채고 몸을 날려 보지만,

"도망치려 한다! 모두 잡아!"

"이미 늦었어."

지호는 웃는 모습 그대로 갑자기 공력을 발쪽으로 끌어 내리면서 세게 땅을 찍었다.

콰아아아아아—앙!

삽시간에 균열이 관아 전체로 퍼진다. 반도 하나를 먹고도 화과산에서 산사태를 일으켰을 정도인데, 세 개나 먹은 지금은 오죽할까.

균열 때문에 상당수의 전각이 우르르 무너지고 지저에서는 먼지가 3미터 넘게 한가득 올라오면서 관아 전체를 쑥대밭으로 만들어 버린다.

전혀 생각지도 못한 방식에 호군위영들은 뒤늦게 칼바람을 일으켜 먼지를 밖으로 쓸어 내는 한편, 지호를 찾아 두리번거렸다.

하지만 이미 지호는 더 이상 그곳에 없었다.

"아무래도 사라진 것 같습니다!"

천 무장의 보고에 이나은은 아랫입술을 질끈 깨물었다. 그녀의 눈이 차갑게 빛난다.

'다음에 만나게 된다면 그땐 반드시 정체를 밝혀 드리겠어요.'

관아에서 제법 떨어진 곳.

지호는 머리 뒤로 양손을 깍지 끼며 관아 위로 떠오른 먼지와 노발대발 소리가 터져 나오는 걸 보면서 피식 웃었다.

"너무 속을 박박 긁어 놨나? 차가워 보이긴 했어도 제법 똑 부러지는 것 같았고 얼굴도 내 스타일이었는데. 그냥 잡혀가는 척하면서 대쉬라도 해 볼 걸 그랬나."

지호는 고개를 저었다.

"에이, 뭐 어때. 어차피 두 번 볼 사이도 아니고."

세상이 얼마나 넓은데 또 만나기야 하겠어?

지호가 단념을 하면서 뒤로 돌아서려는 그때,

"하지만 우리는 두 번 이상 볼 사이지."

싸늘한 목소리와 함께 누군가가 뒤에서 어깨를 탁 하고 짚는다.

순간 지호의 몸이 얼음장처럼 바짝 굳었다.

본능을 자극하는 목소리. 싸늘하지만 그 속에 불길을 잔뜩 억누른 목소리다.

지호는 목석처럼 아주 천천히 고개를 뒤로 돌렸다.

"오, 오공?"

"내 집을 그딴 식으로 어질러 놓고 이런 곳에서 마음 편하게 사고나 치고 있어? 캬! 참 팔자 좋네. 꽁꽁 숨어도 모자랄 판국에 이렇게 원숭이처럼 날뛰고 다니면 정말 내가 못 찾을 줄 알았냐, 애송아?"

"오공! 그게 아니라……!"

"닥치고. 일단 맞고 시작하자."

손오공이 주먹을 날리려는 순간,

콰콰쾅!

갑자기 지반이 움푹 내려앉더니 관아에서 때처럼 먼지가 확 올라와 손오공을 고스란히 덮쳤다.

"……."

졸지에 먼지를 한 바가지 뒤집어쓴 손오공은 아주 천천히 양손으로 머리를 쓸어 넘겼다. 봉두난발이 된 머리카락 사이로 황금색 눈이 차갑게 번뜩였다.

"개새끼, 뒈졌어."

**7장**

나후

　저잣거리 한가운데 위.

　장을 보기 위해 바쁘게 오고 가던 사람들은 저만치서 날아오는 엄청난 먼지 해일에 허겁지겁 달아나야만 했다. 상인들은 행여 전시한 물건이 쓰러질까 봐 온몸을 던져 좌판을 지켰다.

　콰콰쾅!

　주먹을 뻗을 때마다 건물 지붕이 터져 나가고 지반이 내려앉는다. 어디서 시작됐는지 모를 지호와 손오공의 추격전은 도무지 끝날 기미를 보이지 않았다.

　"거기 서! 이 새꺄!"

"서면 때릴 거잖아요!"

"안 때린다!"

"그럼요?"

"그냥 곱게 죽일 뿐이지!"

"그게 더 심하잖아요?"

"달라!"

"어떻게요?"

"서면 곱게 뒈지고, 잡히면 끔찍하게 뒈진다!"

"그럼 그냥 안 서고 안 잡히렵니다!"

지호는 악착같이 유수행을 펼친다. 앞에 수레가 있으면 재주 좋게 훌쩍 뛰어 넘고, 좌판대가 있으면 슬라이딩을 해서 아래로 통과해 버린다.

"으, 으아아아! 귀, 귀신이다!"

"죄송합니다!"

상인들은 불쑥불쑥 나타나는 지호가 무서워 기겁을 해 댔고, 지호는 그럴 때마다 일일이 뒤돌아서 사과를 했다.

'어디에 있지?'

지호는 슬쩍 주변을 살폈다.

바로 근처에서 손오공이 지붕 위를 폴짝폴짝 뛰어다니면서 이쪽을 향해 송곳니를 드러낸다. 잡히면 뒈진다는 살벌한 눈빛이 느껴져 식은땀이 절로 난다.

'이거 진짜 잡히면 큰일 나겠는데.'

손오공과의 거리는 서서히 좁아지기만 할 뿐 전혀 멀어질 기미가 보이지 않는다. 이대론 정말 위험해지겠다 싶은 생각에 모퉁이가 보이자 즉시 방향을 꺾었다.

그런데 하필 거기엔 또 다른 손오공이 팔짱을 낀 채로 기다렸다는 듯이 웃는다. 분신이다.

"잡았다, 요놈!"

분신이 몸을 던져 잡으려 한다. 지호는 바짝 몸을 낮춰 재주 좋게 피하고선 재빨리 뒤에 있던 담을 훌쩍 넘었다.

그러자 아래에 기다리던 또 다른 분신이 씩 웃었다.

"나한테 오려고?"

"제기랄!"

눈만 깜빡할 정도로 아주 잠깐 사이에 수십 번씩 주먹과 주먹이 오고 간다.

타다닥!

지호는 팔꿈치로 턱을 찔러 오는 공격을 옆으로 쳐 내면서 몸을 반대로 돌렸다. 발에 강하게 힘을 주어 높이 도약, 지붕 위로 다시 올라섰다.

하지만 역시나 거기에도 손오공이 있었으니.

지호의 인상이 팍 일그러졌다.

'도대체 얼마나 분신들을 뿌려 댄 거야?'

아무래도 진즉에 도망칠 만한 곳들을 전부 상정해서 미리 심어 둔 모양이다. 절대 놓치지 않겠다는 의지가 물씬 풍긴다.

"내가 말했지? 애송이, 네가 아무리 날뛰어 봤자 내 손바닥 안이라고. 그냥 포기해. 포기하면 편해."

"……."

지호는 식은땀을 흘리면서 아래쪽을 본다. 하지만 이미 밑에는 수십 명이나 되는 분신들이 빼곡하게 둘러싸서는 흉흉한 눈빛으로 이쪽을 노려본다.

건너편을 슬쩍 훔쳐보지만 역시나 각 골목에는 분신들이 팔짱을 끼며 이쪽으로 손을 흔들어 댔다. 마치 반갑다는 듯이.

이미 사방이 포위가 됐다. 어디로도 도망칠 구석 따윈 없어 보인다.

주르륵. 등 뒤로 식은땀이 흐른다.

"어머 저기 봐 봐. 무슨 일이지?"

"똑같은 얼굴을 가진 사람이 너무 많아! 경극인가?"

"아냐. 그러기엔 너무 분위기가 살벌한데? 아까 전부터 왜 자꾸 이상한 일이 벌어지는 거야? 이러다 질주광마까지 나타나겠어……."

관아에서의 폭동에 이어 저잣거리에서까지 갑작스러운

소동이 벌어지니 사람들이 경각심을 잔뜩 가진다.

아니나 다를까. 소식을 들었는지 곳곳에서 관군들이 바쁘게 이쪽으로 몰려온다.

개중에는 관아에서 싸웠던 호군위영도 섞여 호각을 불어 대면서 사람들을 일일이 통제하기 시작한다. 저 멀리 어렴 풋이 이나은도 보인다.

그뿐이 아니다.

다섯 호랑이가 그려진 오호문의 도객들도 나타나 주요 도로를 차단하기 시작한다. 살벌한 기세를 흘리는 그들 때 문에 저잣거리는 마비가 되었다.

"포목점 지붕에서 시위를 하는 두 사람, 아니, 집단은 즉 각 순순히 투항하라! 그렇지 않는다면 적극적인 무력행사 에 들어가겠다! 특히 까만 머리! 그대는 즉각 이 요청에 따 를 것을 권고한다. 다시 반복한다! 포목점……!"

관군이 떠들어 대는 소리에 손오공이 지호를 보며 씩 웃 었다.

"너 못 본 새에 되게 인기가 많아졌다? 비결이 뭐냐?"

손오공에 이어 관군, 거기다 오호문까지. 그야말로 첩첩 산중, 사면초가가 따로 없다.

손오공은 이제 어디로 갈 것인지 궁금하다는 듯이 흥미 진진한 미소를 흘린다. 하지만 입술 사이로 번뜩이는 송곳

니가 너무 날카롭다.

'닿기만 하면 그냥 찢기겠네. 아이고, 내 신세야.'

겨우겨우 소란을 끝내고 나오나 싶었는데, 더 큰 소란이 기다리고 있었다. 지호는 땅이 꺼져라 한숨을 내쉬면서 뒷 머리를 벅벅 긁었다.

"저기, 오공."

"왜 유언이라도 남기려고?"

"화 많이 났어요?"

"응. 아주아주 많이."

"……."

답이 없구만.

"잔대가리 굴리지 마라. 짱돌 굴러가는 소리가 여기까지 들린다."

"……죽기 전에 한 가지만 물어봐도 됩니까?"

"오냐. 생전 마지막 소원이라고 생각하고 들어 주마. 뭔 데?"

"제가 있는 곳은 도대체 어떻게 알았습니까?"

이 세상에 GPS가 있는 것도 아닐 텐데 이렇게 단 이틀 만에 찾아내는 솜씨가 귀신같다. 혹시 위치를 알아내는 주 술이라도 썼나?

하지만 손오공은 도리어 어이가 없다는 듯이 헛웃음을

흘렸다.

"그렇게 자기가 어디로 가는지 대놓고 광고를 해 댔는데 어떻게 몰라?"

"……?"

대체 뭔 소리야?

손오공은 품을 뒤적거리더니 방(榜)을 하나 꺼냈다.

"그게 뭡니까?"

"네놈 현상수배서."

"……?"

손오공은 불길한 미소를 짓더니 방을 읽어 내려갔다.

"'별호 질주광마. 현상금 금화 육천 냥.' 오호! 잡으면 삼대가 횡재하겠네? '위 인물은…….'"


위 인물은 지난 강서에서 출몰해 단 며칠 사이에 안휘, 산동, 하북 일대를 북상하며 논밭을 뒤엎어 여러 민가에 천문학적인 피해를 끼쳤으며, 백화문, 철룡보, 사환궁, 환교, 정의당 등 정사마(正邪魔)를 불문하고 혈겁을 일으키는 천인공노할 짓을 저질렀다.

이에 제(齊)의 황실과 강동의 무림 연맹에선 합동으로 이 마인을 척결할 것을 천명한다.

저걸 왜 읊어 대는 거지? 지호는 고개를 갸웃거리다가 뒷내용을 듣고 인상이 딱딱하게 굳었다.

"'특징으로는 절대 쉬지 않고 오로지 달리기만 하며, 닥치는 대로 부숴 버리는 흉포한 성질을 자랑한다. 현재 그의 경로는 하북 안평으로 예측되며……' 어라? 꼭 어디서 많이 본 거 같지 않냐?"

"……."

지호는 등골이 싸늘해지는 것 같았다.

손오공은 재미있다는 듯이 다른 방문도 꺼내 읽었다.

"그리고 여기 여러 목격담도 있어. '질주광마는 무덤을 파헤쳐 시신을 도굴하고 살점을 먹는다', 으으으으! '아녀자를 납치해서 첩으로 삼는다더라.', '아니다. 남녀를 가리지 않는다.', '사실은 사람 고기를 먹는데 그중에서 골 부위를 가장 좋아한다더라.' 등등. 캬아! 완전 개새끼네, 이거? 너 도대체 언제 이런 짓들까지 다 했냐?"

"……그런 적은 없습니다."

"그거야 내 알 바 아니고."

"……."

손오공은 손에 든 방문을 마구 흔들어 댄다.

"하여간 이렇게 나 잡아 줍쇼, 하고 사고를 치고 다니는데 어떻게 모르겠냐? 거기다 여기 와서도 바로 사고 쳐 버리네? 참 골고루 한다, 골고루 해."

'그건 그냥 개새끼가 아니라 아예 인두겁을 쓴 악마 수준인뎁쇼?'

아무리 커지고 커질수록 살점이 불어나는 게 소문이라지만 이 정도면 거의 괴담 수준이다.

'그럼 저 사람들이 전부 날 잡으러 온 거였어?'

지호는 기세를 살벌하게 뿌려 대는 관군과 오호문을 보면서 식은땀을 폭포수처럼 흘려 댔다.

그리고 세금이 과중됐던 이유도 질주광마였으니…… 결국 이번 관아 폭동은 지호가 단초를 제공하고 주범까지 되어 버린, 그야말로 혼자서 북 치고 장구를 치고 다 한 사건인 셈이다.

"자, 선택해라. 내 손에 뒈질래, 저기 잡혀서 교수대에 목 걸릴래?"

손오공이 손을 까닥거리면서 도발한다.

"……제 삼의 선택지는 없나요?"

"없어. 그딴 거."

"있는 것 같은데요? 그딴 거."

"……?"

이 녀석이 또 무슨 짓을 저지르려고? 손오공이 인상을 팍 찡그리는 순간,

"질주광마다! 여기 질주광마가 나타났다! 살려 주세요! 질주광마가 제 뇌를 파먹으려고 해요! 으흑흑흑!"

지호가 구슬픈 목소리로 사람들에게 도움을 요청한다. 아주 불쌍한 얼굴을 하면서.

"너 그 입……!"

손오공은 재빨리 지호의 주둥이를 막으려 했지만,

파바밧!

여태 기회를 엿보고만 있던 호군위영과 오호문도들이 각각 검과 도를 뽑으면서 이쪽으로 몸을 날렸다. 수십 명의 무사들이 일제히 손오공을 덮쳤다.

콰콰콰쾅!

화탄이라도 얻어맞은 것처럼 지붕이 터져 나간다.

"야 이 개새끼야아아아아아앗!"

손오공은 분신들을 동원해 방해꾼들을 치워 버리려고 했지만 불나방 같이 달려드는 녀석들을 모두 치워 버리기엔 역부족이었다. 거기다 지호가 발에 힘을 줘 지붕까지 부숴 버리면서 디딜 곳이 없어져 버리는 바람에 아래로 쑥 꺼지고 말았다.

먼지와 건물 파편이 튀어 오른다. 주변에 있던 좌판과 노점상도 일제히 무너지면서 가구와 물품들이 하늘로 풀풀 날아오르고, 관군들이 그 자리를 덮쳤다.

결국 일대는 삽시간에 혼란에 잠겨 손오공의 손발만 바빠졌다.

"손지호오오오오오오!"

손오공의 처절한 절규가 울려 퍼졌다.


"……일단 여기부터 떠야겠네."

지호는 아래층에서 몰래 슬쩍했던 비단포로 얼굴을 가리면서 군중들 틈바구니에 섞여 탈출을 시도했다.

손오공을 궁지로 몰아넣긴 했지만 어디까지나 아주 잠깐일 뿐이다. 곧 귀신같이 찾아올 사람이니 그사이에 자리를 떠야만 한다.

군중을 벗어나 골목으로, 그리고 여러 모퉁이를 꺾으면서 저잣거리를 완전히 벗어난다.

지호는 완전 범죄를 해냈다는 뿌듯한 마음에 흡족한 미소를 띠었다. 안평을 완전히 나왔을 때는 함박웃음이 입가에 한가득 걸렸다.

"음하하하하핫! 더 이상은! 소문도 내지 않고! 아주 쥐 죽은 듯이! 조용히! 지내야지!"

지호는 하늘 높이 뜬 밝은 태양을 보면서 자신만만하게 소리를 쳤다.

그때,

톡. 톡.

"응?"

뒤에서 누군가가 어깨를 두들기기에 아무 생각 없이 고개를 돌렸다가 얼굴이 바짝 굳었다.

어느새 천 명쯤 되어 보이는 손오공이 주변을 삥 둘러싸고 있었다.

손오공들이 일제히 웃는다. 악마처럼.

아무래도 지호가 마을을 탈출할 것까지 예상하고 매복을 해 놨던 모양이다. 날뛰어 봤자 손바닥 안. 정말 그 말이 맞았다.

"다 웃었냐?"

"……예."

"그럼 좀 맞자."

그날, 손오공들은 날이 저물 때까지 지호를 꾹꾹 밟아 댔다.

순차적으로 돌아가면서. 아주 잘근잘근하게.

         *         *         *


"귀신인가, 이 자는?"

오호문의 소문주, 팽도산은 인상을 잔뜩 찡그렸다.

그가 보고 있는 것은 폐허였다.

쑥대밭이 되어 버린 저잣거리. 먼지가 풀풀 날리며 곳곳에는 부서진 건물의 잔해들이며 좌판의 물품들이 어지럽게 널려 있다.

피해를 입은 가게 주인과 손님들은 비명을 지르거나 땅을 치며 눈물을 엉엉 흘려 댔지만, 팽도산의 눈에는 전혀 들어오지 않았다.

그저 바닥에 주저앉아 피를 흘리거나 거칠게 숨을 몰아쉬는 문파의 무사들만 보일 뿐이다.

죽은 사람 따윈 없다.

하지만 더 큰 무거운 감정이 그들의 어깨를 누른다.

패배.

질주광마로 의심되는 자가 저잣거리에서 행패를 부린다는 소식을 듣고 재빨리 달려왔건만. 정작 그들을 맞은 결과는 이와 같았다.

괴인은 정말 압도적으로 오호문을 찍어눌렀다.

마치 귀찮다는 듯이 인상을 팍 찡그리던 그가 날파리를 쫓는 것처럼 손을 털 때마다 오호문도는 펑펑 허공을 날아야만 했고, 저리 꺼지라면서 발길질을 할 때마다 바닥을 데굴데굴 굴러야만 했다.

그러고는 뒤도 돌아보지 않고 훌쩍 떠나 버렸으니.

강호를 상징하는 사대 세력, 사패(四覇) 중 하나로 당당히 꼽히고 있는 오호문으로서는 하늘이 무너질 것만 같은 사건이었다.

'아버님께서 폐관 수련을 끝내셨더라면 이런 수치를 겪지 않아도 될 것인데……!'

오호문의 수장, 도왕은 현재 심처에 칩거를 하며 문파 내 모든 대소사를 소문주를 비롯한 장로원에게 모두 일임한 상태였다.

"나는 보다 높은 가치를 추구해야만 하니 이곳 세상의 일들은 너희들이 알아서 하라. 모든 게 끝났을 때 진정된 신의 영광이 우리에게 은총을 내리리니."

'그놈의 신 타령은 언제까지 하실는지!'

팽도산은 괜히 화가 났다. 강호를 군림하시던 양반이 갑자기 말년에 사이비에 허우적대며 저러고 계시니 오죽 답답하겠는가 말이다.

그러니 오늘과 같은 일이 벌어졌을 때는 더 답답했다.

"여호장께서는…… 어찌 생각하시오? 과연 그자가 질주광마라고 여기시오?"

팽도산은 조금이나마 화를 풀 수 있을까 싶어 같은 처지에 놓인 이나은을 돌아봤다. 오호문 다음으로 가장 큰 피해를 입은 곳이 대장군가였으니.

이나은은 팽도산과 다르게 호군위영들의 상태를 일일이 점검하면서 이야기를 나누는 중이었다. 그녀는 고개를 들어 가만히 고개를 저었다.

"아뇨. 아닐 거예요."

"왜 그렇게 생각하시오?"

"특징이 전혀 달라요."

"특징? 어떤 특징?"

"여태 강서, 안휘, 산동, 그리고 이곳 하북까지 거치면서 질주광마가 보였던 행동은 모두 동일했어요. 절대 달리는 걸 멈추지 않고 닥치는 대로 모든 걸 부순다. 완벽히 이지를 상실한 마인의 소행이었죠. 하지만 지금의 사람은 달라요."

"확실히 이지가 살아 있었지. 의식을 갖고 우리들을 상대했었고."

"무엇보다 생김새가 다르죠. 질주광마의 모습이야 워낙에 봉두난발에 얼굴이 가려져 있어 이목구비를 확인하기가 어려웠다지만, 방금 전의 그자는 확실했으니까요."

금빛 눈동자에 하얀 머리칼. 그리고 냉소가 가득 섞인 미소까지. 절대 쉽게 잊을 수 있는 인상이 아니다.

"하지만 금색 눈을 하고 있는 건 똑같았지. 조사한 바에 따르면 싸우는 방식도 제법 비슷한 것 같고."

"그래서 그 점을 더 깊게 파고들 생각이에요. 어쩌면 질 주광마와 어떤 연관이 있을지도 모르니."

"뭐 알아낸 거라도 있으시오? 꼭 그런 눈치신데?"

팽도산은 숨긴 게 있으면 말하라는 듯이 눈을 가느다랗게 떴다.

여호장 이나은에 대한 소문은 오래전부터 익히 들어서 잘 알고 있다. 강호와 민간, 어딜 가더라도 제나라 사람이라면 모를 수가 없다.

대장군가의 꽃. 혹은 지낭.

오랜 세월 제나라를 지켜 온 명가, 대장군가는 현재 늙은 황제를 끼고 돌며 전횡을 일삼는 환관들과 파벌 다툼을 벌이는 중이다.

환관들이 꾸미는 갖가지 음모와 궤계 때문에 억울하게 유배를 당하거나, 비통하게 몰락해 버린 충신이 어디 한둘이던가.

그런데도 대장군가가 이렇게까지 버틸 수 있었던 이유. 바로 대장군의 금지옥엽, 이나은이 있었기 때문이다.

이나은은 언제나 커다란 사건에서 핵심을 짚어 내는 직관력과 통찰력을 갖췄다. 또한, 핵심을 깊숙하게 파고들어 사건을 해결하는 결단력까지 지녔다.

덕분에 환관들이 무수히 꾸몄던 갖가지 계획들이 엉망이 되거나, 역으로 당하기까지 했다.

실제로 환관들이 임용했던 상당수의 관리들이 칼바람에 대거 쓸려 나가고 말았으니. 오죽하면 환관 일파의 수장으로 앉아 있는 태감의 왼팔이 이나은에 의해 잘렸다는 말까지 나돌까.

지금도 마찬가지다.

갑작스레 출몰한 질주광마 때문에 황도가 위험에 처할 수 있으니 사전에 예방을 해야 한다는 명분으로 저들이 왔다지만, 그게 전부가 아니라는 것쯤은 예상하고 있다.

'아마 이번엔 태감의 오른발쯤은 자르려고 하겠지.'

그게 질주광마와 무슨 연결 고리가 있는지는 모르겠지만, 어쨌든 뛰어난 혜안으로 뭔가를 밝힌 건 분명하다.

하지만,

"죄인을 색출하고 체포하는 것은 어디까지나 관부에서 해결해야 할 사안. 오호문에서는 치안 유지에 각별히 유념해 주시면 됩니다."

이나은이 딱 잘라 말한다. 관부와 무림 사이에 있는 선을 넘지 말라는 경고다.

"질주광마에 의해 피해를 입은 문파가 많소. 그들의 요청이 있는 한 본문도 어쩔 수가 없소."

"그런 그들도 제나라의 백성들이지요."

더 이상 대꾸를 하지 않겠다는 듯 돌아서서 떠나려는 찰나,

"나 역시 그러고 싶소만…… 질주광마를 쫓는 관군에 적극 협조하라는 요청 공문이 본문으로 온 까닭에 어쩔 수가 없구려."

"뭐라고요?"

이나은이 놀라며 고개를 다시 돌린다.

팽도산은 비릿한 미소를 흘리며 품에서 협조 공문을 꺼내 보였다. 확실히 조정의 인장이 여러 개 박힌 공문이다. 특히 인장 끝에 박힌 도장은 태감을 상징하는 내관부의 인감이었다.

이나은의 눈썹이 살짝 떨린다. 어떻게든 수를 써서 호군위영을 방해할 것이라고는 생각했지만, 조정이 아닌 무림에까지 손을 뻗칠 줄이야.

"아시다시피 본문 역시 제나라의 백성이 아니오?"

팽도산은 이나은이 했던 말을 고스란히 돌려주며 어쩔 것인지 강요한다.

이나은은 다시 안색을 회복했다.

"그렇다면 다행히 질주광마를 쫓는 수고를 덜 수 있겠군요. 하면 오호문에서는 질주광마를 색출하는 데 총력을 기

울여 주세요. 저흰 파옥투마를 잡는 데 전력을 기울이도록 하죠."

파옥투마는 불과 몇 시진 전에 탈옥과 폭동을 일으킨 주범이면서 유유히 빠져나갔던 괴인을 뜻한다. 자신들은 그놈을 잡을 테니, 질주광마는 무림의 일이라고 주장하던 너희들이 알아서 하라는 의미다.

기세등등했던 팽도산의 얼굴이 와락 일그러진다. 이나은은 도도한 태도 그대로 사라져 버렸다.

수하가 조심스레 다가와 묻는다.

"처음엔 뭔가를 숨기려 하더니 갑자기 왜 순순히 내주는 것일까요?"

"분명 뭔가 알아낸 것이 틀림없는데……."

팽도산은 눈을 가느다랗게 좁히더니 저만치 사라지는 이나은 쪽으로 턱짓을 했다.

"뒤를 밟아 봐."

"존명."

곧 그림자 하나가 사라졌다.

팽도산의 눈이 흉흉하게 빛났다.

\* \* \*

이나은은 다친 관군과 함께 다시 관아로 돌아갔다.

천 무장이 오호문 쪽을 슬쩍 보더니 쓰게 웃는다. 팽도산이 살의 가득한 눈빛으로 이쪽을 쳐다본다.

"눈빛이 살벌합니다."

"태감과 손을 잡은 작자들이야. 이젠 저들을 적으로 규정한다. 차라리 잘되었어. 실체가 보이지 않던 태감의 자금원이 이것으로 어느 정도 보이기 시작했으니까."

"한데, 저들은 왜 저토록 질주광마에 대해서 관심을 가지는 걸까요?"

"그걸 지금부터 알아봐야지. 질주광마의 어떤 부분이 태감과 오호문의 코털을 건드린 게 분명하니까."

"하지만 질주광마의 행방은 묘연……."

"아니. 이미 찾았어."

천 무장의 눈이 갑자기 커진다.

"천 무장은 지금부터 파옥투마를 찾아. 아니면 방금 전 행패를 부렸던 백발 괴인이라도 괜찮으니 빨리 수색해. 두 사람 다 아직 안평을 떠나진 않았을 거야."

"파옥투마가 질주광마라 생각하십니까?"

"어. 시기가 얼추 겹치니까."

"하지만 그것만으로는……."

"알아. 심증뿐이지. 하지만 지금은 단서가 될 만한 건 무엇이든 뒤져 봐야 해."

"그럼 백발 괴인은 어째서?"

"스승과 제자 사이일 거야. 백발 괴인이 스승, 질주광마
가 제자."

"……!"

"난 이렇게 추측하고 있어. 질주광마가 어떤 일로 주화
입마에 걸렸다, 그 때문에 소란을 일으키게 되고, 스승인
백발 괴인이 나서서 그를 찾는다, 그런데 도중에 질주광마
가 정신을 차리게 되었다. 이 정도면 얼추 맞지 않을까?"

천 무장은 단편에 불과했던 조각들을 이어 단번에 그럴
싸한 가설을 내놓는 이나은의 통찰력에 놀랐다. 몇 번이고
겪고 있지만, 젊고 예쁜 눈동자 아래엔 얼마나 깊은 혜안이
있을지 짐작하기가 어려웠다.

"그러니 어서 찾아야 해. 오호문보다 먼저."

"알겠습니다."

천 무장은 곧 수하 네 명을 데리고 자리를 떴다.

\*    \*    \*

"헉!"

지호는 벌떡 일어났다. 입가를 따라 단내가 풀풀 날린다.

옷이 식은땀으로 푹 젖었다.

그러다 마주치는 붉은색 부리부리한 눈매.

"......!"

"음?"

"....... "

"으으으음?"

붉은색 눈이 고개를 옆으로 갸웃거린다. 지호가 왜 이러나 잔뜩 궁금해하는 얼굴이다.

하지만 지호는 심장이 덜컥 내려앉는 것 같았다.

'이 사람은 또 뭐야!'

마치 피를 담은 것처럼 붉게 반짝거리는 눈빛이 날카롭다. 얼굴은 전체적으로 험상궂으며 곱슬곱슬하게 헝클어진 머리는 마치 사자의 갈기처럼 보인다.

풍기는 기세도 간담을 저절로 오그라들게 만든다. 손오공의 기세가 누르는 것이라면, 이 사람은 부글부글 끓어오른다.

뜨겁다. 맹렬하다. 투박하다. 마치 먹잇감을 노리는 맹수처럼.

지호는 자기도 모르게 덜덜 떨었다.

이 사람, 지금은 마치 장난감을 구경하는 사람처럼 흥미롭게 쳐다본다. 하지만 이 눈빛이 살짝 바뀌는 순간 숨이 막힐 것 같다.

"당신은……?"

떨리는 목소리로 묻자, 녀석은 씩 입꼬리를 말아 올렸다.

"나? 사타왕. 너에겐 넷째 형님이 되시지."

'넷째 형?'

이건 또 무슨 소리지? 내겐 동생만 두 명인데? 게다가 넷째라면 위로 셋이나 더 있단 뜻인가?

무슨 뜻인지 물으려는데, 사타왕이 고개를 슬쩍 뒤로 돌렸다.

"이게 맞나?"

"내 후생이니 틀린 말은 아니지."

손오공이 바위에 앉아 피식 웃는다.

"일어났냐, 애송아?"

손오공을 보니 사타왕에게서 받았던 공포와 긴장이 확 풀린다.

덕분에 분신들에 둘러 싸여 잘근잘근 밟혔던 통증이 욱신거린다. 덕분에 저절로 고개가 비딱하게 꼬인다.

"이제 끝난 겁니까?"

"어쭈? 이제 좀 살 만해졌다 이거지? 미안하다는 말이 먼저 나와야 하는 거 아니냐?"

"죄송함다. 됐죠?"

"저걸, 콱!"

손오공은 빼질거리는 지호의 낯을 한 대 때려 주고 싶었지만 이맛살을 찌푸리며 손을 내렸다.

"아직 한참 많이 남았는데 더 때렸다가는 진짜 골로 갈 것 같아 봐주는 거다. 너는 네가 얼마나 큰 민폐를 끼쳤는지 전혀 몰라."

지호는 입술을 샐쭉하니 내밀었다.

"그러게 누가 그렇게 굴리랍니까?"

"그러게 누가 재능이 없으래?"

"……."

하여간 말싸움으로는 도무지 이길 수가 없다.

"그런데 이분은……?"

"들었잖아? 넷째 형님이라고."

서유기에서 손오공은 해와 달의 정기를 받아 요괴가 된 돌 원숭이로 나온다. 당연히 부모형제가 없는 걸로 알고 있는데? 물론 그게 전설인 건 알지만 진짜 형제가 있단 말은 못 들었다.

그러다 문득 그런 생각이 들었다.

우마왕. 서유기에서 가장 유명한 마왕이자 손오공에게는 맏형이 되는 사람. 그리고 둘 사이에는 다섯 명의 의형제가 더 있다.

"이야, 너도 아는 눈치로구만?"

손오공이 씩 웃는다.

"우리 동주칠마왕을 말이야."

＊ ＊ ＊

서유기에서 손오공이 천상계를 발칵 뒤집어 버리고 제천대성이라는 직함을 얻어 화과산에 돌아왔을 때.

동승신주에 있는 모든 요괴들은 기함을 터뜨리면서 손오공의 업적을 칭송하게 되고, 수많은 요괴들이 그의 명예를 나눠 보고자 화과산으로 구름 떼처럼 몰려든다.

하지만 이중에서도 단연 돋보이는 여섯 대요괴가 있으니. 오랜 세월 요괴들의 수장 노릇을 해 왔던 그들은 손오공과 술잔을 나누고 금세 교분을 트게 된다.

결국 일곱 요괴는 수렴동에서 나이에 따라 서열을 정해 우마왕이 맏이를, 손오공이 막내가 되기를 자청하며 하늘에다 술잔을 바치며 고한다.

태어난 시각은 각자 다를지라도 눈을 감는 날만큼
은 같은 의형제가 되겠노라.

이것이 바로 동주칠마왕의 시작이다.

* * *

'동주칠마왕……'

지호는 이제 손오공을 통해 '요괴'라고 하는 것이 사실 괴물이 아닌 사람이란 것을 안다.

이곳 세상을 기준으로 실력이 아주 뛰어난 사람이며, 다만, 현실 세상에서는 상식적으로 절대 불가능한 일을 벌이기 때문에 요괴라고 부를 뿐이다.

그러니 당연히 동주칠마왕이란 존재도 당시 손오공과 함께 강호를 떨쳤던 절대고수였을 것이다.

하지만 서열상으로나마 손오공보다 위에 누군가가 있다는 건 사실 믿기가 힘들다. 그런 사람이 있을 거라곤 생각도 못 했다.

그런데 여기서 갑자기 만나게 될 줄이야.

"그런 분이 여긴 왜 오신 겁니까?"

"말했잖아? 너 강호 구경시켜 주기 전에 먼저 볼일이 있었다고."

"못 끝냈어요?"

손오공이 인상을 와락 찡그린다.

"누구 때문에 못 끝냈다고 생각하는 거냐?"

'나 때문이구만.'

그래도 일이 있으면 다 끝내고 오지. 왜 괜히 일찍 와서는 사람을 이렇게 괴롭히는 건지.

"일이 더럽게 꼬였다고. 정말 간단하게 끝낼 수 있었던 건데…… 너 때문에 한 박자 늦어져 버리는 바람에 더 이상 내 손으로 해결할 수 없을 만큼 커져 버렸어. 이제 네가 얼마나 큰일을 저질렀는지 알겠냐?"

"모르겠는데요."

손오공의 눈썹이 꿈틀거린다.

"주둥이 찢어 버린다?"

"아, 그게 아니고 정확히 어떻게 된 건지 말을 해 줘야 반성을 하든가 말든가 할 거 아닙니까!"

자존심이 강한 손오공이 제 입으로 어쩔 수 없는 일이라니. 정말 생각하기가 힘들다.

손오공은 한숨을 내쉬었다.

"절교가 움직였다."

'절교?'

고개를 갸웃거린다.

"그게 뭔데요?"

"너는 몰라도 돼."

'그럼 말이나 하지 말던가!'

지호는 욱한 감정을 꾹 누르며 다시 묻는다.

"그래서 형님 분을 불러오신 겁니까?"

"사실 나 혼자서도 충분한데 요즘 몸이 신통치 않아서…… 좀 더 모아야할 거 같은데. 아아아아! 진짜 생각할수록 열 받네, 이거?"

손오공이 짜증을 버럭 내며 벌떡 자리에서 일어난다. 지호는 주먹이 날아오기 전에 재빨리 화제를 돌렸다.

"그럼 다른 분들도 오십니까?"

손오공은 살짝 들었던 주먹을 날릴까 말까 고민하다가 다시 내렸다. 지호는 안도에 찬 한숨을 내쉬었다.

"시간이 없어서 딴 사람들은 찾기가 힘들고. 다행히 이 근방에 한 사람 있다고 들었으니까 이제 찾아야지."

"저렇게 사람이 많은데요?"

지호는 반사적으로 깐죽거렸다가 뒤늦게 아차 싶었다. 지금은 입조심해야 되는데!

아니나 다를까.

손오공이 분기탱천한 얼굴로 주먹을 날린다.

"그러니까 이게 전부 네놈 때문이라고, 새꺄!"

"자, 잠깐만요! 스토오오오옵!"

"닥쳐!"

"제가 도움이 될지도 몰라요!"

쉭!

주먹이 바로 눈앞에서 멈춘다. 지호는 눈앞에 아른거리는 그림자를 보면서 침을 꼴깍 삼켰다.

손오공이 눈을 가느다랗게 뜬다.

"네가 어떻게?"

"이, 이번에 양아치 집단 하나 알게 됐는데요."

지호는 옥실에서 만났던 교룡패 일당을 떠올렸다.

*　　　*　　　*

저잣거리 위.

교룡패 일당은 자신들을 뒤쫓는 관군들을 피해 발에 땀띠가 나도록 뛰었다.

두두두!

"쫓아라! 놈이 달아난다!"

칼을 횡횡 휘둘러 대는 놈들 때문에 교룡은 눈물이 쏙 날 것 같았다. 어쩌다 이렇게 일이 꼬이게 된 건지. 이게 전부 다 자신들을 버리고 간 어떤 개자식 때문이었다.

"제기라아아아아알! 파옥투마, 이 개자식아아아아아아!"

절규를 터뜨리며 달리는 교룡과 수하들의 눈망울엔 눈물

이 그렁그렁 맺혀 있었다.

*     *     *

지호는 자기도 모르게 움찔 떨었다. 갑자기 귓구멍이 엄청 가렵다.

'누가 내 얘길 하나?'

보나 마나 지수, 고년이 또 무슨 사고를 치려는 모양이지. 지호는 그새 현실로 돌아왔다. 여전히 눈앞으로 주먹이 아른거린다.

"양아치? 그놈들이 무슨 도움이 된다는 건데?"

"걔네들 사이에도 조직이 있을 거 아닙니까? 당연히 이 마을에는 빠삭할 테니까 적당히 족치면……."

"찾기 쉬워진다?"

끄덕끄덕.

"일리는 있군. 형님 생각은 어때?"

손오공이 사타왕을 돌아본다.

"뭐 어때? 난 오히려 없는 게 좋은데. 이참에 나 혼자서 나서면 안 될까? 재미있을 것 같은데?"

사타왕은 두 주먹을 쿵, 쿵, 부딪치면서 호전적인 의사를 드러냈다. 빨리 부딪치고 싶다는 열망이 두 눈에 가득하다.

하여간 저 싸움에만 미친 싸움 개 같으니라고. 물어본 내가 미친놈이지. 손오공은 땅이 꺼져라 한숨을 내쉬더니 주먹을 거뒀다.

지호는 지옥으로 떨어졌다가 천국으로 돌아온 기분이었다. 하지만 손오공은 경고를 잊지 않았다.

"아, 그리고 깜빡한 게 있는데."

"……?"

"못 찾으면 배로 맞는다."

"…….."


지호와 손오공, 사타왕은 산자락 아래로 내려왔다.

"그런데 그 양아치란 놈은 어디에 있는데?"

"찾아야죠. 지금부터."

"뭐 이 새꺄?"

손오공의 걸음이 툭 멈춘다. 고개가 외로 꼬아지려는 순간, 지호는 재빨리 대답했다.

"그래도 찾는 게 어렵진 않아요!"

"어째서?"

"보나 마나 소란스러운 데 있을 겁니다. 거길 집중적으로 찾으면 돼요."

"……?"

손오공은 이게 무슨 소린가 싶었지만, 제깟 놈이 안 맞으려면 어련히 알아서 하겠냐는 생각에 가만히 두었다.

하지만 지호도 다 생각이 있었다.

'나랑 같이 있었던 놈들인데 주변에서 그냥 놔두겠어?'

관아를 쑥대밭으로 만든 주범과 같이 있던 놈들이다. 거기다 이전 현감과 결탁까지 했으니 당연히 관군들이 다른 사람들은 풀어 줘도 놈들은 그러지 않을 거다.

죄를 지은 놈은 뭘 해도 꼬리표가 달리듯이.

지호는 자신만만한 발걸음으로 앞장섰다.

뒤따르는 손오공은 여전히 못 미더운 눈치였지만.


그런데 하산을 하는 데 조금 문제가 생겼다.

손오공과의 문제는 아니고, 사타왕과의 문제였다.

"참 신기하단 말이지. 환생이란 게 정말 있을 줄이야."

사타왕은 지호의 주변을 쉴 새 없이 뱅글뱅글 맴돌면서 호기심 가득한 눈길로 쳐다봤다. 마치 흥미롭게 생긴 미술품, 아니, 장난감을 구경하는 듯한 태도다.

'그만 좀 돌아다녀, 인간아! 어지러워 죽겠다고!'

물론 손오공보다 더 무식해 보이는 인간에게 그렇게 소리를 지를 배짱 따윈 없었다.

여태 지호가 파악한 사타왕은 아주 단순하다. 좋으면 좋고, 싫으면 싫다. 호불호가 극단적이며 재미난 걸 그냥 지나치지 못한다. 그중에서도 가장 좋아하는 건 싸움.

어투도 행동도 아주 호전적이다. 삼국지로 치면 장비를 보는 느낌이랄까? 물론 그런 사람도 손오공 앞에서는 한 수를 접는 것 같지만.

그런데 사타왕은 '환생'이란 것에 꽂힌 모양이다. 이미 손오공에게 내용을 들었는지 자꾸만 지호를 위아래로 살핀다. 덕분에 지호는 부담스러워 죽을 것 같았다.

그 와중에 계속해서 감상을 늘어놓는다.

"아무리 봐도 깜냥은 애송이 수준이고 능력은 쓰레기고. 몸도 비실비실한 게 그냥 뒈질 것 같구만. 이런 게 어떻게 막내의 환생이 될 수가 있지?"

"……."

물론 그 내용들은 지호가 듣건 말건 간에 전혀 신경도 쓰지 않는 눈치다.

손오공이 적당히 대답한다.

"기질은 비슷하지."

사타왕은 지호의 어깨에다 머리를 가까이 붙인다. 지호는 기겁을 했지만, 사타왕은 전혀 신경 쓰지 않고 코를 벌름거리면서 킁, 킁 하고 냄새를 맡았다.

"음? 그렇긴 그러네? 만들다 실패한 짝퉁 같은 느낌이야. 신기하구만."

'한 대 때리고 싶다.'

지호는 꾹 참았다.

사타왕이 손오공을 돌아보며 묻는다.

"이거 나도 궁금해지는데. 어떻게 알아볼 방법 없나? 환생이란 거."

"다시 태어나려면 한 번 죽어야 되는데? 그럴 생각 있어?"

"흥! 날 뭐로 보고. 당연히 없지!"

"그럼 환생도 없는 거지."

"아, 그런가? 으으으음! 궁금하긴 한데. 그렇다고 죽긴 싫고. 미치겠군. 그래도 보고는 싶은데. 아. 어쩌지?"

사타왕은 아주 간단한 논리를 두고도 한참이나 고민을 했다. 갈기 같은 머리카락이 마구 헝클어진다. 그러다 뭔가를 떠올렸는지 손바닥을 마주쳤다.

"이런 멍청한! 이렇게 간단한 방법을 두고 헤매고 있었다니. 내게 환생이 없다면 다른 놈들을 마구 때려 눕혀서 그걸 구경하면 되지!"

'저기요? 어떻게 그런 결론이 나오나요?'

지호는 해괴한 결론에 묻고 싶은 말이 잔뜩 생겼다.

"그렇다고 내 껀 너무 괴롭히진 마."

순간, 사타왕이 움찔거린다. 당황한 기색이 역력하다.

"아, 안 되냐?"

"하고 싶으면 해."

"오, 정말?"

"대신에 그땐 형님도 환생을 만날 각오를 해야겠지?"

"……역시 그만두지."

"그래. 좋은 생각이야."

사타왕의 어깨가 비에 젖은 것처럼 축 처진다. 저렇게 흉
포한 기질의 인간을 말 몇 마디로 눌러 버리다니.

'역시 인간이 아니야.'

그러다 사타왕은 뭔가 떠올렸는지 고개를 갸웃거렸다.

"잠깐만! 죽지 않으면 환생이 없다며? 그런데 아우에게
환생이 있다는 건 아우도 언젠가……?"

"거기까지. 더 이상 깊게 생각하진 마."

"으으으으음!"

손오공은 말없이 씩 웃기만 한다.

지호는 두 사람이 왜 저러나 의문이 들었다.

'죽는 게 이상한가?'

손오공이 보기보다 나이가 아주 많다는 건 안다. 어쩌면
그 정도가 아주 심해서 수백 년이 될 수 있다는 것도. 하지
만 그래도 사람이라면 당연히 한계가 있지 않을까?

손오공은 지호의 의문 가득한 눈길을 받고도 가만히 미

소만 지을 뿐이다.

지호는 떨떠름했지만, 곧 마을에 도착해 급히 생각을 바꿨다. 얼른 찾으라는 손오공의 눈짓에 지호는 주변을 훑어보았다.

'어딘가 소란스러운 곳이 있을 텐데?'

감각을 확장시키자 뭔가 느껴진다.

관군들이 우르르 몰려다니면서 누군가를 쫓고 있다.

'빙고!'

지호는 그쪽으로 몸을 날렸다.

"여깁니다!"

전력을 다해 뛰는 지호와 다르게 손오공과 사타왕은 마치 마실을 나온 사람처럼 여유롭게 뒤따르다가 다 같이 가장 높은 전각의 지붕에 올랐다. 여기가 저잣거리를 한눈에 내려다보기에 제일 좋았다.

교룡패 일당을 찾는 건 어렵지 않았다.

"더, 더 이상 가까이 다가오지 마! 말을 듣지 않을 시에는 여기 들고 있는 옥장과 관인을 깨 버리겠다!"

관군이 뺑 에워싸 창을 들이미는 곳.

교룡을 비롯한 일당들은 지호 등과 마찬가지로 높은 건물의 지붕에 올라서서 무언가를 들고 식은땀을 뻘뻘 흘리며 위협을 해 댔다.

'뭐 하나, 저것들?'

인질이라도 데리고 있나 싶어서 자세히 살펴봤다. 그런데 녀석들이 들고 있는 건 어떤 푸른 도자기와 사람 손바닥 크기의 커다란 도장이었다.

지호가 봤을 때는 멍청한 놀음이 따로 없는데, 의외로 도자기와 도장이 꽤나 중요한 모양이다. 던지는 시늉이라도 할라치면 관군들은 안절부절못하고 있었다.

"일단 들고 있는 건 내려놓고 이야기하자!"

"그건 전대 황상께서 내리신 국보란 말이다! 부서지면 참형을 면치 못할 것이니 당장 내려와!"

회유와 협박을 번갈아 하지만, 교룡은 콧방귀만 뀐다. 물론 겉으로만 그렇게 보일 뿐 얼굴과 다르게 두 다리는 후들후들 떠는 중이다.

"책임자! 책임자를 불러와! 그래. 여호장, 여호장을 데려와. 나와 수하들의 안전을 보장하고, 수배를 풀고, 만 냥을 챙겨서 내가 일러 준 마을 밖 숲에다가 묻어 놔라! 안 그럼 국물도 없을 줄 알아!"

지호는 한심하다는 표정으로 그들을 쳐다보고는, 교룡 일당을 검지로 가리켰다.

"제가 말한 놈들 쟤네들이에요. 그러…… 응? 왜 그래요, 둘 다?"

뒤로 돌아보는데, 이상하게 둘 모두 상반된 반응을 보인다. 손오공은 못 쓰겠다며 고개를 절레절레 흔들고, 사타왕은 이상하게 땅을 발로 쿵쿵 차면서 화를 냈다.

"저거, 도대체 언제 인간이 되려고 저런데?"

"감히 우리 형님에게 저딴 짓을 하다니! 용서 못해!"

지호는 순간 뜨이는 게 있었다. 입을 쩍 벌린다.

"서, 설마?"

손오공이 한숨을 푹 내쉬면서 고개를 숙였다.

"어. 저기 있는 한심한 인간이 우리 둘째 형이야."

"……!"

지호는 퍼뜩 정신을 차렸다. 그래도 뇌리를 강타한 충격은 쉽사리 가시질 않는다.

"저, 저 인간이요?"

"어."

"하지만……."

"동주칠마왕이나 되는 인간이 어떻게 저러고 다닐 수 있냐고?"

끄덕끄덕!

"난들 아냐. 저런 한심한 인간한테 물어봐."

손오공이 고개를 으쓱거린다.

지호는 그래도 쉽사리 믿기지가 않았다.

"그래도 오공의 형쯤 되면 셀 거 아녜요?"

"세지. 엄청. 아마 큰형 빼고 나면 나와 십 합 이상 겨룰 수 있는 사람은 저 인간밖에 없을걸?"

지호는 은근슬쩍 나온 손오공의 잘난 척을 귓등으로 흘려버렸다. 그러자 남은 건 딱 하나.

'그럼 되게 세다는 거잖아!'

"하지만 저 사람, 옥실에서 저한테 엄청 맞았는데요?"

손오공은 여전히 심드렁했다.

"사람들 중에 별난 취향을 갖고 있는 놈들이 있지. 저 인간은 그중에서 맞는 걸 아주 좋아해."

"……."

속칭 M. 마조히스트라니!

"나도 저 인간이 왜 저러고 다니는지 몰라. 그냥 재밌다던데? 반쯤 정신 놓고 다니면 세상이 새로워 보인다던가 뭐라던가. 하여간 변태야. 그것도 상변태."

아무래도 예전보다 상태도 더 심각해진 것 같네. 손오공은 그렇게 설명을 덧붙였다.

"친해요?"

"친하겠냐?"

"왜 M이랑 S랑 죽이 아주 착착 잘 맞겠구만."

손오공이 고개를 외로 꼰다.

"그게 뭔 뜻이냐?"

"아무 뜻도 아닌데요."

지호는 시치미를 뚝 뗐다.

"내가 알아들을 수 없는 말 쓰지 마라."

"예!"

대답 하나는 우렁차다.

손오공은 영 찝찝하다는 표정이었지만 더 다른 타박 없이 말을 잇는다.

"하여간 저 인간, 사람이 부족하니까 어쩔 수 없이 찾은 거지. 아니면 끼어 주지도 않았어. 그나저나 이제 어쩌지? 찾긴 찾았어도 끼어들고 싶은 마음은 없는데."

손오공은 뒷머리를 벅벅 긁어 댔다. 가뜩이나 관군들을 모조리 때려눕히고 도망쳤건만. 괜히 나섰다가는 눈길만 사로잡기 쉽다. 평범하게 생긴 지호와 다르게 백발과 금안을 지닌 그는 너무 쉽게 알아볼 테니까.

사타왕이 콧김을 푹푹 내뿜으면서 주먹으로 가슴을 쿵쿵 쳤다.

"어쩌긴 뭘 어째! 둘째 형님이 위험에 처했잖아! 당연히 도와 드려야지!"

"그럼 형님 혼자 가시던가."

"으으으음! 그건 좀……."

갑자기 사타왕이 화를 내다 말고 슬그머니 뒤로 빠진다. 아마 그 역시 표현과 다르게 속으론 상당히 쪽팔렸던 모양이다.

그럼 이제 어쩌지? 지호는 슬쩍 교룡 쪽을 봤다.

소문이 벌써 파다하게 난 모양인지 지호와 손오공을 찾아 마을 곳곳으로 뿔뿔이 흩어졌던 관군들이 교룡이 시위하고 있는 쪽으로 몰려들기 시작한다.

'오늘 이 마을에서 도대체 난리가 얼마나 나는 거냐.'

지호는 대충 숫자를 헤아려 봤다. 감옥 폭동, 손오공의 깽판, 거기에 교룡의 시위까지. 일 년에 한 번 보기도 힘든 사건이 벌써 세 번째다.

거기다 질주광마가 나타난다는 소식까지 전해졌으니,

'개판이네, 이거?'

아무래도 이 마을을 빨리 뜨는 게 답이다 싶다.

"그럼 저 인간, 아니, 저분을 어떻게 데려오시려고 그러…… 절 왜 봐요?"

시선을 돌리니 손오공과 사타왕이 빤히 지호를 쳐다보고 있었다.

"어린 새끼 두고 나이 먹은 우리가 가리?"

"……예이. 따릅죠."

어쩌겠냐.

지호가 한숨을 푹 내쉬며 나서려는 그때,

"질주광마다! 여기 질주광마가 나타났다아아아!"

"……!"

갑자기 등 뒤에서 손오공이 우렁차게 사자후를 터뜨린다.

지호가 화들짝 놀라 뒤를 돌아봤지만, 이미 그 자리에 손오공과 사타왕은 없었다.

"손오공, 이 빌어먹을 인간이!"

분명하다. 낮에 당했던 걸 고스란히 앙갚음한 거다!

문제는 지호가 터뜨린 사자후보다 손오공의 사자후가 더 우렁차다는 점이다. 메아리처럼 울려 퍼진 소리는 마을 구석구석에 말끔하게 닿았다.

교룡을 포위하던 관군들이 이쪽을 쳐다본다. 교룡들이 있는 쪽으로 바쁘게 달리던 사람들도 걸음을 멈추고 위를 올려다본다. 지호를 알아본 호군위영들이 소리를 지른다.

"파옥투마다! 파옥투마가 나타났다!"

"아냐! 저건 질주광마라고!"

"어찌 됐건 간에 잡아라!"

와아아아아!

무사들이 벌 떼처럼 몰려든다.

"……씨발."

여기서 지호가 할 수 있는 게 뭐가 있겠냐.

삼십육계 줄행랑.

"씨이이이바아아아아아알!"

지호는 달리기 시작했다.


*　　*　　*


펑! 퍼퍼펑!

지호가 땅을 발로 찰 때마다 으스러진 돌조각이 튄다. 사람들과 부딪칠까 봐 지붕 위를 뛰어다니는 통에 벌써 지붕 여러 개가 박살이 나 버렸다.

'젠장! 오늘 도대체 몇 번을 뛰는 거야!'

관아에서 도망쳐, 손오공을 피해 도망쳐, 이제 또다시 관군들에게 도망치는 신세. 누가 보면 영화라도 찍는 줄 알겠다.

밑에선 관군들이 악착같이 따라붙고 있었다.

"제에에에엔자아아아아앙!"

욕지거리를 내뱉어 봤자 달라질 건 없다.

녀석들은 이미 지호를 발견하면 어떻게 해야 하는지 대강 말을 맞추기라도 했는지 달리는 데 전혀 거리낌이 없었다.

관군이 달리는 거리에도 노점상만 몇 개씩 보일 뿐, 일반 행인은 전혀 보이지 않는다. 아무래도 곳곳에 배치된 관군이 통행을 제한하는 모양이다.

확실히 추격도 단순히 일차원적이지만은 않았다.

쉭! 쉬쉬쉭!

어떤 건물의 용마루를 밟는 순간, 기다렸다는 듯이 호군위영 네 명이 벽을 박차고 올라와 앞을 막는다. 예리한 날붙이를 휘두르는 데 전혀 거리낌이 없다.

퍼퍼펑!

그때마다 지호는 화염륜을 터뜨려 호군위영을 강제로 밀어냈다. 하지만 거슬리는 것들이 사라졌다 싶으면 이번에는 반대쪽에서 다른 호군위영이 나타나 검을 겨눈다.

아무리 실력이 좋아도 쪽수로 밀어붙이는 데에는 한계가 있는 법.

거기다 전력을 다해 달리기까지 하고 있으니 어떻게 손 쓸 방도가 없다.

치워도 치워도 자꾸만 모습을 비치는 녀석들 때문에 이제는 노이로제에 걸릴 지경이다.

"무슨 두더지도 아니고! 이것들 도대체 얼마나 많은 거야아아아앗?"

지호는 결국 호군위영을 피해 방향을 꺾었다.

그러자 더 많은 호군위영들이 나타나 앞길을 막는다.

다시 피해 모퉁이로 돈다.

그런데 하필이면 도망칠 수 없는 막다른 골목이다.

더구나 거기엔 족히 수백 명은 되어 보이는 관군들이 진 두에 방패를 내세우며 사이사이로 길쭉한 창을 겨눴다. 꼭 영화 300에 나오는 스파르타군 같다.

'젠장! 무슨 사람 하나 잡겠답시고 군대를 이렇게 풀어? 어디 전쟁이라도 치르러 가냐고!'

지호는 자신의 존재가 얼마나 재앙에 가까운지에 대해서 는 전혀 생각지도 않았다.

부딪쳤다가는 시간을 상당히 잡아먹을 것 같다. 결국 왔 던 길을 되돌아가려고 했지만,

"파옥투마! 네놈이 행패를 부릴 수 있는 것도 이제 여기 까지다!"

이미 뒤쪽에는 앞쪽보다 배는 많아 보이는 관군들이 몰 려오는 중이었다.

처처처척!

방패를 선두에 내세우며 창을 세우고, 후열에서는 궁병 들이 일제히 시위에 화살을 걸며 위로 겨누었다. 명령이 떨 어지면 언제라도 공격에 나설 태세였다.

좌우는 담장이고, 앞뒤는 병사들로 꽉 막혔다.

그야말로 포위 전술.

샌드위치처럼 사이에 끼어 버린 지호는 무거운 공기에 처음으로 식은땀을 흘렸다.

이곳은 전장(戰場)이었다. 전쟁이 벌어지는 전쟁터.

'이것들, 진짜 미친 게 분명해!'


'드디어 잡았어.'

전장에서 제법 떨어진 관군 지휘부.

이나은은 호군위영들의 보호를 받으면서 전장을 살펴보고 있었다. 두 눈은 어느 때보다 냉철하게 빛났다. 마치 아버지를 따라 처음으로 북방에 종군(從軍)했을 때처럼.

"역시 아가씨의 계략은 눈이 부실 정돕니다. 남들은 절대 해낼 생각을 못했던 질주광⋯⋯!"

"보는 눈이 많아."

"⋯⋯파옥투마를 저렇게 잡으실 생각을 하시다니요."

천 무장은 상당히 흥분했다. 무림은 물론 황실까지 골치를 썩이게 만든 작자를 생포했으니.

"생각을 달리 했을 뿐이야. 일인군단에 가까운 존재라면 우리 역시 거기에 맞춰 전술을 짜야겠지."

"전쟁이로군요."

"맞아."

이따금 무림에서는 황실과 조정에서도 도저히 제어가 안 되는 작자들, 흔히 절정고수란 존재들이 나타나 골치를 썩인다.

이나은은 이들을 일컬어 이렇게 부른다.

일인군단(一人軍團).

혼자서도 능히 군단 하나를 감당할 수 있는 무력을 가진 존재들. 당연히 그들은 상식에서 논외가 될 수밖에 없기 때문에 이나은은 아예 관점을 바꿔 버렸다.

전쟁 기술을 무림에 도입시켜 버린 것이다.

그리고 결과가 바로 이것이다.

"하지만 여전히 보완해야 할 점이 많아."

"제가 봤을 때는 완벽한 것 같습니다만."

"아니. 미숙해. 갖가지 변수가 난무하는 무림과 다르게 전장은 여전히 강직한 면이 강하니까. 조금 더 부드러워져야 해."

"......?"

천 무장은 무슨 뜻인지 이해를 못하고 고개를 갸웃거렸다.

"그보다 오호문은? 왜 그들은 보이지 않지?"

"주변을 맴돌고는 있습니다만, 개입할 의사는 없는 듯 보입니다."

"그들은 또 무슨 생각이지?"

오호문도 바보가 아닌 이상에야 파옥투마를 질주광마로 의심은 해 봤을 거다. 그러니 여태 보였던 대로라면 바로 잡으려고 나서야 하는데?

이나은은 걱정이 되었지만, 더 이상 신경 쓰지 않았다.

녀석들이 나서기 전에 자신이 먼저 질주광마를 완전히 생포해 버리면 그만이니까.

"서둘러서 잡으려 들면 빠져나갈 빈틈만 내어 줄 테니 천천히 포위망을 좁혀."

"알겠습니다!"

천 무장의 지시에 따라 양측 군사들이 조금씩 이동을 시작한다. 포위망이 좁아지면서 안에 갇힌 지호의 행동반경도 서서히 작아졌다.

지호는 어떻게든 빠져나갈 구멍을 만들기 위해서 화염륜을 날리거나 뇌벽세를 터뜨리는 등 방법을 취했지만, 그때마다 단합된 호군위영들이 나서서 공격을 죄다 무력화시켰다.

관아에서 했던 것처럼 지반을 무너뜨려 탈출을 꾀한다는 작전은, 하려는 기미만 보여도 화살비가 쏟아져서 어렵다.

이제 간격은 상당히 좁혀졌다.

지호도 거의 궁지로 내몰린다. 우왕좌왕하는 그의 시선이 이리저리 바쁘게 움직이다가 갑자기 이나은이 있는 쪽으로 꽂혔다.

'응?'

순간, 이나은은 지호와 시선이 마주친 것 같다는 생각이 들었다. 그녀가 있는 지휘부는 전장에서 상당한 거리가 있지만, 왠지 지호의 눈은 이쪽에서 떨어지질 않는다.

'웃…… 고 있다?'

이나은이 저도 모르게 드는 불안감에 몸을 물린다.

천 무장이 갑자기 왜 그러냐며 물으려는 바로 그때,

콰아아아아아아—앙!

쐐애애애애—액!

엄청난 폭음과 함께 지호가 이쪽을 향해 막무가내로 돌진하기 시작했다.

관군이 화들짝 놀라 화살 비를 쏟아 붓지만,

타다다다당!

땅바닥에서 일어난 붉은 화염이 솟구치며 튕겨 낸다.

방패와 창을 앞세우며 제압을 시도하지만,

퍼퍼퍼퍼펑!

잇달아 내지르는 권격에 샛노란 뇌전이 터져 나가면서 방진을 갖추던 관군들이 죄다 튕겨 난다. 지호가 지나간 자리에는 일직선으로 구멍이 났다.

뒤늦게 호군위영들도 나서지만, 역시나 관군들과 마찬가

지로 '쿠에에에엑!' 돼지 멱따는 소리와 함께 땅바닥을 나뒹구는 신세가 되어 버렸다.

마치 백발 괴인, 손오공이 그들을 때려눕혔던 것처럼!

'처음부터 이걸 노렸던 거였어!'

이나은은 그제야 지호의 노림수를 알 것 같았다. 사실 녀석은 얼마든지 군단을 탈출할 힘이 있으면서도 실력을 숨기며 기회를 노리고 있었다.

단번에 빠져나갈 기회를!

그리고 지호가 포착한 기회란,

'나!'

이나은의 몸이 쭈뼛 굳어 버린다.

"마, 막아라! 녀석이 여호장님을 노린다!"

천 무장이 뒤늦게 지호의 노림수를 알고 허겁지겁 움직인다. 지휘부도 다급하게 움직이면서 호위병들을 전면으로 앞세우지만, 이미 지호는 쏜살같이 날아와 그들을 일격에 날려 버렸다.

콰콰콰쾅!

호군위영들이 피를 토하며 쓰러진다. 바들바들 떨면서 바닥을 데구루루 구른다.

이나은의 눈꺼풀이 잠자리 날개처럼 파르르 떨린다.

'이것이 바로 일인군단.'

웃는 낯을 하는 지호의 얼굴이 성큼 가까워진다.

'여전히 메우지 못한 변수.'

아무리 뛰어난 전술을 계획하고 적을 궁지로 몰아넣어도 도저히 제어가 안 되는 존재들이 있다.

존재, 그 자체가 변수인 자들.

절정고수들의 영역마저 벗어난 자들이다. 이런 변수는 아직 대장군가의 지낭이라 불리는 그녀조차 극복하지 못했다.

눈앞에 있는 존재가 그랬다.

이나은은 어떻게 움직일 생각도 못 한 채로 가만히 서서 지호를 응시했다.

"결국 제 말이 맞았군요."

"무슨 말?"

"당신을 찾는다고 했었지요."

"내가 찾은 거지, 그쪽이 찾은 건 아니잖아?"

"엎치나 메치나, 그게 그거 아닌가요?"

"그, 그것도 그러네?"

지호가 계면쩍은 얼굴로 볼을 긁적였다.

그러다 뒤늦게야 정신을 차렸다.

'어라? 이게 아닌데?'

지호는 자기도 모르게 이나은의 여유만만한 태도에 휩쓸

리고 말았다. 이 여자, 겁도 없네?

"근데 보통 이럴 때면 무서워해야 정상 아냐?"

"그럼 제가 비정상인 모양이네요."

"그런 건 아닌데……."

'어? 이것도 아닌데?'

지호는 고개를 갸웃거린다. 손오공을 상대할 때와는 패턴이 비슷한 것 같으면서도 다른 느낌이다. 그때는 서로가 헐뜯기 위해서 빈틈을 노렸다지만, 지금은 전혀 기분이 나쁘지 않다.

사실 이런 태도는 이나은으로서도 도박에 가까웠다.

조금 얄밉고 깐족대는 면은 있지만, 눈빛 하나만큼은 맑아 그걸 믿기로 해 봤다. '마(魔)'란 단어가 별호에 들어가는 것과 달리 충분히 이야기가 통할 존재라 여겼다.

그리고 다행히 도박은 성공했다.

만약 지호가 상식을 벗어난 제멋대로인 인간이었다면 여인의 몸으로 곤욕을 치러야 했겠지.

"만약 저에게 해를 입힐 생각이었다면 이렇게 대화를 나눌 틈도 없이 이미 손을 썼겠지요."

이 여자, 역시 만만치 않다. 강단이 있다. 쌀쌀하지만 강직한 두 눈매는 절대 굽히지 않는 의지를 자랑한다.

"그럼 내가 어쩔 줄도 알겠네."

"납치를 하시겠죠."

"응. 그러니까 미안하지만 손 좀 쓸게."

지호는 양해를 구하고 씩 웃는다. 이나은이 저항을 하면 어쩌나 걱정했는데 그럴 우려가 싹 사라졌다. 그야 일단 이 자리를 벗어나기만 하면 되니까.

지호는 이나은에게 손을 뻗었다. 이나은이 살짝 움찔거리는 게 느껴졌지만 꾹 참는다. 검지가 톡 하고 이마에 닿는 순간 스르륵 눈이 감기면서 몸이 쓰러진다.

반사적으로 손을 뻗어 조심스럽게 받는다.

'가볍네. 예쁘고.'

관아에서 만났을 때부터 느끼던 거지만 예쁘긴 정말 예쁘다. 도도한 인상에 새치름한 입술. 평소 이상형이 고양이상의 여자라서 더 가슴이 두근거린다.

거기다 허리는 얼마나 가는지 한 팔로 감아도 한 줌밖에 되지 않는다. 그러면서 팔뚝으로 느껴지는 감촉은 뭉클하다. 숨겨진 볼륨도 있는 것 같다.

지호는 자기도 모르게 헤벌레 벌어지려는 입술을 꾹 다물고 주변을 둘러봤다.

"아가씨!"

"이놈! 여호장에게서 손을 떼라!"

천 무장을 비롯한 호군위영들이 검을 뽑는다. 대장군가

의 녹을 먹고 사는 그들로서는 주군의 여식이 이름 모를 괴한에게 납치되는 것만큼 위험천만한 일도 없다.

하지만 지호는 왼손을 뻗어 그들을 제지했다.

"거기까지! 소중한 아가씨를 다치게 할 순 없잖아?"

"……!"

"……!"

무장들의 걸음이 순간 멈춘다.

지호는 만족에 찬 눈빛으로 주변을 둘러봤다. 혹시 몰래 접근을 하는 자가 없는지 감각으로 확인하고 육안으로 재확인하며 다시 말한다.

"더 이상 접근하지 마. 이 아가씨는 당신들이 더 이상 쫓지 않는다고 판단되면 풀어 주겠어."

"네놈을 뭘 믿고……!"

천 무장이 발끈한다.

지호가 고개를 외로 꼰다.

"안 믿으면 어쩔 건데?"

"……!"

천 무장의 몸이 얼음장처럼 우뚝 멈춘다. 호군위영들은 이를 바득바득 갈았다. 그러다 천 무장의 어깨를 짚으며 고개를 젓는다. 도발하지 말라는 의미다.

"좋은 판단이야. 괜히 작게 끝낼 수 있는 일을 시끄럽게 만들 필욘 없잖아?”

“아가씨는…… 어디다 내려놓을 것이냐?”

지호는 아주 잠깐 교룡이 했던 말을 떠올렸다.

“마을 밖에 숲이 하나 있다면서? 거기다 내려놓기로 하지. 당신들 아가씨는 거기서 찾도록 해. 어때?”

바드득!

“알…… 았다. 하지만 반드시 약속을 지켜야 할 것이다. 만약 아가씨의 몸에 털끝 하나라도 손을 댄다면……!”

지호는 귀찮다는 듯이 손을 저었다.

“그쪽 아가씨가 되게 예쁜 건 알겠는데, 그렇다고 내가 대가리에 총 맞았다고…… 아, 이쪽엔 총이 없지? 하여간 무덤을 삽질하겠어? 걱정 마. 다친 곳 하나 없이 공주님처럼 아주 곱게 모셔다 드릴 테니까.”

“그럼 믿겠…… 다.”

“좋은 생각이야.”

지호는 씩 입꼬리를 말아 올리더니 땅을 박찼다.

쉭!

마치 거짓말처럼 흔적이 사라진다.

천 무장은 분통을 터뜨릴 길이 없어 주먹을 꽉 쥐었다. 쥔 손은 한참 동안이나 부르르 떨렸다.

    \*       \*       \*

마을 밖에 위치한 숲을 찾는 건 어렵지 않았다.

"휴우! 진짜 큰일 날 뻔했네."

지호는 가장 큰 나무 위에 가볍게 착지하면서 여태 공주님 안기로 데려온 이나은을 조심스레 바닥에 내려놓았다. 혹시 나무 아래로 떨어질지 몰라 등을 나무기둥에 단단히 받친다.

그녀는 여전히 쌔근쌔근 잠들어 있었다.

"무슨 여자가 이렇게 겁도 없어? 내가 무슨 수를 쓸지 알고. 겁도 안 나나?"

이거 혹시 내가 남자로 안 보인다는 뜻 아냐? 해 볼 테면 해 보라는 도발인가? 전자든 후자든 남자로서는 자존심에 잔뜩 상처가 나는 일이다.

"이렇게 보니까 더 예쁘네."

지호는 쭈그리고 앉아 한참 동안 가만히 이나은을 구경했다. 왠지 호군위영들이 이 사실을 알면 길길이 날뛸 것 같지만,

'손만 안 댄다고 했지, 쳐다보지 않겠다고는 안 했잖아?'

아주 뻔뻔하게 넘겨 버리며 구경에 몰두한다.

"피부 뽀얀 거 봐. 손대면 자국 남을 것 같네. 화장품은 뭐 쓰지? 지수가 알면 사 달라고 난리를 칠 것 같은데. 속눈썹은 또 뭐가 이렇게 길어? 입술도 되게 빨갛고."

인형을 보는 기분이랄까. 연애 경험이 없는 것도 아닌데. 사람을 이렇게 가만히 구경하는 게 재미난 건 또 처음이다.

보면 볼수록 자꾸만 빠져든다.

자기도 모르게 마음이 간다.

단순히 예뻐서가 아니다.

물론 미적 기준이 가장 크게 차지할 테지만, 이 여자는 그런 모든 걸 넘어서는 어떤 매력이 있다.

도도한 눈매가 떠오른다. 하지만 그것은 단순히 자신이 예쁜 걸 알아서 가지는 오만함이 아니라, 그만큼 많은 걸 품고 있기 때문에 가질 수 있는 눈이다.

강직한 성격, 고고한 품위, 사람을 끌어당기는 매력. 말 그대로 '아가씨' 다. 그냥 순진한 양갓집 규수와는 다르다. 귀족. 그래, 잘 교육 받은 아가씨 같다.

"낯이 익은 것도 같은데."

지호는 고개를 갸웃거린다. 이 비슷한 얼굴을 어디서 봤더라? 이렇게 예쁜 얼굴이면 모를 리가 없는데?

문제는 그 '낯이 익다' 는 기준이 아주 가까운 것 같다는 거다. 그냥 지나쳐서 본 게 아닌, 정말 가까운 관계의 사람인 것 같은데.

그러다 문득 누군가가 떠오른다.

쿵!

그 순간 갑자기 심장이 덜컥 내려앉았다.

'어? 설마……?'

열다섯. 중2병이 찬란하던 시절에 우연히 찾아왔던 첫사랑. 그리고 이어진 꿈같던 7년간의 연애. 자신으로 하여금 음악을 처음으로 접하게 해 준 원인이었으며 실연의 상처를 보듬기 위해 노래에 매진할 수 있도록 계기를 준, 고맙고도 너무나 미운 사람.

잊었다고 생각했던 사람이 왜 여기에 있단 말인가? 이제야 확실해졌다. 이건 낯이 익은 정도가 아니다. 똑같다. 마치 쌍둥이처럼. 직접 본인이라고 주장하면 고개를 끄덕이면서 믿을 정도로.

지호의 눈동자가 쉴 새 없이 떨린다. 요동친다. 머릿속이 헝클어진다. 바로 그때, 이나은의 눈꺼풀이 열리며 덤덤한 눈동자와 마주친다.

"언제까지 그렇게 빤히 쳐다보실 생각이신가요?"

지호의 낯이 굳어 버린다. 아련한 추억이 아지랑이처럼 확 하고 흩어진다.

"깨, 깨 있었어?"

"아까 전부터요. 하지만 계속 이쪽을 주시하시는 것 같아 자는 척했을 뿐이에요. 그래도 약속은 지키셨군요. 손은 대지 않으셨으니."

이나은은 멀쩡한 자신의 손발을 가만히 살핀다.

"어, 언제부터……?"

"피부가 뽀얗다고 하셨던 부분부터."

"……!"

아련함이 사라진 자리에는 이제 부끄러움 물밀 듯이 들어온다.

"그래도 저 역시 여자라 그런지, 칭찬은 감사했어요. 여호장이 되고 나서부터 제게 예쁘다는 칭찬을 해 주신 분은 없으셨으니."

"……."

지호의 얼굴이 빨갛게 달아오른다. 이대로 있다간 그냥 터져 버릴 것 같다. 입을 금붕어처럼 벙긋거린다. 이미 머릿속은 하얘져서 무슨 말도 안 나온다.

"그래서 구경은 다 끝나셨나요?"

"……어. 고맙게도."

이 여자, 겉으론 태연한 척해도 왠지 속으론 내가 당황하는 걸 즐기는 것 같다는 생각이 드는 건 왜일까?

이나은은 지호가 그러건 말건 간에 흐트러진 옷매무새를

다시 단정하게 여미며 자세를 바로잡았다.

"이제야 단둘이 남았군요."

쿵!

다시 심장이 쿵쾅거린다. 얼굴이 빨개진다.

"당신께 묻고 싶은 게 있었어요."

"뭔…… 데?"

지호는 최대한 자제하려고 했지만 목소리가 너무 떨린다. 가슴도 마치 고장 난 시계처럼 계속 뛰어 댄다.

"당신, 정체가 뭐죠?"

지호가 그게 무슨 말이냐며 되물으려는 찰나,

찌릿!

갑자기 무언가가 관자놀이를 따끔거리게 만든다. 두근거리던 심장이 거짓말처럼 싸늘하게 식는다. 떨리던 눈동자도 깊게 가라앉으면서 금색 광망이 피어오른다.

화안금정. 내공이 움직이면서 감각이 활짝 개방된다. 세 개나 되는 반도로 쌓은 엄청난 내공이 격류를 일으킬 때마다 어마어마한 기세가 반원 모양으로 뿌려진다.

훅!

기풍(氣風)이 파문처럼 잇달아 퍼지면서 나무, 잡초, 대기를 가리지 않고 가득 채워 버린다.

"나와라."

싸늘한 한 마디와 함께,

"쿨럭!"

"우웨에엑!"

갑자기 허공 곳곳에서 오호문 무사들이 피를 토하며 바닥으로 고꾸라졌다. 마치 하늘을 날던 새 떼가 알 수 없는 이유로 떼죽음을 당하는 것처럼 어떻게 해볼 새도 없이 쓰러져 버린다.

단순히 기세를 일으키는 것만으로 오호문의 정예들을 제압해버리다니……!

"다, 당신……!"

이것을 바로 옆에서 지켜보고 있던 이나은은 도저히 믿기지 않는다는 표정으로 지호의 옆모습을 쳐다봤다.

화안금정을 반짝이는 그는 그녀가 예상했던 것을, 아니, 기존에 알려진 질주광마의 소문을 훨씬 뛰어넘는 사람이었다!

'최소 십군 급 고수야! 대체 어디서 이런 사람이?'

이미 이곳 숲은 지호의 허락 없이는 숨조차 제대로 쉬지 못하는 그의 땅이 되어 버린 지 오래였다.

지호의 한쪽 눈썹이 꿈틀거린다. 목소리가 차갑다.

"나오라고 했을 텐데?"

여전히 답은 없다.

지호가 더 이상의 경고 없이 허공으로 손을 짚으려는 그 때,

"이런. 아무래도 수하들이 그대의 심기를 건드렸나 보오. 소문으로만 들리던 질주광마의 실력을 확인하려 했던 것뿐인데. 수하들을 대신해 이리 사과를 드릴 터이니 받아주시겠소?"

아래쪽 수풀을 해치며 한 사내가 나타난다. 오호문의 소문주, 팽도산이 이쪽을 보며 웃었다.

*　　*　　*

붉은 해가 뜬 대낮.

오호문의 가장 높은 전각, 가주전의 지붕 위에 허락을 받지 않은 세 개의 그림자가 떴다.

"아아아악! 싫다니까, 진짜! 싫다는 사람을 왜 자꾸 끌고 오는 건데!"

교룡은 손오공에게 뒷덜미를 붙잡힌 채, 마치 당과를 사 달라며 떼를 쓰는 아이처럼 발버둥을 쳤다. 저잣거리부터 여기까지 손오공의 손에 강제로 끌려 온 그는 사정 설명을 듣고도 도망치려 애를 썼다.

결국 손오공의 한쪽 눈썹이 꿈틀거린다.

"맞고 할래, 그냥 할래?"

"······안 맞고 안 하는 건 없냐?"

"그러지 말고 이참에 푹 쉬는 건 어때?"

교룡이 귀가 솔깃하는지 슬쩍 고개를 든다.

"그래도 돼?"

"어. 무덤에 묻히고 나면 형님이 원하는 대로 푹 쉴 수 있잖아. 안 그래?"

"그, 그냥 하, 하라는 대로 할게."

"좋은 생각이야."

"하아아아! 내 신세야!"

교룡은 마치 마누라를 잃은 홀아비처럼 바닥에 주저앉아 땅이 꺼져라 한숨을 내쉬다가 터덜터덜 일어났다.

그런 못난 둘째 형의 모습을 의도적으로 못 본 척하고 있던 사타왕이 가주전 뒤편에 마련된 연못 위 자그마한 정자를 가리켰다.

"저기란 말이지?"

오호문의 문주, 도왕이 속세와 인연을 끊고 칩거를 한다고 알려진 집도헌이다.

"어. 저기야."

손오공의 두 눈가로 화안금정이 피어오른다.

"신(神)이 묻힌 장소가."

"신이라…… 천교 놈들 외에 '진짜' 신을 상대하게 되는 날이 올 줄이야."

사타왕의 두 눈이 맹수처럼 흉흉하게 빛난다.

손오공은 코웃음을 쳤다.

"그딴 가짜 놈들과 비교하면 저쪽이 울겠지. 그러니까 늦기 전에 끝내자. 시간이 얼마 안 남았어."

"늦는 게 좋지 않나? 그래야 실컷 싸워 볼 수 있으니까. 으흐흐흐!"

"둘째 형님과 같이 넷째 형님도 나란히 저기 정자 연못에다 묻어 줄까? 어때? 금붕어 좋아하잖아. 잉어도 보이고."

"……그냥 해 본 말이다."

대화가 끝나고, 세 사람은 약속이라도 한 듯이 몸을 날렸다.

콰콰쾅!

집도헌이 거짓말처럼 폭삭 무너져 내린다. 하지만 내부는 아무것도 없이 텅 비어 있었다. 이미 사람이 자리를 비운 지 한참 된 것 같았다.

"젠장! 역시 늦었나?"

손오공의 당혹스러운 목소리가 울리는 그때,

가아아아아아—아!

어디선가 원인을 알 수 없는 저음이 대기를 따라 흐르면서 찌르르 울리더니 곧 하늘에다 새카만 먹구름을 일으켰다.

"제기랄!"

세 사람의 두 눈이 위로 향한다.

먹구름은 뱀처럼 똬리를 틀었다가 서서히 뱅글뱅글 돌기 시작했다. 화선지 위에다 먹물을 떨어뜨린 것처럼, 아니, 화선지를 먹물에다 담그고 뺀 것처럼 단숨에 푸른 하늘을 제 색으로 물들인다.

그러다 유일하게 빛을 내는 태양에 서서히 접근을 하더니 아가리를 크게 쫙 벌렸다. 톱니처럼 자글자글한 이빨이 서로 맞물리면서 해를 뜯어먹기 시작한다.

우드득. 우드득.

해가 먹힐 때마다 어둠은 더 깊게 내려앉는다. 끝내 마지막 조각까지 배부르게 먹어 치웠을 때, 세상은 금세 빛 한 점 없는 완전한 어둠에 잠겼다.

일식(日蝕)이다.

길을 지나던 사람들이 갑작스러운 기상 이변에 놀라 하늘을 쳐다보고, 바닥에 엎드려 눈물을 흘리며, 제나라에 사는 모든 백성들이 길거리에 나와 몸을 떨 때.

해가 사라져 버린 자리.

남은 해무리가 은은하게 눈처럼 뿌려지는 자리 위로 갑

자기 기다란 줄이 세로로 슥 그어진다. 칼로 벤 것 같은 실선이 좌우로 크게 벌어지면서 마치 파충류를 연상케 하는 핏빛 눈동자가 드러나 꿈틀거렸다.

핏빛 눈동자는 무언가를 찾아 위아래를 두리번거리다 끝내 아래쪽에서 멈춘다.

—여…… 기…… 에…… 있…… 었…… 구…… 나.

어디선가 울려 퍼지는 소름 끼치는 저음에, 세상 사람들 중에서 유일하게 알아들은 손오공은 인상을 팍 찡그리며 신의 눈동자를 마주했다.

"오랜만이야. 구백 년 만이지?"

화안금정이 요요하게 번뜩인다.

"나후."

〈다음 권에 계속〉

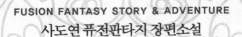
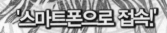

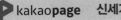

南宮匠人

남궁
장인

신현재 신무협 장편소설

ORIENTAL FANTASY STORY & ADVENTURE

죽은 줄 알았는데 눈을 떠 보니 5살 어린아이가 되었다!
검을 만드는 장인으로서, 남궁가의 무인으로서
남궁의 검을 다시 세우는 남궁혁의 강호종횡기!!

dream
books
드림북스

# 마왕

요도 김남재 신무협 장편소설

ORIENTAL FANTASY STORY & ADVENTURE

「지옥왕」,「요마전설」의 작가!
## 요도 김남재 신무협 장편소설

천하를 통일한 마교의 대공자 혁련휘.
오랜 세월 동안 행방불명되어 죽은 줄만 알았던 그가
동생의 복수를 위해 강호 무림에 칼을 겨눈다!

dream books
드림북스

龍紉劍傳

용제검전

윤민호 신무협 장편소설

ORIENTAL FANTASY STORY & ADVENTURE

『악제자』, 『용맹마도』의 작가!
윤민호 신무협 장편소설

몰락한 작은 무문에서 맺어진 기이한 인연(因緣),
천하를 격동시킬 전설은 그렇게 시작되었다!

dream
books
드림북스